郝振洲 著

雨后的家园

百花洲文艺出版社
BAIHUAZHOU LITERATURE AND ART PRESS

图书在版编目（CIP）数据

雨后的家园／郝振洲著. —南昌：百花洲文艺出
版社，2023.9
ISBN 978-7-5500-5249-9

Ⅰ.①雨… Ⅱ.①郝… Ⅲ.①散文集-中国-当代
Ⅳ.①I267

中国国家版本馆 CIP 数据核字（2023）第 148282 号

雨后的家园
YU HOU DE JIAYUAN

郝振洲／著

出 版 人	陈　波	
责任编辑	郝玮刚	
装帧设计	书香力扬	
制　　作	书香力扬	
出版发行	百花洲文艺出版社	
社　　址	南昌市红谷滩区世贸路 898 号博能中心一期 A 座 20 楼	
邮　　编	330038	
经　　销	全国新华书店	
印　　刷	四川科德彩色数码科技有限公司	
开　　本	880mm×1230mm 1/32	印张 9.5
版　　次	2023 年 9 月第 1 版	
印　　次	2023 年 9 月第 1 次印刷	
字　　数	210 千字	
书　　号	ISBN 978-7-5500-5249-9	
定　　价	56.00 元	

赣版权登字　05-2023-288

网址　http：//www.bhzwy.com
图书若有印装错误，影响阅读，可向承印厂联系调换。

雨后的家园

书名题字：邓惠伯（中央美术学院教授）

序　言

陈志明

　　壬寅年春节前，振洲兄打电话来，说起他要出新书的事。

　　据我所知，这至少是振洲兄要出版的第三本书了。此前出版的法治文学集《善恶交织的人生》、诗集《风铃响过人生路》等，以及在各种报刊上发表的诗文，我大多拜读过，有一些篇什还读得很认真。他的诗文风格朴素、纯粹自然，有浓浓的乡情，有纯真的爱情，有温馨的友情，有是非分明的人生观和价值观，读来催人奋进、感人至深。

　　振洲兄的文章，叙事细腻，引人入胜。记得去年春天他发来一篇怀念舅舅的文章，讲述从小就得到舅舅疼爱和照顾的一件件往事，以及与舅舅几十年来血浓于水的舅甥深情，我读后很受感动，和他电话聊了好长时间，随后安排发表在我主编的 2021 年第 3 期《独家人物》杂志上。《独家人物》是一个泛文化类的综合刊物，以报道全球高端文化事件为主，作者多是大家、名家，他的文章跻身其中，竟毫不逊色，由此可见他文字的功力。此后很久，我都会不时想起这篇文章，想起他笔下故乡春天的明媚阳光、金黄飘香的油菜花，以及翻滚在春风中的豫东平原的麦浪。

有一年国庆节，我说想从北京回老家安阳一趟，顺道与振洲兄见面聚谈。振洲兄说在濮阳的家中等我。后来因故作罢，没有回去。谁知他提前作了准备，包括自己走亲串友的时间都做了调整，专门留出时间等着陪我。我得知此事后非常感动，也非常不安。他一直都是这样，对朋友一片赤诚，友谊至上。后来我就不敢再轻易"违约"了，每次回去，他都偕同嫂子、孩子，阖家一起陪我吃饭、观光。记得有一年春节，晚上吃过晚饭，等嫂子、孩子回家后，他又陪着我一连出席了三场文艺演出，一连观看了好多个文艺节目。

濮阳地处河南东北部，以前是安阳的一部分，后来成为地级市。这些年来，濮阳市荣获了国家文明城、园林城等国字号荣誉。因为有中原油田作为经济支柱，这里经济富足，人人丰衣足食，东北庄杂技走出国门，水秀独树一帜。逢年过节，人们穿上节日的盛装，游园、游艺之外，还观看文化演出。濮阳的文化繁荣，那次是真切地感受到了。

嫂夫人任职于油田总医院，为人和善可亲，落落大方，对振洲兄而言，是一位难得的贤内助。记得 2020 年春天疫情肆虐时期，嫂子职责所在，一连几十天泡在医院里，为救死扶伤不遗余力。振洲兄看在眼里，疼在心上，曾写过一篇《我的爱人，只盼你抗疫归来》的散文，文中说："我不知道这场大规模的严重瘟疫何时结束，不求你锦上添花立功受奖，只盼你雪中送炭平安归来。"所有的牵挂、担心、疼爱，都在字里行间展现无遗。这篇散文发表在 2020 年第 2 期《独家人物》上。

振洲兄的女儿婷婷，也是一位小才女。或许是受父亲濡染，她从小就热爱创作，曾在地方和全国的报刊发表过一些作品。记得 2009 年春天，振洲哥与我谈到，正在上高中的婷婷写了一篇散文《玉兰记》。我说，孩子只要有兴趣、有灵感就让她写，家长要正确鼓励引导。记得这篇文章发表在 2009 年第 6 期《中学生》杂志上。女儿与振洲兄一起，是濮阳文坛小有名气的"父女作家"，相关事迹曾被有关媒体报道过。

在《女儿，我对你说……》一文中，我们的大作家变身"话痨"。"多少个黎明，我帮你打点书包，目送你消失于茫茫晨雾之中；多少个黄昏，我站在路口盼你归来，望断人流；炎炎盛夏，听到你'噔噔'的脚步声，我赶快开门，送上一条湿毛巾、一杯凉开水；数九寒冬，我迎风冒雪，在你上学的必经之路往返跑步，暗中观察你的骑车技术……女儿，从你呱呱坠地，到今天成为一名初中生，倾注了家长多少心血呀！""孩子，无论你走到哪里，都有两双眼睛在望着你；无论你长多大，都有两颗心在为你无私地操劳。"

是的，可怜天下父母心，相信凡是曾为人父母的，对此都感同身受。现在，女儿已经长大，据说本科和硕士研究生都取得了双学位，现已顺利成家立业。但在父母眼里，她恐怕依然还是当年那个少不更事的小小少年。这份牵挂，是天长地久的。

振洲兄和我年纪相差不大，经历也差不多，都是从农村走出来的苦孩子。当年经济条件不好，农村条件更差。能吃苦、肯吃苦，是我们这代人的基本特征，也是当时整个农民社会的基本特征。在《爷爷的空咳声》一文中，他描述了少年时代的乡村生活：撸榆钱，挖野菜，跟着爷爷看护瓜田，在下着雨的瓜庵里听爷爷读《三字经》、讲英雄故事。他说："爷爷很崇尚古代那些正直善良、矢志不渝的英雄，讲到动情处，声音有些哽咽。有时候，他还会扯着嗓子唱起来。"

有位名人说："中国的民间，有一种至正至清之气。"是的，这种至正至清之气，就在中国的民间，就在中国的农村；就在爷爷满脸的皱纹里，就在爷爷讲的英雄落难的传奇故事里。民间故事里的英雄落难，没有不堪，只有一心奋起的意气风发。在爷爷的唱声里，隐藏着一个民族的历史。

振洲兄的诗好，文也好。以上提到的几篇文章，收录在他这本新作里，我都一读再读，反复吟诵。他委托我为这本新作写序，那不敢当。这篇短文不能算"序"，只算是一个普通读者对一位优秀作家的敬意。

2022 年 3 月 2 日于北京

陈志明，学者，金庸研究专家，人民日报出版社原传记编辑室主任，现任香港独家出版社社长、香港《独家人物》杂志社社长兼总编辑。

目录
Contents

第三辑　　故园炊烟

第四辑　　驼铃悠悠

第七辑　剑光如雪

Chapter

第一辑

1

亲情如海

○ ○ ○ 雨后的家园

最是难忘离别情

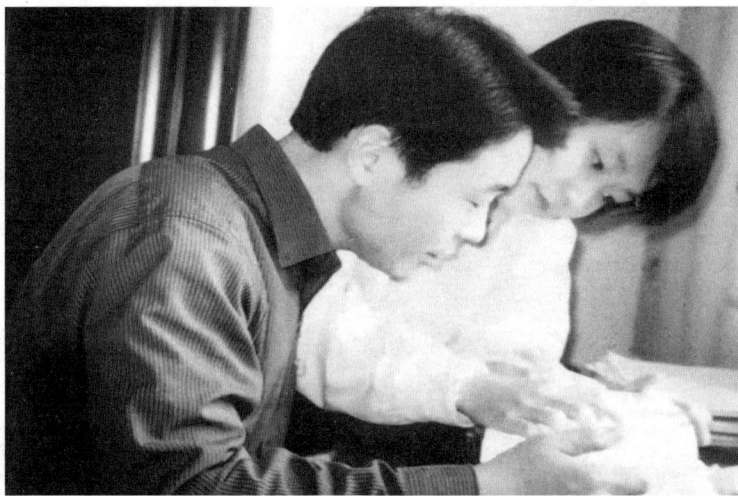

　　那个送行的场面令身为父母的你我都感动了。五岁的女儿突然从我手中挣脱，拼命往汽车上挤。我赶忙挤上车，把她拉下来，孩子用尽全力在我怀中挣扎着。平日自觉有劲儿的我，这时显得力不从心。一会儿，身上冒出了汗。

　　"我要妈妈，我要跟妈妈去北京！"这撕心裂肺的哭喊，强烈地震撼着我的心灵。我一边无力地阻拦着，一边心口不一地劝说着，心中，一股湿热的亲情潮涌起。我这个已过而立之年的男子汉，眼中不觉湿润润的。透过蒙眬的双眼，我也看到你用手轻拭泪眼。

秋天的傍晚，油田总部汽车站里静悄悄的，仿佛所有的旅客都被这送行的场面感动了。

汽车缓缓启动，孩子的哭声愈烈。在黄河北岸的深秋，在寂静的车站，这哭声显得愈益凄切揪心。我勉强把孩子抱上摩托车，在汽车后面慢慢跟着。长笛一声汽车远，望着渐渐远去的你，我的心也似乎随之飞去。

为了平复一下心情，我带着女儿到新蕾公园的小河畔坐下。平日喜欢来此游玩的女儿，这时忽然变得沉默起来，在迷离的灯光下，眼中闪着晶莹的泪珠，望着静静的河水发呆。一个刚满五岁的女儿，和一个成家之初不多管家务的父亲生活在一起，其中的委屈难以名状。我发现，自从你去北京培训两个多月以来，女儿似乎比以前懂事多了。每天天蒙蒙亮，她就被我叫起来，我带着她上幼儿园。慢慢地，她学会了自己穿衣、洗脸。女儿最大的爱好是看书学习，她常缠着我逛书店，让我给她买好多的图书和彩笔。晚上一回到家，她就趴在桌子上写作业、看书，常常是叫几遍还顾不得吃饭。每晚临睡前她总缠着我给她讲图画书，而且一讲就得讲一本。讲着讲着，我俩都睡着了，半夜醒来，灯还亮着。有时，我忙些，她写完作业，自己脱了衣服，上床睡觉。幼儿园的老师也常夸她懂事、省心，从不惹麻烦。

有一次，我有急事晚上外出，让她一个人在家写作业。等我深夜回家，她把门反锁住睡觉了，任我怎么敲门，她就是不醒。

当时还没用上手机，我跑到街上往家里打电话，也无济于事。无可奈何，我找到一家旅馆借住了一宿。那一夜，我睡得很不踏实。还有一次，我发现她的小脸被擦了一道指头长的血痕，我问她怎么回事，她说是被小朋友用玩具车撞倒擦伤的。当时我很难受，气愤地说："你就吓唬他，你要是把我打伤了，我就报警，让警察叔叔把你抓起来，送到检察院去，我爸是检察官。"从那以后，孩子常劝我穿检察服。我想，她是否从我那身威严的检察服中得到了一个幼女的胆量呢？

　　为了抚慰女儿委屈的心，我答应给女儿买一本图画书。一连跑了三家书店，终于买到一本她喜欢的精装版《伊索寓言》。回到家，我给她讲着，她慢慢睡去，嘴里还咕哝着："我要妈妈……"床头柜上，放着她装在妈妈旅行包里又被我掏出来的作业本和文具盒。看着女儿安静的睡态，我的心动了：多么可爱、懂事的孩子呀！在以后的日子里，作父母的宁愿受些劳累和委屈，也不能亏了孩子。孩子的成长需要父母双亲之爱，二者缺一，就可能给孩子幼小纯洁的心灵投下永远也抹不去的阴影，甚至影响她一生的前途和命运。我想起女儿常常提及的小朋友姗姗，父母离异了，姗姗轮换着被父母抚养，却永远也不能同时享受亲生父母之爱。还有一个小朋友媛媛，父母离异后，又都各自结婚生子，她无论在谁家，都觉得自己是个多余的人，整天郁郁寡欢。有一次，语文老师让同学们写作文，媛媛写的作文题目是《多余的人》……

　　我深深懂得，在燕山脚下的京城，为学业而进修的你也时时思念着我和女儿。上次你挤时间回来，捎了好几件衣服和女儿的零用品。几天一次的通话，我总是先让女儿与你说话，以稍缓女儿相思之情。但我觉得电话怎么都不能把心中的话儿坦然说出，于是，在婚后中断了几年后，我们又写起了两地书。我相信，千里之遥，日益开放的生活方式，绝不会把我们的爱情之线割断。待到有的人以赶时髦为荣而纷纷离异时，我们将坚守爱的阵地决不动摇；待你完成了学业，回到这个虽不富裕但却温暖和谐的家，我们再共筑生命的爱巢。

夜深了，窗外，"呼呼"的北风在楼顶化作凄厉的哨音，冷雨夹着风沙，把窗户拍打得"沙沙"作响。我打了个寒战，顿觉身上冷飕飕的。你远在北方，那里比这儿更寒冷吧。女儿在我身边睡着了，发出均匀的呼吸声。我就要暖着女儿睡觉了。

在遥远的北方，在寒冷、陌生的京城，望你保重，祝你平安！

我的爱人，只盼你抗疫归来

一场突如其来的新型冠状病毒感染疫情风暴，以迅雷不及掩耳之势从武汉向全国袭来，让人猝不及防。随着 2020 年春节的临近，疫情风声越来越紧了。你上班的时间越来越长，去医院的次数越来越多，回家的次数越来越少。有时候不当班，你说你去医院查查房，一查就是一晌。买菜、做饭、打扫卫生、辅导孩子作业等家务活越来越多地落在了我的肩上。即使在家，你的手机也响个不停。大年初二你做早饭时，手机又响了。一个多小时过去了，我和儿子都吃完饭了，你还在接电话。你自言自语地笑道："我还是到班上去吧！"常常是中午十二点半了，饭菜端上了餐桌，一家老小都等着你。你到家饭菜都凉了，再放进微波炉热热。

　　除夕那天，我和儿子忙着贴春联、整理房间。你一早就上班去了，眼看中午了，还没回家，包饺子的面粉还在面袋子里，剁馅的肉还在冰箱里——过年要吃的饺子可怎么办呀？恰巧，小妹从外地赶来，赶紧和面剁馅，包好了饺子，一家人算是吃上了饺子。

　　过了年以后，疫情越来越严重，你更忙了，常常早出晚归，回到家也是一副忧心忡忡的样子。家中的话题也从孩子的作业变成了与疫情有关的问题。夜深了，等我一觉醒来，你还在辗转反侧，轻声叹息。自正月初七一大早你背着背包去了医院隔离病房，至今已经二十多天了。初九上午你临危受命负责感染科工作。你说，科主任带着全科的人都去支援定点医院了，院里从其他科室抽调了一些人过来，病区也从一个扩大到了三个。你说，上班 30 多年了，你从没有想过当官，但形势严峻，院里正是用人之际，作为老同志，你必须服从院领导的工作安排。

　　自从你走后，我去医院给你送过五次衣物、水果，都没见到你。老母亲、儿子天天挂念你，问你啥时候回来，你在电话中说，想见，但不能见，不该见。小妹、大妹、舅舅、舅家表弟等亲人多次打来长途电话问候，远在天涯的女儿更是时不时发来视频问候，他们关心的重点是你！你悄悄地告诉我，女儿在看似轻松活泼的背后，是满眼的泪花和长夜的挂念。这是什么？这是血浓于水的骨肉亲情呀！

　　记得 2003 年的那场"非典"，虽说也很严重，但在管制、隔离等方面远远没有这次严格，对老百姓的工作、生活也没有这么大的影响。我每天都关注濮阳的疫情变化，听说油田一个小区确诊了五个病例，实行了严格封闭隔离，小区内不许所有人进出。这么严峻的形势，作为感染科的一名主任医师，你们医院发热门诊接收的哪一个疑似患者都得经过你的会诊。看到你用微信发来的图片，手背上成片的红斑点，我弄不懂咋回事。你说，在隔离区，你们整天至少戴两层专用的手套和口罩，手套戴久了，皮肤过敏了。

听说这种病毒传染力很强，全国已有3000多名医护人员感染病毒，如武汉的李文亮医生、武昌医院院长刘智明等医护人员以身殉职。他们已经做好自我防护，可为什么还抵挡不住病毒的侵害呢？每当看到这样的消息，我就揪心似的难受，心中默默地为你祈福，年迈的老母亲和小妹也天天为你祈祷。儿子看到了，悄悄地躲到一旁，眼睛眨巴眨巴地直想流泪。

救人是职业，奉献；自救是基础，保障！医生的天职是救死扶伤。在工作需要你的时候你义无反顾，冲上抗疫前线，我支持你，但更担心你的安全。请一定做好自我防护，自我保护！

也许你想不到，这场疫情竟带来了意外"收获"——我的炒菜、做饭技术明显提升了。不仅咸淡适中，而且分量把握较准，很少剩菜剩饭。我和老母亲、儿子吃得津津有味。天天在家吃饭，我也不像原来常闹肚子了。我写文章写累了，儿子写完作业了，我们就一块儿到楼下院里打打羽毛球、跳跳绳、骑骑自行车，小日子过得宁静恬适，只是总觉得少了点儿什么。

夜深了，萧瑟的北风从窗户缝中透过来，顿觉丝丝凉意，我禁不住打了个寒战。儿子已呼呼地进入梦乡。我少有地失眠了：黑夜沉沉，何时到天亮？雨水节气已过，春天怎么还没有到来？这场大规模的严重疫情何时结束？

老夫老妻了，不求你锦上添花立功受奖，只盼你雪中送炭平安归来。

我的爱人，我盼着你，全家人盼着你回家！

爷爷的空咳声

我心中常常萦绕着一种亲切而久远的声音。

一个仲春的夜晚，我回到了豫东老家。在我爷爷奶奶生前住的老宅，月牙儿慢慢升起来，月光从树叶间泻下来，投下斑驳的影儿。月光下，一座老式宅院，两间东屋，一间堂屋，都锁了门。房前是一片很小的方型院子。东屋檐下的一棵大枣树老干虬枝，透出岁月的沧桑。啊，这就是我的老家吗？这就是生我养我的地方？

劳累了一天的人们都已歇息。远处，时而有一两声犬吠，更显出夜的寂静。我踌躇着，四处张望。恍惚间，西侧的头门口仿佛有一个人影，影影绰绰的——莫非是我逝去的爷爷的灵魂？听，他又在空咳。这声音，是那样熟悉，那样浑厚，在寂静的春夜慢慢回荡，余音缭绕。这是爷爷在向我呼唤："孩子呀，你回来了？"还是用这声音护送我，回到百米之外的我父母的家？

爷爷一生坎坷，受尽了人间磨难。在他的孩提时代，他母亲便因病去世，父亲又娶了继母，生了二男二女。当时兵荒马乱，村民们常逃荒要饭。失去了生母的爷爷更饱尝了生活的艰辛和世态的炎凉。有一年春天，青黄不接，十几岁的爷爷饿得到处找吃的。一次，他走到村北土路旁的一棵老榆树下，想爬上去撸榆钱。他饿得头昏眼花，爬了两下便摔倒了。这时，他看到一个二十来岁的庄稼汉，走着走着，扑通一声栽倒了，再也没起来。"活下去，一定要活下去！"一种求生的信念使他爬起来，挖野菜，啃树皮，捋高粱芽吃，总算活了下来。

爷爷的奶奶可怜这个没娘的孩子，不仅在生活上照顾他，还坚持供他上私塾进学堂。爷爷从小饱受儒家文化的熏陶。高小毕业后，家里供养不起了，他就在本村私塾教书，又因害了一场眼病，不得已终止了教书生涯。1949 年以后的几十年间，他在生产队种瓜、当饲养员、当会计，但他一生从未离开过书本。我想，他是不是深深遗憾自己未能如愿以偿，便把精力用在了孙子身上？

20 世纪 70 年代初，随着家庭人口的增多，我和弟弟妹妹随父母搬到村西头的"西小庄"居住。村西蒋河南岸的农田里种了几亩甜瓜，生产队让爷爷种瓜并看护瓜园。那时我刚上小学，放学后常跑到瓜庵找爷爷玩儿。爷爷拿出《三字经》、"四书"等线装古书，一字一句地教我。当时正值"文革"末期，大兴"破四旧"之风，这些孔孟之道，只能偷偷地学。太阳落山了，听着瓜庵旁"哗哗"的流水声，闻着满地瓜香，爷爷给我讲古典故事、戏剧，如雷公子投亲、白玉楼要饭、王华买爹、王金豆借粮等。他很崇尚古代那些正直善良、矢志不渝的英雄，讲到动情处，声音有些哽咽。有时候，他还会扯着嗓子唱起来。

20 世纪 70 年代末，我考上了本乡高中。每到星期六下午，我把书包往家一放，就跑到爷爷家。当时生活都不宽裕，我家有兄弟姐妹四人，爸在县城上班，只有妈一人在生产队劳动，分的粮食不够吃。爷爷家生活稍微好一点儿，奶奶端上热腾腾的杂面窝头，我先饱餐一顿。接着，爷爷便问我学业进步情况。有一次，我向爷爷请教历史上的清官和贪官谁胜谁负的问题，爷爷戴上老花镜，在豆油灯下翻着线装书，很认真地为我分析讲解。那份执着，我至今难忘。夜深了，我与爷爷奶奶告辞。四周黑漆漆的，我似有点儿害怕。爷爷把我送到头门外的马路上，用手电筒为我照着路，并大声地空咳着。在这雄浑的空咳声中，我壮起了胆，仿佛在前行的征途上无所畏惧。

第一年参加高考，我虽然是全班仅两个够上录取分数线中的一人，却以几分之差落榜了。我在家挨了训，气得头上鼓起一个大包，跑到爷爷家。爷爷非但不训我，还与我分析落榜的原因，探讨语文试题特别是作文题的正确做法，并一再告诫我，一定要头脑冷静，理清思路。爷爷抚摸着我头上的包，我的泪水湿润了眼眶，只想扑在爷爷怀里大哭一场。但我强忍泪水：一个男子汉，经不起挫折，怎能成才呢？那一晚，我走得很晚，爷爷仍用他雄浑的空咳声送我。我暗下决心，一定要从失败的阴影中走出，走向充满阳光的征途。

1981年，我考上了郑州大学中文系，爷爷会心地笑了，笑意刻在他满是皱纹的脸上。在我临去上大学的前夜，我去爷爷家辞行。他慈祥的脸上挂着几分庄重："孩儿呀，你这一走，我悬着的心踏实了，但你不能停止不前呀。要知道，学习如逆水行舟，不进则退。书山有路勤为径，学海无涯苦作舟，你要努力学习呀！"同时，爷爷还特别嘱咐我，做人要正派诚实，不做亏心事。说着，让奶奶从一个老式的木匣子里拿出一沓碎钱，硬塞进我的衣袋里。揣着爷爷奶奶攒下的零钱，我心里热乎乎的，眼中湿润润的。那一晚，爷爷送我时的空咳声最洪亮悠长，久久弥漫在乡间，萦绕在我的心田。它似催征的战鼓，在我疏懒困顿时，促我前行，不管征途上阳光灿烂，还是风雨泥泞；它是长者对晚辈的嘱托：无论走到天涯海角，都不能忘了做人的准则，不要忘了家乡亲人；它又是无处不在、无时不有的警示：不要因取得些微成绩而忘乎所以，也不能因挫折失败而气馁悲伤，人生处处是风景，最要提防的是鲜花遮掩的陷阱。

上班两年后的一个中秋节的晚上，我回老家给爷爷送月饼，同时送给爷爷的，还有我在单位举办的庆国庆演讲比赛中获得的二等奖奖品石英钟，爷爷高兴得合不拢嘴。当爷爷问我手里为何还有一个石英钟时，我说："发奖品剩下的，我多拿了一个。"爷爷马上沉下脸："孩子呀，你刚参加工作，身子一定要站得正，路一定要走得直，胸怀一定要宽广，手一定不要伸得长。公家的便宜不能占，不是自己的东西不能拿，赶快送回去！"爷爷说话的口气不容置疑，而且一直用炯炯有神的眼睛盯着我。我羞愧地低下了头，脸上发烫，连老家有名的月饼也没吃出味道。于是，我在第二天回单位时，乖乖地把那个石英钟归还给了单位。

1991 年初夏，爷爷病了。我闻讯火速从几百里外赶回老家。爷爷当时已搬到我家住，他躺在堂屋外间的床上，瘦骨嶙峋的，脸上颧骨凸起，眼窝深陷，手上青筋依稀可见。我握着爷爷骨瘦如柴的手，俯在他脸旁，听见他用微弱的声音说："好好工作，好好生活，别贪便宜……"说着气管被堵塞了，他憋红了脸，艰难地咳嗽着，再也没有那雄浑的空咳声了。他用手轻轻摆着，催我回城工作。待我收到爷爷去世的家信，爷爷已去世一个多月了。爸在来信中说，爷爷怕影响我工作，不让我回去奔丧，还一再嘱咐，千万不要做被人戳脊梁骨的事情。我悄悄到办公楼顶读着家书，泪如雨下，面朝家乡，深深地鞠躬、再鞠躬……

如今，已过知天命之年的我，虽没有升官发财，却坦诚地生活，辛勤地劳作，用一颗热诚而又善良的心积极工作，奉献社会；用勤劳的双手笔耕不辍，扬善抑恶。爷爷，正是您当年的一通严厉教育，才使我自省自励，用做人的准则和法则要求自己，克服从心底冒出的贪欲和邪念。看到被绳之以法的一个个贪官，我从心里感激您！假如您九泉之下有知，您会含笑吧。在我身上，继承的不仅是您的血脉，更是如何做人、如何做事的准则，和正直的人格、务实的精神、清廉的作风。

寂静的乡夜，仿佛又响起爷爷那雄浑洪亮的空咳声，为我壮胆，催我前行！

生　命　如　梭

家乡的春夜寂静而寥落。

四周黑黢黢的。一所所房屋只显出模糊的轮廓。除了几户村民家里还亮着昏黄的灯光，整个村庄都沉浸在静静的夜色中。远远近近几声零落的犬吠，更显出夜的寂静。

20 世纪 90 年代初我就定居豫东北濮阳了，老家在豫东睢县。濮阳与睢县相距 200 多公里。当时濮阳与睢县之间还没通高速公路，我既没驾照，也没买车，回老家一趟，要找车、找司机。如果乘坐长途汽车，需先从濮阳坐到开封，转车到睢县县城，再找车或租三轮车回家，这样辗转下来，需要大半天时间。如果从台前县的孙口渡坐轮渡过黄河，经商丘再转车回老家，差不多需要一天时间。

我下了车，一踏进小胡同，便是土路了。顺着小胡同往老家门口摸着前行，短短百十米，却觉得很长。那些亲邻长辈们健康状况如何，有多少健在，多少已经故去？听说，在我离开家乡的两年多时间内，这个2000多人的村庄，竟故去了20多人，有一位还是我的初中同学。幸亏是夜里，要不然，白天遇到乡邻，开口就问："某某身体还好吗？"如果某某已去世，不是弄得双方都很尴尬，便是勾起对方的伤心事。

沿着这条未曾改变的土路，我一不小心踏进了泥水中，却一点儿也无怨言。啊，生我养我的家乡，我终于又回到了您的怀抱。

快到家门口了，家中的那只老黄狗叫了起来，叫声显得几分苍老含混。可能是有司机跟着的缘故吧！我原来每次回来，老黄狗都是扑上来与我亲热一番。

大门缝里透出光亮，噢，这么晚了，妈仍在灯下等着我。

本来，回到县城时天还未黑，我忍不住给在县城上班的一个同学打了电话，谁知他一会儿叫来了好几个同学。多年不见，同学们的脸上都增添了岁月刻下的印痕，基本都是"鬓已星星也"，人生易老呀。我们畅饮聚谈，真有一种"一壶浊酒喜相逢，古今多少事，都付笑谈中"的感觉。席间，听一位同学说，上午，在本县能联系上的一些同学给高中的班主任平老师送了葬，我一听就蒙了。这怎么可能呢？仅仅在一年多前，我还与平老师通了电话，他说身体还好，冬天去南方的女儿家住，天暖和了回县城住，想散散心就到在郑州工作的儿子家住。七八年前的一个秋天，我拜访平老师，送给他两瓶酒一条烟，他高兴得张开了脱落了牙齿的嘴："你来这儿一趟，我高兴两年！" 2005 年我出版了一本法治文学集，寄给了平老师，他看到后非常高兴地说，他要与几个儿女轮流看，还要提出意见……谁知未闻教诲先闻噩耗！我为什么不早回来几天呢？为什么一年多未与平老师联系呢？我追悔莫及，只想跑到平老师的坟前，放声痛哭一场……

其实，我这一次回老家，是因为爸身体不适，妈打了电话，我才回来的。妈开了大门，一句责备的话都未说，倒一直关心我旅途中的情况。我心中有些愧意，不该让妈等这么晚。乡下的生活习惯与城市不同，吃过晚饭不久就睡觉了。妈没有熬夜的习惯，她熬这么晚全是为了等我呀！妈头上的白发又多了，一条土布花格手巾掩不住缕缕白发。这几年，爸因年老患病，一直没有停药，病情较重的时候，生活都难以自理，是妈时时刻刻侍候着爸。尽管如此，妈说话间还依然充满着暖暖的笑声。

我顾不得休息，习惯性地进了堂屋东间卧室。昏黄的灯光下，屋内物什依然，显出几分破旧。靠东墙的一张床上，爸佝偻着病弱的身体，斜躺在床上。爸之前的头发较好，60 多岁的时候还满头黑发，两年多过去，头发已经花白了。"谁呀？"一个微弱苍老的声音，从他的喉管艰难地发出。当听出是我时，他勉强支撑着坐起来。就在我用手与他的身体接触时，我感觉到，他那干瘦的胳膊尽是靠骨头支撑着，肋骨一道道的，轮廓非常分明。脸庞瘦削，颧骨高了，花白胡子长了，皱纹深了。当我扶着他颤巍巍的身体躺下时，我分明感觉到，爸真的老了！

2005 年，爸患上了帕金森综合征。刚患病的时候，他由正常的步行变成小步慢行，吃饭时常掉筷子，渐渐地变得健忘多疑，目光呆滞，两手颤抖。而且随着年龄的增长和病情的加重，对生的希望和对死亡的恐惧渐渐成了他关心的主要问题。2006 年冬季，他来到我所在的城市生活。一次拉家常时，听说北京有治他这种病的特效药，他的眼睛忽然亮了，让我马上去北京买。我与北京有关权威医院的医生联系后得知，所谓的特效药是不可靠的，他才悻悻作罢。而且我还发现，他的依赖心理日益严重。有一段时间他在小妹家住，仅隔两三天，他就让小妹给我打电话，问我忙不忙，想让我抽空儿去看他。在所有的亲人中，他仅记得我的手机号码。有一次，他一人走出了小区大门，忘了回家的路，他向一个路人求助，说出我的手机号码，让路人给我打电话，我赶快把他接回了家。每次我请吃饭，他都欣然同意。每次分手时，爸总是依依不舍，有时眼中还闪着混浊的泪花……这还是当年那个支撑一大家人的爸吗？爸怎么变得这么苍老衰弱！

　　记得 1971 年的春天，随着家庭人口的增多，与爷爷奶奶同住的老宅住不下了，爸妈便在村西头的一片宅基地上盖了两间土瓦房，我们兄弟姐妹四人跟随爸妈生活，算是分了家。我记得，房屋的墙是爸和泥一锨一锨地垒成的，而且，越往上垒越吃力。那时，每到周末，爸就从县城骑车 30 多里回家，到家就和泥垒墙。盖好了堂屋，接着盖厨房、门楼，还要垒院墙。爷爷常过来帮忙，却不在我家吃一顿饭。看着爸用铁锨铲泥垒墙时健壮有力的身影，我想，我啥时候才能长大，帮爸干点儿活呢？1975 年夏天，雨水较多，有人在房子西侧挖了一条排水沟，几场大雨过后，竟被冲成了一人多深的大水沟。那年冬天，我爸请几个青壮劳力，硬是用架子车从河里拉土，把这条沟填平了。当时生活艰苦，请人干这么重的活儿，也只能吃杂面饼子，炒个萝卜白菜。我年龄小，去帮忙时手扶架子车把，冻得直哆嗦……

昏黄的灯光下，爸翻了个身，叫着我的小名，呓语着……

我来到院里散步，院里的果树郁郁葱葱，四周一片漆黑。空气里，散发着一种熟悉的泥土气息，还有浓郁的花香。我借着院里的灯光向东望去，东隔墙是文武爷家，已没了熟悉的咳嗽声。听妈说，文武爷是年前的一个飘雪的冬夜去世的，死于气管炎。文武爷患气管炎多年了，我原来每次回老家，夜里总能听到他的咳嗽声。记得1976年的夏天，唐山大地震，气象预报本村也有地震，人们都不敢睡在屋里，我就睡在文武爷家的草门楼下。他是教师，我常向他请教问题。"文革"期间，大队成立了文艺宣传队，他是主演，常扮演《红灯记》里的李玉和。那时，文武爷高大魁梧，嗓门洪亮，演得活灵活现，远近闻名。30多年过去，他背驼了，人瘦了，不停地咳嗽。他的老母亲80多岁了，当时是全村的老寿星。没想到，仅两年多，娘儿俩都先后去世了！

次日上午，我又到老宅院里，拜访了三爷。三爷因患脑出血偏瘫在床。他举着左手，嘴里含含糊糊地说着什么，似乎想向人们证明，他要站起来，恢复到当年骑着邮电自行车串乡送信的情景。

三爷家东隔壁住着的二奶奶，则更加让人心疼。一个用麻绳襻成的破烂软床上，一堆露着破絮的棉被，盖在一个骨瘦如柴的老人身上。形容枯槁的脸上，布满了皱纹。看到我拿来的鸡蛋、牛奶，老人伸出皮包骨头的手连连致谢，流着泪说，想不到还能见上我一面。又说，她死后三年再扒出来，也还不完治病欠下的债。

为何近年这么多人患病去世呢？有人说，是因为粮食中的农药化肥含量高了；有人说，是因为井水受污染了；还有人说，是紧挨村北侧的蒋河被污染了。

反过来一想，心中也就释然多了，"人世有代谢，往来成古今"。也正是人的代代递易，才有了人类社会的发展和演变。在我们短暂的生命中，特别是体力和精力都旺盛的青壮年时代，应珍惜黄金般的时光，多做些有价值有意义的好事、善事，多造福于他人和社会。如果在身后被人们竖起大拇指或说一声"可以"，就死而无憾了。

家乡的春夜愈益寂静。远处，仅有微弱的犬吠。我抬起头，浩瀚的天穹寥廓而深邃，一颗流星闪着耀眼的光芒，拖着长长的尾巴，瞬间消逝于无垠的夜空。

在绿树花海间陪母亲共度春光

因豫东老家疫情防控形势严峻，2022 年清明节，不能依照十多年以来的惯例回老家祭祖了。这天上午，在春光暖风里，我领着老母亲去中原乙烯生活区东、西两个公园踏青赏花。草地上、树林间，弥漫着芬芳的、清香的、浓郁的花香。垂柳在微风中轻轻地摇摆着秀发似的柳条，鸟儿在树枝间叽叽喳喳地鸣叫、追逐，蝶儿在花草间翻飞，蜜蜂"嗡嗡"地采蜜。一派春意盎然的景象。孩子们在花草间玩耍，老人们有的坐在椅子上交谈，有的借助健身器材慢悠悠地活动身体。

年近花甲的儿子，陪着年逾八旬的白发老母，在树林花草间一边慢行赏花，一边拉着家常，融融的亲情，好似这春光一般温暖。随风飘落的是海棠，地上铺了厚厚的一层粉红色的花瓣，如雪花片片。盛开的硕大樱花，随风送来缕缕清香。紫色的丁香，香喷喷的，惹来蝴蝶、蜜蜂飞来飞去。一串串紫红色的紫荆花，艳得耀眼。元宝槭羞怯地开着小小的黄花。还有满地色彩缤纷的花花草草。

老母亲不能走远路，走累了，就坐在公园的回廊长椅上小憩一会儿。她念叨着，老家院子里的果树剪枝了没有，屋后菜园里种的油菜、大蒜该成熟了，不知大妹去采摘了没有。看着母亲的满头白发，听着母亲的絮语，想起儿时母亲常年没日没夜地庄稼活、家务活都要干，养我们兄弟姐妹四人长大成人，上学读书，是多么艰辛劳累呀！当我们上学需要交学费，而家里又没钱时，是当时已年迈的爷爷到自家菜地里刨几棵树，母亲和爷爷拉着架子车去集市上卖了钱，才给我们交上了学费。有时候，挨门挨户跑上三五家邻居，还借不够我们的学费时，母亲内心的苦楚我们能理解吗？当时处于20世纪70年代，村民们都忍饥挨饿，母亲挑拣好一些的红薯干面，给我蒸了一锅窝窝头，让我背着上学校吃，她和家人在家用发霉的红薯干面搋着野菜、榆叶或晒干的泡桐花吃。有一次周末我放学回到家，肚子饿得咕咕叫，尝了两口窝窝头，苦得难以下咽。为什么母亲要吃有苦味的窝窝头呢？那年月，秋天红薯成熟刨出来后，生产队按每户社员的公分多少分红薯。分到红薯后，社员们就地用刮片机把红薯刮成片，晾晒在犁过的垡子地上，等两三天晒干后再收回家，用粉碎机磨成面做窝窝头吃。如果连续阴雨几天，红薯片就会发霉，做成的窝窝头就有苦味。1975年秋天，爸爸在院子里刨好了红薯窖，我用铁锨清理旁边的土时，只顾仰头看飞机，不慎掉进薯窖摔伤了腿。爸爸用自行车驮着我去30里外的宁陵县看中医，取了28服中药。母亲白天忙了一天，晚上还要给我熬中药喝。夜深了，我疼得在床上轻声叹息，母亲一边用手抚摸我肿胀的膝盖，一边安慰着我、鼓励着我……

　　母亲性格要强，宁折不弯。在生产队干活时，宁愿自己多干活受累，也不愿落人口实。当年爸爸在县城上班，家里挣的工分少，分的粮食就少。为多挣点儿工分，母亲像男劳力一样用架子车拉粪运土，收割庄稼。与乡邻亲戚交往，总是任自己吃亏，也不占人家一点儿便宜。据母亲讲，她几次发现本村乡邻偷摘我家的玉米、绿豆等庄稼，但她从不动手摘人家一粒粮食。

　　母亲仁慈善良，古道热肠。爸爸偶尔从县城捎回来几个馒头、苹果，或母亲从舅家带回来一点儿好吃的，她总是尽着我们兄弟姐妹四人吃。假如有三个馒头，她先让我送给爷爷奶奶一个，剩下两个我们兄弟姐妹四人一人吃半个。在那个贫穷饥饿的年代，虽然我家仅能吃上窝窝头，但母亲还不时接济挨饿的邻居。我家先打了压水井，附近几家邻居常去我家压水吃。听说一家我须叫奶奶的邻居几天前曾外出讨过饭，母亲在她去我家压水时悄悄塞给她两个窝窝头。春天青黄不接的时候，常有杞县、兰考县的村民上门讨饭，母亲总是拿点儿窝窝头、红薯给人家。

　　母亲干活精细是出了名的，就像今天的"工匠精神"一样。在"红薯干，红薯馍，离了红薯不能活"的 20 世纪六七十年代，能吃上白面馒头是很难得的，能吃上可口的馒头更是难上加难。母亲以能做拿手的白面馒头而被亲戚邻居广为称赞。她做的馒头看上去白嫩发亮，用手按一下马上就弹起来，吃起来筋道有嚼头。当时逢年过节亲戚间互相带着礼物串门，母亲做的馒头、包子都被舅舅等家亲戚全部留下。据母亲讲，为做一锅筋道可口的好馒头，要发好酵母，鸡没打鸣就起来和面、接面，到天亮要断断续续接上六七遍面。面和水的比例搭配要适当，水掺多了面瓢，做的馒头软绵绵的不筋道，水掺少了面和不动。如今母亲年纪大了，做一次馒头两三天还歇不过来。看我吃不惯买的馒头，偶尔还坚持做一两次。我嘴上劝她别做了，但心里想常年吃她做的馒头。我认为，她做的馒头是我吃过的最好吃的馒头。她虽然一个字不识，但不仅用手和面，更是用心在做事呀！

现在住一个院儿，母亲每天上午到我家来，把晒好的衣服叠得有角有棱，像豆腐块似的，比用熨斗熨的还整齐。锅碗瓢勺刷得干干净净，摆放整齐，桌子擦洗得能映出人影来。我爱整洁的习惯正是无形中受了母亲的熏陶。我深知，背后隐藏的，是母亲精益求精的精神和比常人多付出几倍的心血汗水呀！

常年的超负荷重体力劳动使母亲落下了病根，腰椎几次骨折，还有退行性骨关节炎和骨质增生等。注射玻璃酸钠、注骨水泥、理疗、贴膏药等都用了，也只能缓解症状，不能根治。路走稍远一些，就腰腿疼。母亲年轻时右腿肚上就有静脉曲张，弯弯曲曲的静脉像蚯蚓一样迂回环绕。即使这样，她还为我们兄妹四个的家庭操心。几十年来，每逢我过生日，她都提前告知我，祝我生日快乐。孙子 12 岁了，每年过生日时，她也提前祝福。

如今我们兄弟姐妹四人早已成家立业，都有了孩子，大妹都有了孙子孙女，母亲却被岁月的风霜吹打成风烛残年的老人了。想到这里，眼中不觉湿润润的：母亲辛苦一生，已 80 多岁了，是该享享儿女的福了。趁母亲健在时，多孝敬一些，哪怕是给她做一顿可口的饭菜，买一身体面的衣服，或陪她拉拉家常、逛逛公园，也比她百年之后为她安排隆重气派的悼念仪式要强好多倍。一旦时过境迁没了机会，那种"子欲养而亲不待"的锥心痛苦是用什么方法都不可弥补的！

爸爸去世十多年来，因为担心母亲一人在老家生活不方便或出现摔伤等意外情况，我常把她从老家接到濮阳一起生活。一开始是阶段性居住，天冷时接到我身边来过冬，到清明节回老家祭祖时，母亲会回老家居住一段时间，其间的生活由大妹照料。2019 年 6 月初的一天早上，母亲突然从老家打来电话，说下雨时在院里摔伤了腰，起不了床。我立即驾车和弟弟回老家，当天把她接到濮阳，到医院一检查，腰椎压缩性骨折。此后便让母亲常年住在濮阳，与我一起生活。母亲自己住一套房子，与我住的房子仅隔一条过道。电视没画面了，灯管坏了，炉灶打不着火了，她都叫妻子修理，母亲逢人便夸儿媳孝顺懂事。婆媳间一边做着家务，一边拉着家常。看着高大魁梧且又像他姐姐一样懂事的孙子，母亲更是高兴得合不拢嘴。每年清明节、国庆节回老家时，祖孙两人拉着手，走在乡亲们的夸赞之中，那种发自内心的扬眉吐气和快乐是无法用语言形容的。

母亲生活需求非常简单，不喜欢吃海鲜鱼肉，普通的家常便饭就可以了。由于常年在一起生活，母亲吃惯了我炒的菜，祖孙三代一家四口人，边吃着可口的饭菜，边拉着家常，饭桌上洋溢着融融亲情和充实喜悦的气氛。

孝敬既体现在让老人吃饱穿暖、住稳行安等物质层面，也体现在用心陪伴让老人心情舒畅等精神心理层面。我去母亲住的家里时，如见她喜笑颜开地接电话，那多半是远居浙江的小妹打来的。有时会见弟弟送来蔬菜水果，与母亲一起做饭拉家常。能有幸在母亲晚年陪伴她一起生活，是我夫妻俩几生几世修来的福祉呀！

在融融春光中，在花香四溢中，在鸟儿啼鸣中，我与老母亲漫步公园，听她讲过去的故事。母子一起谈着健康，谈着家庭，谈着未来……

飘香的除夕肉

20 世纪 60 年代末某年农历腊月三十日的中午，刺骨的北风夹带着零星的雪花，使豫东农村土灶房的炊烟都弯弯曲曲地向偏南方飘去。天空阴沉沉的，寒风在枯树枝间发出呜呜的悲鸣。近处，不时有零星的爆竹声响起。虽然处在贫困年代，每家都在饥饿中挣扎，但毕竟是过年了，所以不管多少，每家都蒸上一锅一年才能吃上一回的白面馒头，煮上几块一年才能啃上一回的猪肉骨头。那时候，都是连骨头带肉一块儿买，用刀剁成块儿，在烧柴火的大铁锅内煮。当时还没有猪饲料，农民喂养一年，一头猪才长上百十斤重，所以肉特别鲜香。一家人围着灶台吃饭，小孩子站着啃大骨头，那是一年中最过瘾、最解馋的时候。因而，一入腊月，孩子们都掰手掐指算着，"腊八，祭灶，年下来到"。

这一天终于盼来了。在一户农家坐西朝东的小厨房内，大铁锅内正煮着肉，沸腾的汤水咕嘟咕嘟响，老远就闻到肉香味儿了。一位30多岁的农村妇女，正低头在门里侧的木案板上切着从锅里捞出来的猪肉。厨房门口，一个七八岁的小男孩，"刷筒子"穿着母亲为他缝制的棉衣棉裤，一个人悄悄地站着。所谓"刷筒子"，就是因为当时穷，人们穿不起秋衣秋裤，就光身子直接穿棉袄棉裤。母亲利索地"唰唰"切着肉，他眼睛直勾勾地看着，口水连同清水鼻涕，止不住地顺嘴流下，直流到下巴和衣服上。他的两只脏兮兮的小手下垂着，身子不时地瑟瑟发抖。

他母亲在将要拢起切好的熟肉，又要切其他蔬菜的时候，往外一扭头发现了儿子，拿起切好的一小片肉，递给儿子："给你一片吃去吧，别馋了，大过年的！"母亲用手抹了一下眼睛，又继续干活了。奶奶一手拉着风箱，一手往灶里添着柴火。锅里正冒着热腾腾的水汽，水汽和柴烟弥漫了整个厨房，让人睁不开眼，但那肉香味儿更加浓郁了。

那个站在厨房门口眼馋地看母亲切肉的小男孩就是我！

人世匆匆，如烟如缕。恍然间，时光已过去了40多年了，我吃了多少肉，参加过多少酒宴，都记不清了。特别是成家后，随着生活条件的改善，再也不为温饱发愁，各种鱼肉虾蟹都不足为奇。但在我的记忆中，都没有 40 多年前的大年三十中午母亲给的那片肉让我回味无穷。为了报答母亲的爱，我总是把对母亲的孝敬放在孝敬亲人的首位，总是变着法儿让母亲吃牛羊猪鸡等不同的肉食。而母亲总是说不爱吃肉，以后别买恁多了。记得 1985 年的中秋节，我大学毕业刚参加工作，取了第一个月发的 56 元工资，买了月饼、肉食，从商丘市骑着笨重的 28 型永久牌自行车，回到 100 余华里外的老家。到家时，天已黑了，母亲还忙着收拾粮食。我掰了第一块儿月饼送到了母亲手里。母亲吃了两口，又忙着下厨做饭去了，嘴里念叨着："骑车走恁远的路，累坏了吧，以后搭汽车回家吧！"

记得 1981 年冬天，我上大学一年级放寒假回家时，买了郑州特产龙虾糖，还有面包、土豆等一大堆东西，在从郑州火车站后门过铁轨时，龙虾糖和土豆撒到了铁轨里，我赶紧捡拾，急得头上直冒汗，一个学姐弯下腰帮我拾起来。当我把香喷喷的面包和酥甜的龙虾糖送到母亲手中时，我看到了母亲会心的笑容！

在商丘工作了四年多后，我调到现在生活的城市，一年多后有了女儿。我提出让母亲来我这儿住。一方面是让母亲抚养孙女，另一方面，我可以经常买点儿好吃的食品与母亲分享。母亲过惯了简朴的日子，有点儿青菜、鸡蛋就行了，很少主动吃肉。但每次我回老家，母亲不是杀鸡就是包饺子，虽然对我来说并不稀罕，但那是母亲的一片心啊！

这些年来，只要母亲在我生活的城市，我都会安排一家较高档次的饭店为母亲祝贺生日，让母亲在亲人团聚中，在"祝你生日快乐"的祝福中享受生活的幸福。记得某年的一个寒冬，我们为母亲祝贺生日，酒酣兴浓时，我饱含深情地唱起了那首《妈妈留给我一首歌》："在我童年的时候，妈妈留给我一首歌，没有忧伤，没有哀愁，唱起它心中充满欢乐……"唱着唱着，我情不自禁，与母亲、小妹等抱头痛哭，那是喜极而泣的泪，那是扬眉吐气的泪，那是度过饥饿和苦难后百感交集的泪！

　　40多年过去了，对过去生活中的苦难和矛盾应做一下客观的、辩证的梳理和总结。在苦难和灾难面前，人往往会展现自私、自利的本性。只有母爱是世界上最伟大、最神圣的爱，这种爱使母亲在灾难和痛苦面前，毫不犹豫地首先保护自己的孩子，甚至为此不惜损害甚至牺牲自己。记得十多年前，在湖南张家界旅游区，一对母子乘坐的缆车忽然坠落，千钧一发之际，母亲双手把孩子举起，结果母亲坠亡，孩子生还。2008年5月12日汶川地震时，一位被压在废墟下面的母亲，用身体护着年幼的孩子，并咬破手指，让孩子吸吮自己的鲜血。几天后，孩子因吸吮着母亲的鲜血迎来了救援队，母亲则因伤情过重和失血过多而死亡。母爱至真至纯，无私无畏；母爱感天地，泣鬼神！所以，许多人交友时都有一条不变的准则：对父母不孝者，不与之交友！

　　话说回来，除了母亲爱自己的儿女，父亲不爱吗？爷爷奶奶不爱自己的孙子孙女吗？即使在极为贫困的年代，如果每个家庭成员都能客观理智地从整个家庭的全局出发，从有利于孩子的身心健康和顺利成长出发，公平公正地处理家庭事务，恐怕好多矛盾、纠纷都会避免。事实证明，许多家庭的不和，罪魁祸首都是误会和猜疑！而消除误会和猜疑的最好办法就是公平、公正和公开！

　　我记得小时候，爷爷在下着雨的瓜庵里，偷偷教我学"四书五经"；我记得我上大学时，奶奶捧出攒满一分、二分硬币的存钱罐；我记得爸爸在县化工厂上班时，自己吃窝窝头，而把省下的白面卷子拿回家，让我们兄弟姐妹四人分着吃；我记得因为我在高中复习时数学"瘸腿"，爸爸托人搞到一套上海的数学复习资料，那一年我考上了大学；我记得我上大一放寒假到一个高中同学家，因喝醉酒一夜未归时，爸爸发动亲邻找我时的着急与担心；我更记得爸爸要我"领好这个家"的临终嘱托；我记得上小学时，姑姑帮我修改文章，教我写字工整……

我是在亲人的关怀中长大的，我感恩所有的亲人！让宽容与仁爱的温暖融化误解、猜疑的坚冰，快乐幸福地生活。

女儿，我对你说……

　　你做完作业，已经晚上 10 点多了。书包装得满满的，拉锁都被拉坏了。我为你修好拉锁，拉上窗帘。你恬静而又安详地进入梦乡。看着你熟睡的面庞，女儿，我对你说……

　　多少个黎明，我帮你打点书包，目送你消失于茫茫晨雾之中；多少个黄昏，我站在路口盼你归来，望断人流；炎炎盛夏，听到你"噔噔"的脚步声，我赶快开门，送上一条湿毛巾、一杯凉开水；数九寒冬，我迎风冒雪，在你上学的必经之路往返跑步，暗中观察你的骑车技术……

女儿，从你呱呱坠地，到今天成为一名初中生，倾注了家长多少心血呀！

还记得吧，在你刚刚五岁的时候，你妈去北京解放军302医院进修，那半年，我这个本不大会理家的年轻父亲，深深体会到了养子教子的艰难。眼看要迟到了，你还磨磨蹭蹭，我急促地催你上学，你被催急了，捶胸顿足，把自己腿上掐得青一块紫一块。国庆节到了，你妈在家生活了几天，你自掐的毛病改了。从此，我不敢急催你了，你反而学会了料理家务。

为人父母，总想让孩子上最好的学校。在你上完小学二年级时，我和你妈多次请求老师，以家离学校远为由要求转学。班主任老师居然许诺，中午让你到她家吃饭午休，也不肯放走你这个优秀学生。

刚转到油田一小读三年级时，你有些内向胆小，我一次次开导你；你数学成绩相对较弱，你妈在灯下一遍遍地辅导你。你上小学四年级时一个初冬的下午，我正在单位开会，接到你班主任的电话，得知你的头磕破了，我心中"咯噔"一声，顾不得当时的腿痛，一瘸一拐地跑到街上拦出租车，下车时竟忘了付车费。看到班主任耿老师已找校医为你包扎好，我悬着的心才落地。小学毕业时，你以优异的成绩升入油田一中初中部学习。

升入初中后，学习任务重了，时间紧了，你在学习、心理上有些不适应。期中考试后，从未被老师叫过的我第一次被"请"

到了学校。

　　为了提高你的心理素质和适应环境的能力，每隔十天半月，我们就谈一次心，共同分析你心理上的弱点。我们在自由的王国里纵横驰骋，评判历史事件，臧否历史人物，我们仿佛超越时空，走在历史的隧道里。你有了疑问问我，我不会了查书籍，我从中也弥补了不少知识。

　　老师的辛勤教育，家长的呕心沥血，如春风化雨，培育你渐渐长大。让我最欣慰的是，你不仅取得了较好的学习成绩，而且养成了较为开朗活泼的性格，和通情达理、尊重长辈的素养。有一次在年级文艺晚会上，你和同学们自编自演小品《扁鹊见蔡桓公》。看着你投入的演出，听着你风趣的语言和老师的赞扬，我会心地笑了。

　　你可曾记得，你四岁那年夏天的一个中午，我下班回到家突然中暑，躺在地板上，你拿着一条滴水的毛巾，放在我的脑门上冷敷，又小心翼翼地端来一杯凉开水喂我。凉水、凉开水和着我的泪水顺脸淌下。

　　女儿呀，做学问难，做人更难。你的人生刚刚起步，在竞争日益激烈的当今社会，望你用辛勤耕耘取得丰硕成果，用诚信奋斗立于强者之林。

　　孩子，无论你走到哪里，都有两双眼睛在望着你；无论你长多大，都有两颗心在为你无私地操劳。

　　2006年，你升入了油田一中高中部，2009年毕业当年就考上了南方一所大学。四年以后，你取得了双学位。紧接着你通过了雅思考试，出国去了澳洲，考取了昆士兰大学的硕士研究生，两年后又取得了双学位。随后你在很短时间内取得了绿卡，供职于全球四大会计师事务所之一。你在紧张工作的间隙学习备考，2021 年顺利考取了注册会计师资格证。几年间，你一路过关斩将，在异国他乡考学、求职、买房，这需要付出多少心血和汗水呀！当然，这与你当年的同学、现在的另一半的竭力支持和帮助是分不开的。你们在求学的道路上携手并肩，形成合力，才取得了非凡的成绩。做父母的，除了供养你和安慰鼓励你，其他一点忙也帮不上，主要靠你自己了。每次得知你周末或晚上加班，或从视频里看到你脸上的倦容时，我和你妈都劝你别太要强，注意休息。

从你身上，我仿佛看到：你祖父不为强势低头的犟劲儿，你父亲坚持三四十年晨练和创作的韧劲儿，你妈从不认输的闯劲儿。从某种角度讲，你超越了前辈，取得了飞跃似的发展。我感觉到，你继承的不仅是老一辈的血脉，更是拼搏进取的勇气、坚韧不拔的毅力和敢于闯关过卡的胆量。

2018 年 10 月 16 日，山东菏泽那个大酒店里灯火辉煌，一场隆重的结婚典礼正在举行。当你的另一半用英语深情演唱，手捧鲜花向你缓缓走来时，我把泪水盈盈的你从我手中交给了他，从此，你们组成了一个新家庭，去了澳洲生活。学有所成，婚姻美满，工作充实，收入可观——我和你妈着实享受了一把被亲邻夸赞的荣耀。

但是，事情总有另一面，你们离家太远，回家一趟很不方便，尤其是三年多来疫情蔓延全球，更是出行受阻。有朋友善意提醒我，等你们年老体弱之后，有个发烧头痛，让孩子回来侍候可不方便呀！这一点，在你们出国以前，我和你妈都考虑过了。我们的一致意见是，孩子有赡养父母的义务，但父母不能成为孩子发展的约束。风物长宜放眼量。如果孩子有发展潜力和能力，就应给孩子提供发展的空间。人生能有几回搏，此时不搏何时搏？趁你们正年轻，趁我们还未老，就在广阔的天地展翅飞翔吧！至于年老之后，只能走一步说一步了。再说，还有你弟弟呢。在他四岁多的时候，有个朋友问他："晓恩，你长大以后还出国吗？"他回答："不出国了。""为什么？""我要再出国，就没人管爸爸妈妈了。"多么懂事的孩子呀！

话虽这么说，每当逢年过节，看到小区里同事、邻居家的孩子回家看望父母，一家人热热闹闹、欢天喜地时，或者是身体偶有不适，想找个贴心人说说话时，我一边宽慰着你妈，一边悄悄地遥望万里之遥的澳洲，心里酸酸的，眼中不觉湿润润的。

孩子，既然我们有缘成为父母子女，就应该倍加珍惜，结为善缘、良缘、吉缘，不枉走此人生一遭。既然你不怕吃苦，愿意展示自己的才华，就努力奋斗吧！

小寒已过，大寒将至。辛丑年的隆冬，浓雾弥漫，寒气袭人，枯枝间发出"簌簌"的风声。新冠病毒肆虐，人心惶惶。战斗在抗疫一线的你妈，更是日夜奋战，身心俱疲。

我面朝东南方向，望着迷蒙的夜空凝眉沉思：人们何时能战胜瘟疫，安居乐业？到时候，你俩从国外回到咱家，一家人便得以团圆，能享受天伦之乐啦！

在抗击"非典"的日子里

2003 年春天，一场出其不意的大瘟疫"非典"来了。当医生的妻子随时准备奔赴第一线。

那天中午，当她搬着自行车，拖着沉重的步履，疲惫不堪地走进家门时，我的心"咯噔"一下：怎么了，莫非接诊"非典"病人了？一时间，我和女儿方才还有说有笑，湛蓝澄澈的天空忽然乌云密布，空气也似乎凝固了。我想，这怎么能行呢？这样下去，不但她会病倒，我也会撑不住呀！还有十来岁正在上学的女儿呢！

妻子在医院传染科奋战了十多个春秋，她大学毕业刚分配到油田总医院传染科时，就有一些亲友善意地劝她调换个科室，怕万一患上传染病。也有人担心与我在一起易患传染病。对此，妻子从不介意，她说，反正这活儿得有人干，注意些就是了。我当然也没在意。十多年来，我们一家人从未患过传染病。

但这次不同往常了。记得四月中旬的一天，妻子值中午班，我和孩子坐在电视机前，边吃饭边看央视的《新闻三十分》节目。当我听到在"非典"患者中，医护人员感染率占四分之一时，我的手哆嗦了一下，筷子差点儿掉到地上——妻子会不会在四分之一以内呢？所以，自此之后，我每天都注意收看电视，特别注意每天疫情报告中括号里医护人员的感染人数。次日晚上，妻子上夜班了，我从电视上看到，广州某医院一名护士长叶欣在给一名"非典"病人做气管插管时不幸感染。几天后，那名患者治愈出院，而叶欣护士长却永远倒下了！特别是当她自知病危，用尽最后力气写下一张不让医护人员靠近的纸条时，我拿筷子的手僵硬了，一汪热泪涌上眼眶，喉头像堵塞了似的：多么高尚的品德、多么无私的奉献精神呀！

我怕妻子知道这个消息后心里难受，不敢告诉她，照常有说有笑，但我从她的眼神中得知，她知道了。我半夜起来方便时，看她屋里还亮着灯，我顺着门缝往里一瞧，她时而翻书，时而望着天花板凝思。她是在查看防治"非典"的方法，还是考虑她进入"非典"病房后的家务安排？自四月中旬以来，她主动提出自己住一个房间，自我隔离，是怕万一传染给我和孩子——她想得多周到呀！

"非典"突如其来，以至于人们无从掌握它的根治绝招和防治方法。对生的留恋，对死的恐惧，是人与生俱来的本能。人的生命只有一次，谁不珍惜！尤其是"非典"肆虐时，当医生为抢救病人而面临死亡的威胁时，谁的心中不产生一片恐惧阴影呢？

但神圣的职业责任感促使他们义无反顾，勇敢地踏上抗击"非典"第一线。前面的倒下了，后面的补上去。本来传染科就比较忙，人手紧张，有时妻子下了夜班又上门诊，有时替同事值夜班。"非典"流行以来，原来的医护人员兵分两路，就更忙了。

为了给疲惫的妻子减轻些心理负担，我主动承担起买菜做饭、打扫卫生、洗涮之类的家务，时常调换饭菜口味，有时在妻子回家时精心做两道可口的菜肴；为了给心情沉重、情绪烦躁的妻子带来些欢乐，我与女儿悄悄约好，为她播放轻音乐，让舒缓美妙的音乐驱散她心头的阴霾。

某个周末的上午，我带妻子、女儿到西郊游玩，经过一段路时，灰尘弥漫，睁不开眼睛。妻子有些烦躁，这时女儿不失时机地插了一句"'梅花香自苦寒来'嘛"！一句贴心话，让人三冬暖。"五一"节期间，我们又去一片槐树林中游玩，女儿躺在吊床上荡来荡去，妻子躺在草地上蒙着衣服小憩，我则在旁边摘着树上的槐花，这情景这氛围，其乐融融……

作为传染科的医生，妻子随时有"进去"的可能。试想，穿三层防护服，戴三层口罩，在30多摄氏度的气温下，又不许开空调电扇，要治疗高传染性的"非典"病人，而且，吃住全在里面，作为独生女的妻子能承受得了吗？但她没有找任何理由退缩。我对妻子肃然起敬，在生死攸关的关键时刻，她临危不惧，经受住了考验，因而彼此的感情又进一步升华。这是经历磨难培养的坚忍不拔的人生信念，这是面临灾难时彼此充分的理解信任，这是风雨同舟携手并肩升华的人生真谛！

儿子碗里的两颗枣

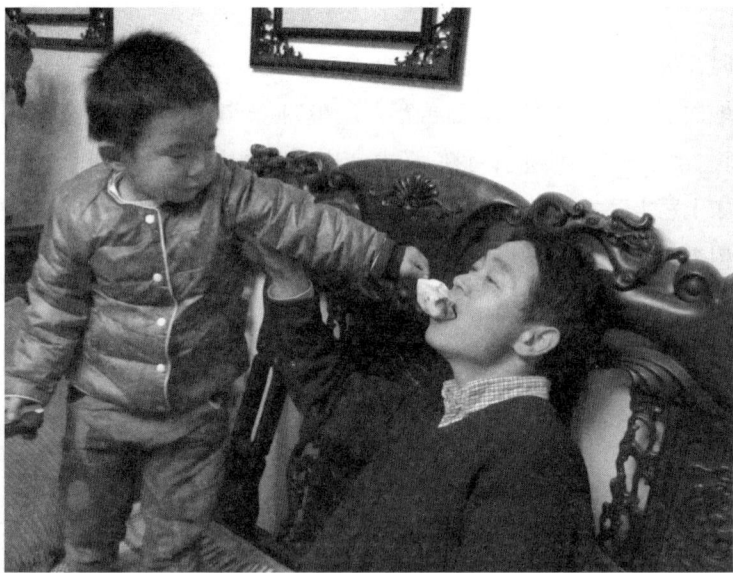

　　料峭的初春，傍晚还是有些寒意的。那年 3 月 2 日的晚上，我因有应酬，八点多才回家。我的手有些凉，一进门就握住儿子晓恩温热的小手，他却不躲避我。晓恩一直等我回家，要与我一块儿喝稀饭。客厅的茶几前，他姥姥端来两碗大米稀饭。我正要喝，发现他呆呆地看看自己的碗，又看看我的碗，忽然双手捂脸，哇的一声哭了。他姥姥问他："晓恩，你哭啥呢?"因为当天晚上他妈值夜班，我也问他："晓恩，是不是想妈妈了?"他一直"呜呜"地哭个不停。在初春的夜晚，这哭声愈显得揪心凄厉。过了一阵，他才声音哽咽着说："我的碗里有两个枣，爸爸碗里一个枣也没有!"直到他姥姥把他碗里的大枣拨到我碗里一个，他才肯把稀饭喝完。

次日起，我因公去新郑学习一周。一天晚上，他妈打来电话说，儿子想你都想哭了，电话里，晓恩边哭边说："爸爸，你咋还不回家呀? 我想你了!"之后是一阵儿沉默。我好生劝慰，他才勉强同意说再见，并叮嘱我："快点儿回家呀!"

当我学完归来时，专门买了一包新郑枣干，用来煮稀饭喝，因为晓恩喜欢喝大枣稀饭。听他幼儿园的班主任刘老师说，晓恩刚被评为班里的礼仪宝宝，那一周内，却天天闷闷不乐。当听说那一周我没在家时，我和刘老师几乎不约而同地"哦"了一声……

记得当年刚过完春节的一天晚上，我正在电脑前接收邮件，他在我身后的床上蹦着玩儿。我一回头，发现他把一位老书法家的一幅字给踩得四分五裂。我一气之下，把他拉下床，朝他屁股上踹了一脚。他哭了，跑到妈妈面前哭诉："他是我最好的爸爸!"一个四岁多的孩子，怎么那么懂事!

当孩子被"错领"之后

　　当满树的绿叶渐渐变黄，当片片黄叶随风飘落的时候，冬天来了。那是一个周五的下午，众多家长应小哈佛建业幼儿园老师的邀请，做一个主题为"不与陌生人接触"的"错领"孩子的游戏。建业幼儿园的大厅里，家长们济济一堂，议论纷纷："错领"

孩子，怎么领？为什么要故意领错？万一我的孩子被"错领"走了呢？

尽管大多数家长不情愿或不自然，但"错领"活动还是有序进行了。A班孩子的家长去领B班的孩子，B班孩子的家长去领C班的孩子，C班孩子的家长去领A班的孩子。说实在话，作为资深家长，我还是第一次参加这样的活动。身旁家长的表情也大多是茫然无措的。

我们中班孩子的家长被安排"错领"大班的孩子，排在我前面的几位家长，挨个走进大班教室两三分钟后，都空手而归。看来，大一点的孩子就是懂事些，自我保护意识强。当我进去领一个小男孩时，我说："我是你爸的好朋友，你爸在单位忙着呢，他让我来接你一块儿去饭店吃饭。"小男孩看了看我，眨巴眨巴小眼睛说："叔叔，我爸爸叫啥名字？"我语塞。他又说："要不，你给我爸打个电话，让爸爸给我说话行不？"我说不出话来，心想，这小家伙脑瓜真灵活，于是，我只好编个谎话："那好，我查一下你爸的手机号码，一会儿给你说。"然后，我像做贼似的逃了出来。

隔壁的房间里，"错领"孩子的活动在继续进行。约五分钟后，一个瘦弱的小女孩被一个女家长"错领"出来了，只见小女孩吃着糖果，被"错领"的女家长抱着。小女孩在茫然四顾。那个女家长哄着她："你妈妈一会儿就接你来了。"隔壁房间，是我儿子的班。我的心似在半空悬着，尽管时常对他进行不跟陌生人走的教育，但孩子毕竟还不到三岁呀！万一哪个家长使点心计，如送一块他喜欢吃的巧克力，或给一个他喜欢玩的汽车、水枪玩具，说不准会……正担心间，又一个小男孩被一个女家长"错领"出来了，男孩嘴里吃着东西。看来，孩子大多抵御不了吃的诱惑呀！

十多分钟后，活动结束，共有七个男女小朋友被陌生家长"错领"了出来。我的心一下子被装进肚里了——我的儿子没被"错领"出来。事后听孩子班级的老师说，一个男家长拿了一个果冻要领他走，他把果冻吃了，跟那个家长走到了门口，又返回去。但他毕竟吃了陌生人的果冻，万一果冻里有致人昏睡的药呢，好险！看来小家伙的自我保护意识只能算合格。若是我在他这样的年龄，哪怕比他大一两岁，也可能被陌生人领走。

一个月前看中央电视台一套的《今日说法》，那一回的节目叫《梦碎寻亲路》，说的是湖北的一个三四岁的小男孩，被人贩子抱走，拐卖到河北农村。十多年中，孩子的父母靠打工、捡破烂为生，四处寻找孩子。其间，孩子的奶奶因想念孙子积郁成疾，郁郁而终；孩子的爷爷卧病在床。经公安机关及孩子的父母多方努力，终于打听到孩子的下落，这时的孩子已是 20 岁的小伙子了。孩子的养父母有三个女儿，对他倍加宠爱，他在这一家人的宠爱中被惯坏了，已辍学，游荡生活。孩子的生父母在公安机关的配合下要认领孩子回家，谁知孩子接受不了这个突如其来的残酷的现实，执意不走。这时，湖北老家打来电话，孩子的爷爷因思孙心切，受了风寒，病情危急。当孩子的父母失望地回到家里时，孩子的爷爷已经断气了！一个孩子被陌生人抱走，一个家庭的悲剧产生了……

瞬息万变的现代城市生活，给孩子的生理、心理都带来了始料不及的机遇和挑战，一切原来想象不到的事情都可能随时发生。传统的教育方式已经过时。家长的教育方式、管理方式也要与时俱进，学习新知识，跟着时代走。所以对孩子合理地进行科技、消防、交通安全等生活常识，及自我保护教育是必要的，也是时代发展的需要。

看来，小哈佛建业幼儿园的园长和老师们用心良苦啊！

Chapter

2

第二辑

玫瑰朦胧

○ ○ ○ 雨 后 的 家 园

独 享 孤 独

　　昏黄的太阳在狂风呼啸中无奈地落山了，夜幕笼罩了豫东北黄河故道一带的平原。狂风卷着沙粒，铺天盖地而来，地上的枯叶败草纷纷飞舞，打着旋儿飘飘落落。人们弓腰缩头，匆忙赶路。

我在几家书店徘徊着，想寻找点儿什么，却又没有找到。仿佛一个夜行的人要追求他的目标，又不知目标在何处；又像一个单恋者在茫茫人流中渴盼他的爱神，结果失望而归。

我一个人在狂风中踽踽独行。时令不饶人呀！昨天，末伏的阳光还火辣辣地蒸烤着大地；今晚，人们已在风沙中瑟瑟发抖了。明灭不定的路灯照着我的身影，影子随着我慢慢晃动。忽然，我觉得我是最孤独的人。熙熙攘攘的人们都离我远去，繁杂的应酬都被我抛诸脑后。妻上夜班了，活泼可爱的小女儿回老家度暑假尚未归来。我疲惫的身心终于有了喘息的机会，我是自由的人了。

浮想尘世，人生苦短，本应为了幸福和自由，安安稳稳地度日，减少进而避免一些无谓的争夺残杀。可是，现在的人们不知怎的却浮躁起来，为达目的不择手段，醉心于手段的奇巧圆滑。有的人为了守住"乌纱"，不惜丧尽天良，徇私枉法；有的人为了一己私利，坑蒙拐骗，绞尽脑汁；有的人利用手中之权进行权钱交易，以人民公仆的名义，制造"阳光下的罪恶"；有的人利用既得的权力和金钱，背着妻儿老小，在灯影迷离的地方进行不可告人的交易；有的人为了身外之物，饱受求而不得的煎熬；有的人道貌岸然地维持着早已死亡的婚姻，悄悄地做着婚外补偿，仍自称为"幸福家庭"；有的人为了一时的私利，牺牲了人生最宝贵的东西……

谁是幸福而又高尚的人呢？我可与谁相知相交呢？

一时间，我觉得没了朋友。那些一时有求于我的人已把我抛弃；称兄道弟的酒肉朋友则与我相逢不相识；青少年时代的几个可以称为朋友的朋友，各为生计四处漂泊；那些日日相处的共事者和相邻的"鸽子笼"里是很难找到真正的朋友的。在一定程度上，妻是我的朋友。我们虽以夫妻相处，构筑爱巢，能在落日的黄昏里小径散步，共话桑麻，但也仅仅是在一定范围内和一定程度上的交流。每人都有一片对谁都不愿开放的小天地。那些自诩为没一点儿隐私的人，不是毫不负责地吹牛，便是在虚伪地掩饰。妻整日相夫教子，还要为生计奔波，够辛苦的了，一个男子汉怎好意思把心中的苦水向她倾吐呢？何况，男人的一些苦闷和烦恼是不能也不应该一股脑儿倒给妻子的。我有了欢乐，愿与妻共享；有了痛苦，宁愿独自忍受。我想起了活泼可爱、风趣懂事的六岁女儿。我是渐渐喜欢上她的，而且越来越喜欢她。从两岁以后，女儿已显露出活泼外向、风趣幽默的性格了。每次回家，女儿从我的脸上就能读懂喜怒哀乐。我有了痛苦和烦恼，她便风趣地逗我开心，使我忘却了一切，与女儿回到一个天真纯洁的童话世界。她四五岁便学着擦拭桌椅、炒菜，一见我有空闲，就缠着我给她讲故事，问这问那。我觉得，父女俩已成了忘年交。我的生活几乎离不开女儿了。女儿回老家 20 多天来，家里冷清了许多。之前妻去北京进修半年，我和女儿相依为命，共度时光，在萧瑟的秋风中，在冬夜的写字台上，我和女儿建立了深厚的父女情。女儿慢慢长大，已经上一年级了。她渐渐理解了一个父亲的苦乐荣辱。可她毕竟是一个六岁的孩子呀！父亲怎好向一个年幼的孩子倾吐心事呢？她要是能再长大一些，能帮我排除多少忧愁、增添多少欢乐呀！

我想起了那个美丽忧伤而又永远难忘的梦。在我的少年时代，那个梦悄然产生于一个纯洁处子的脑海。她如春日雨霁的清风那样文静淡雅，轻轻而来，轻轻而去；她如夏日的彩虹绚丽多姿，风采无限；她如深秋的黄花傲霜独立，暗香依旧；她如寒冬的蜡梅卓尔不群，冰清玉洁。然而，我却未能大胆追求那个梦。在尘世的风雨中，在坎坷的征途上，我试图忘却她，以使自己现实些，结果我却没有做到。20多年了呀，有什么能使我魂牵梦绕，难以忘怀？人生能有几何，我什么时候才能追回那个遥远忧伤的梦呢？为了那个梦，我已从青春少年走到而立之年，难道还非要走到华发暮年吗？我孤独追求，无依无靠。我常问春天的风，为什么不在和煦的春风里带来她的温暖、她的情怀，哪怕是久违的浅笑？我常问夏天的雨，为什么不在挟雷裹电的暴风骤雨中实现心与心的碰撞、情与情的交融？我常问秋后的云，为什么不捎来她的欢乐、她的忧愁和她久久不愿打开的心扉？我常问寒冬的雪，为什么她如此无情，让我怀着虔诚的心，徒劳地等待，徒劳地追求？

"拣尽寒枝不肯栖，寂寞沙洲冷。"

这样想着，不知不觉已回到家。我打开灯，屋里落了一层沙尘，一块玻璃被风刮掉了，凉风一股一股地吹来。我迎风而立，忽然想到，孤独是一种超脱的人生境界，甚而是一种享受。有的人利欲熏心，终生孤独而不自知；有的人因忍受不住孤独而酗酒赌博，或沉醉于粉红色的诱惑中；有的人沦落于凄凉的孤独境地而不自省自悟……而我却在孤独中冷静观察人生与社会，反思自己的成功失败、苦乐荣辱，从而悟出一些形而上的人生真谛。

孤独是一位饱经风霜、冷静理智的智慧老人，使处于狂妄之际的头脑冷静下来，给予深刻的警示和鞭挞；孤独是一剂根治顽疾的苦口良药，它能治疗心灵深处的疾病，从而助人走向健康的人生坦途；孤独是一个坚固的堤坝，它能把激情的潮水规范在理

智的堤坝内，不致泛滥成灾，酿成祸患。于是，我便视孤独为终
生享用的丰厚财富了。

　　窗外，苍凉的风依然吹着。

众里寻她千百度

　　在幽深久远的岁月隧洞里，我怀着无限憧憬的心，虔诚地期待着。

　　那是久历寒冬的枯枝遥望春姑娘的翘首祈盼，那是干涸的田垄等待一泓清泉的焦躁震颤，那是积攒太久的热情渴望爆发的艰难煎熬，那是一个清纯少年真诚无瑕的全部情感。

在希望中等待，又在等待中失望。18 个寒暑过去，熬干了热情，熬老了青春，熬白了双鬓！

还记得那个泡桐花与合欢花迎风绽开的校园吧？那是个产生理想和梦幻的地方。梦中，一位少女翩跹而来，你是春天的风，唤醒我蛰伏体内的情感；你是天上的虹，在我耕田的彩云间缈缈淡淡。你是那样地卓尔不群，冰清玉洁。我悄悄寻觅，你却乘一片云飘然而去，音讯杳然。

不知是上苍的善意同情还是故意捉弄，时隔数年之后，在那个寒冷的假期，那个小县城的院子里，一个梦又悄然映现，我又能为实现梦想而追逐了。于是，在春暖花开的金水河畔，在凉风习习的金水路上，我们回忆着过去，畅想着明天。当我距离实现梦想仅一步之遥时，又碍于情面退缩了。后来，当我终于鼓足勇气向你表达我的心声时，你委婉而又礼貌地拒绝了。我陷入极深的痛苦之中。我仰天发问，为什么我付出了最真诚最珍贵的少年情感，却得不到丝毫回报？多少个黎明，金水河畔的蛙鸣低吟我的委屈；多少个黄昏，金水路上的梧桐诉说我的苦难。年轻的我，仿佛苍老了许多，为伊消得人憔悴。

理智提醒我，何必自寻烦恼、自作多情，何必为一个冷冰冰的倩影而空耗宝贵的青春呢？感情申辩道，这场梦幻虽已破灭，但这毕竟是一个纯洁少年的梦呀！为此我熬过多少不眠的长夜，燃起过多少熊熊的烈焰，几乎耗尽了我从一个少年到青年所有的痴情和热望！虽然梦已化为泡影，可我的心路历程将永远留在我的心中，这与当今情场上的"潇洒"和爱情问题上的"开放"是绝不可同日而语的！当年轻的心不再年轻，当稚嫩的情感不再稚嫩，当我早已从那场梦幻中解脱后的今天，我祝愿梦中的人一切如愿平安。

然而，一旦梦中的彩云被现实的凄风冷雨吹打，我惊诧了，是同情，是不安，是不愿发生的事实发生之后的复杂情感？我说不清。我已趋平静的心，重又激起波澜，青春的潮涨起，沸腾的血涌起，一个男子汉的强烈使命感充溢心间。如果世间还会有风吹雨打，那么就让我这个热血男儿来遮挡吧；如果在尘世的生活中还会有更多的苦难，就由我多承担些吧。这时，我忽然想起激励我奋进不辍的《贝多芬传·序言》里的一段话："唯有真实的苦难，才能驱除罗曼蒂克所幻想的苦难；唯有看到克服困难的壮烈的悲剧，才能帮助我们担受残酷的命运；唯有抱着'我不下地狱谁下地狱'的精神，才能拯救一个萎靡而自私的民族。"

逝者如水，去而不返。多年之后，那个梦还在吗？

人生匆匆，时光短暂，已经错过了机遇，还要再错过吗？已经逝去了那么多好时光，非要等到明日黄花吗？

我不相信任何"崇高"的主义，也不知道下一辈子托生成什么，我只相信今生今世。人，只能活一辈子呀！

让情感之翼腾飞，让重生的火燃起，让我们在更高的层次上比翼双飞，回归自然。

哦，那满院飘落的泡桐花，那粉红清香的合欢花，那琅琅的读书声，那美丽忧伤的梦……

春天，那个雪花飘落的日子

当我怀着漂泊的惆怅和思念的情怀，回到我阔别多年的豫东老家时，我终于见到了你——我儿时的伙伴。

已过而立之年的你，显得成熟丰润，闪亮的明眸透着聪颖和睿智，瓜子脸上的两个酒窝，在朗朗笑声中是那样地诱人。一缕乌黑的秀发在微风中迎着雪花飘舞,透着不可抵御的神韵。在你辛勤耕耘的乡间小学校园里,我们踏着积雪漫步。细微的雪花飞落在脸上,凉凉的,倏而融化。心中,涌起一种说不出的惬意。你指着四排整齐崭新的校舍说:"这是刚建成的,孩子们终于有了安稳的教室。"眉宇间透出从容的笑意,那么轻松自信。我不敢相信,一个文弱女子,怎么能建成一座新校舍呢?看着欢蹦乱跳的学生,你轻轻抚摸他们的头发,为他们整理衣服。我禁不住暗暗生出了欣羡之意:你找到了自己的人生价值,走上了一条艰难但充实的人生之路。过去,那一幕幕场景,那一缕缕情怀,仿佛又回到眼前。

每个人都有一个美丽的梦。你的梦就是考上大学,毕业后回乡教书。1981年暑假的一天上午,我俩一块儿骑自行车到睢县一中,你眼睁睁地看着我拿到大学录取通知书,你用手掩面,一口气跑到我们常读书散步的北大湖畔,看着清澈的湖水,轻轻啜泣,一串串晶莹的泪珠顺脸而下。

睢县北大湖又称凤城湖,位于睢县县城北面,湖水面积近5000亩,距今约400年历史,睢县因此被誉为"中原水城"。这是一个美丽的湖,湖水在微风中泛着波光,一闪一闪的,恰似无数的鱼鳞。湖中的鱼儿成群游弋,在一人多深的芦苇丛中,不时地咬着苇叶水草。远处一座湖心岛上,相传有宋襄公陵墓和宋襄公望母台等古迹。岛上林深叶茂,郁郁葱葱,透出几分神秘的气氛。

在北大湖畔,我们共度过多少难忘的日子,发过多少滚烫的誓言啊!

曾记否,那年夏天的一天下午,我们几个男同学在湖中游泳、嬉闹，你独自坐在湖畔看书。不知谁向你投去一个泥块，湖水溅湿了你的衣服，也把刚写好的作业本弄得水迹斑斑。你委屈地哭了，我赶快跑上岸，帮你晾干作业本。天晚了，同学们都回教室了，只有我俩在湖畔漫步。白乳状的雾笼罩了湖面，湖面上吹来缕缕凉风，掀动我俩的衣衫。我俩静坐着，谁也不肯打破这夜的寂静。不知过了多久，还是我先开口："明年，我准备报考大学中文系。你呢?"你沉默片刻，轻声说："跟你一样。"风吹着湖面，发出"哗哗"的流水声，岸边的芦苇也"沙沙"作响。我的心也随着湖水浪花飞溅，情不自禁地，我俩靠近了，你偎依在我的怀里。吻着你清香的秀发和甜甜的面颊，我陶醉了。刹那间，天旋地转，一切都远了，只有我俩如春的情怀……

大学开学了，在县城汽车站，就在我将要乘上西去省城郑州的汽车，告别故乡时，你突然出现在我的面前。四目相对，双手紧握，我坚信地说："明年开学时，我在大学门口迎接你。"你无言地点点头，泪水盈盈。车启动了，你向我频频挥手。

第二年，第三年，我望眼欲穿。后来，我才听说，为了给瘫痪在床的母亲治病，为了弟弟妹妹摆脱面朝黄土背朝天的命运，你辍学了。两年后，你的母亲去世了，你又努力把弟弟妹妹送入了大学校门。你 23 岁那年的冬天，一个大雪纷飞的日子，一辆破吉普车把你拉到 20 里外的村庄，你嫁给了一个老实巴交的农民。两年后，你生了一个可爱的小男孩。按说，三口之家，平平常常过日子也很好，可你非要实现当教师的夙愿。从不爱求人的你，通过丈夫的一个拐弯亲戚，四处求人，打通关系。终于，你走上了家乡的讲台，当了一名小学民办教师。但你并不满足于此。你一边教学，一边准备成人自学考试，并以全县第一名的优

异成绩毕业了。功夫不负有心人，你教的班级在一次升学考试中
获全县第一名。在全县教师表彰大会上，当县长把一朵大红花和
2000 元奖金颁发给你时，你笑了，眼中含着泪花。你把大红花挂
在家里，把 2000 元奖金捐赠给学校用来翻新校舍。由于连年成绩
突出，你转正了，后又晋升为校长。

　　看着晴天透阳光、雨天漏雨水的破旧校舍，你清秀的眉宇间
阴云密布：多么可爱的孩子啊，在危房里上课，万一哪天刮风下
雨……你不敢怠慢，下定决心翻修校舍。当时教师的工资有时一
拖几个月都发不上，哪有钱修校舍呀！你一个文弱女子，不知哪
儿来的勇气，找乡长，找教育局局长，找县长，求个体户老板，
挨家挨户做村民的工作。功夫不负有心人，县里拨了一部分款，
个体户捐了些款，村民们抱着一块块砖、一根根椽子来了。两个
月后，校舍修缮一新。当县里要把你调到县实验小学当校长时，
你摇摇头："我舍不下家乡的孩子，哪儿也不去！"

　　作为一校之长，你有点小权了。但你认为这职位有着造福乡
亲的神圣职责，从不敢丝毫玷污。一次，一个卖钢笔的商户来到
学校，你让会计订购了 200 多支钢笔，发给学生们。那个商户悄
悄来到你的办公室，执意要付你回扣 50 元钱，你收了钱，转身
交给了会计。

　　面对物欲横流、商潮滚滚的社会，你出奇地坦然：作为动物
的人，是有欲望的，但人不能被贪欲所左右，能维持基本的生活
就够了，最重要的是，人活着，要干点儿好事、善事，当生命的
挽钟敲响时，能坦然地说一声"终生无悔"，足矣！

　　每当夜深人静时，忙碌了一天的你灯下苦读，勤奋笔耕。你
在探求着摆脱痛苦、超越自我的途径，寻觅着摆脱物质诱惑的洒

脱而淡泊的人生之路。

　　雪越下越大了，片片雪花飘落在你的秀发上，你的面庞红润润的，口中散发着热气。该分手了，你拿出笔记本，就着雪光写下了几行娟秀的字迹：

　　　　往日的梦破灭了
　　　　我不悲伤
　　　　在这片贫瘠而神奇的土地上
　　　　我实现了
　　　　我的梦想

　　我踏着碎琼乱玉，挪动着如灌铅般沉重的双腿，与你分别。我已走出好远了，回首望去，你仍站在风雪中，向我频频挥手："别忘了，向嫂子侄女问一声好！"

　　北风挟着雪花，越下越大了。满眼望去，寂静的乡间，一片白茫茫的世界，天地相连了。我打了个寒战，裹紧了衣服。然而，一股温热的潮，从心底升起……

爱 的 家 园

　　何时，再回到我们相恋的小河畔，看天上云卷云舒，任心海荡起滔天的潮。

　　何时，再相聚于那间简陋的书屋，在无遮拦的世界里谈天说地，实现心与心的交融。

何时，能脱去层层枷锁，在对铜臭与污浊的笑骂之后，过一种宁静自由的田园生活？

多少个晨昏，多少次或隐或显的意识里，我都在一次次寻觅。

然而，我依然一无所获，面对着远离理想的现实。

汹涌澎湃的市场经济大潮，冲淘了仁善、道义等人性美的传统美德，只剩下花花绿绿的票子，被人们发疯似的追逐着、抢夺着。温情的面纱被揭破，良心也被践踏在地。纷乱的舞台上，既有胜利者的狂笑，又有失败者的呻吟；既有盛宴上的欢歌狂舞，又有淋漓的鲜血飞溅——多么热闹的人生舞台呀！

日常生活中，人们也愈益注重对物质利益的追求，贪求权势名利。友谊淡了，人情淡了，甚至连最为神圣的爱情也淡了，维系人们之间的纽带似乎只剩私利。爱情，这种理应是充满诱人的浪漫情调的感情，也渐渐被铜臭所熏染。作为婚姻基础的两极，纯洁真诚的爱情砝码越来越微不足道，而物质利益的砝码却越来越重。有的人自己不真心投入，却想借对方之力飞黄腾达；有的人精心设计，骗取对方的贞操与真情，在玩腻之后逃之夭夭；有的人尚未结婚，却已盘算着离婚时财产如何多占；有的人凭着自己的钱财或姿色，在婚前婚外轮换着享用一个个异性，无休止地贪求……不知不觉，人们失落了爱的家园。

在光怪陆离的世界里，我也曾经彷徨动摇，越来越多的人都在自我解放、"潇洒"生活，自己何必那么保守愚钝？耳畔飘来柔柔的歌声：人生一世，只图个痛快享受，不可枉度好时光。迷离的舞曲中，一个个妖冶的舞女向我搔首弄姿……

我的心中，天使与魔鬼相互厮杀，我既高兴又苦闷，既理智又野性，既庄重又浪漫，既要固守阵地又想欢乐逍遥。不知多少次，魔鬼几乎要把我拉向贪欲的深渊。终于，理智之光驱走了魔鬼的诱惑，我看到了那一条并非平坦却是通往幸福自由的爱之路。

青山绿水间，一户远离尘世喧嚣的人家，我和爱妻用心血和汗水浇灌的爱之花迎风绽开，散发着清纯的香。我们静静地欣赏着，彼此露出会心的微笑。在这种宁静和谐的气氛中，我们辛勤地劳作着，愉快地生活着，然后，平静而又坦然地走向夕阳晚景。

啊，这就是我苦苦追求的爱的家园！

妻，请听我说……

没有鲜花美酒，没有金钱权势，在那个困苦无着的青春岁月，我们相识了。你用一颗纯真少女的心赢得了我的爱，我也用发自内心的真情回报你——我们从相识到相知。

没有游戏，没有誓言，没有轻歌曼舞的缠绵，我们用形而上的特有方式传递爱的信息。还记得吧，在那个月明星稀的中秋之夜，我饮酒望月，用笔和纸，更用一颗激情难抑的心，向你倾诉爱的心声！

寒暑四易，终于，在雪花飞舞的故乡，在那个极为简陋的婚礼上，一辆大篷车把你接来了。从此，我们拥有了一个清贫却很温暖的家。几千个日日夜夜，从一无所有到今天的三口之家，我们挺过来了，不容易呀！我用火一般的激情融化了你少女的心，你默默地接受；我用诗人一样的癫狂赢得了你的敬佩，你耐心地倾听。我感到由衷的欣慰，我真诚祝愿我们的爱情之树常青。

还记得那个暮春的傍晚吗？香风送暖，流水潺潺，我灵感泉涌，向你描绘我们暮年的情景：苍凉的风吹动我们的满头银发，岁月在脸上烙下沧桑。我们手挽手，走在落日的余晖里，看晚霞布满西方的天幕，听天风飒飒，耳畔响起生命的颂歌。我们会心地笑了，恬静安详走向彼岸的世界……

可是，不知从何时起，我们当初那份浪漫激情淡了，共鸣少了，生活中"实"的东西越来越多。你整日为衣食住行奔波忙碌，从纯情少女变成了"实在"少妇、主妇。也真的难为你了，家里的柴米油盐、敬老养幼、迎来送往都要靠你操持。可我总觉得生活中缺少了点儿什么。为什么，你对我发自内心的倾诉不再长夜倾听、感动得热泪盈眶？为什么，我们的生活不再红霞初照、浪花飞溅，却如机器般地轮番运转？一种深沉的孤独感常常袭击我的心灵。在寂静的午夜，在酒后眩晕的意识里，我仿佛置身荒原，野狼般地哀号……

婚姻的缔结须以爱情为基础，婚姻的延续更需要爱情的深化。如果双方的爱情已经消失，仅仅保留婚姻的躯壳，这样的婚姻还有什么意义呢？我坚信，人间自有纯真的爱。如果说，爱情是璀璨的花朵，那么，婚姻就是累累的硕果。而贯穿于全过程的，则是真诚无私的爱。

不要以为，有了婚姻就万无一失，更不要让"婚姻是爱情的坟墓"这个观点被越来越多的现实所印证。而使婚姻长久幸福的秘诀就是不断深化和发展爱情，这就需要双方互敬互爱，尊重对方的志趣、信仰和劳动成果，支持对方的事业。对一个正派的婚后男子来说，他对妻子最大的愿望，就是妻子对自己事业上的支持和心灵深处的理解抚慰，而不是埋怨牢骚。当然，男人也应对妻子关爱照顾。这就是说，爱的方式已由初恋时的浪漫激情深化为相互理解、支持与关爱，以及彼此的牵念、密不可分的情感。要保持长久的爱，还要注意生活的多彩与充实，力避单一化、模式化和公式化，要使双方形成这样一种感觉：太阳每天都是新的。试想，在忙碌之余，两人并肩漫步在夕阳的余晖里，回忆往日的时光，畅谈未来的愿望，或在轻柔的乐曲中翩翩起舞，不是一样富有浪漫情趣吗？在商品意识愈来愈浓、名利观念日益盛行的今天，我坚信，我们都能经受住严峻的考验。

任洪水滔滔，人欲横流，我们依然信仰真诚的爱。

任越来越多的人向权钱名利折腰叩首，我们却怡然自得，徜徉于爱的乐园。

《诗经》曰："靡不有初，鲜克有终。"在离婚率日高的今天，在"男人有钱就变坏，女人变坏就有钱"的都市，让我们坚守爱的阵地吧！

我说："当初无悔呀，至今无悔！"我愿这句话应验到我们的华发暮年。

爱人啊，在埋葬我的黄土堆上，也将有一朵爱情的花儿开放——那就是我对你始终不渝的爱！

凄美的音乐，旷世的绝唱

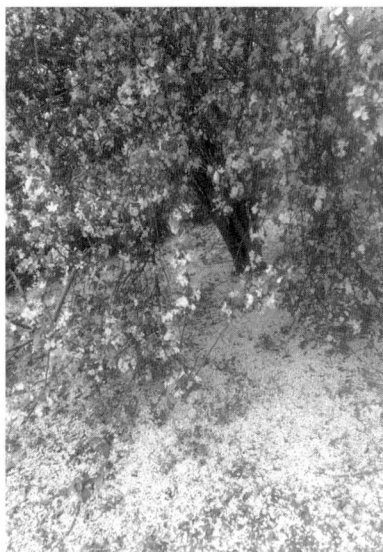

寂静的夏夜，我一遍遍地听着旅美小提琴家陈蓉晖演奏的乐曲《在那遥远的地方》。小提琴的哀婉凄美，大提琴的跌宕起伏，柔美与粗犷错落有致，中音与高音天然和谐。那乐调的婉转，那音质的纯美，那乐曲终了之后余音萦绕耳际的缠绵，以及留下的无尽的想象空间，给人一种洞彻心灵、魂牵梦萦的纯美享受。我先是泪流满面，继而低声痛哭，最后掩面啜泣。妻子一脸茫然，不解地问："你怎么了？"我以手示意她静听音乐。

遥想 1990 年前后，台湾当红作家三毛，从台湾海峡的彼岸，横跨大半个中国，跑到遥远的新疆，与她心仪的情歌王子王洛宾相见。不料，这一见，成就了一场人间少有的旷世奇缘，演绎了一段凄美的爱情故事。一个是年近耄耋的孤独老人，一个是中年守寡的孤寂女子；一个是"西部民歌之父"，一个是台湾当红作家。这一对只能成为忘年交的男女，为什么会产生惊世骇俗的爱情呢？是缘，是两亿分之一的概率，促成了他们的相逢相遇；又是几十亿分之一的概率，促成了他们至真至纯的爱情。爱得轰轰烈烈，爱得死去活来，爱得超凡脱俗，爱得举世罕见！与他们相比，那些锱铢必较者，那些追名逐利者，怎会有真正的爱情呢？

然而，从炽热的爱情到步入婚姻的殿堂，还需几十亿分之一的概率，还有诸多现实的因素困扰，以至发生变故。在距离缔结婚姻还有一步之遥时，上天没能眷顾他们。当三毛不顾世俗的一切羁绊，向父辈年龄的王洛宾炽烈地求爱并打算长期与他生活时，碍于自身年龄、子女，及诸多世俗的考虑，经过一番痛苦的挣扎煎熬，王洛宾婉拒了三毛的爱情。经历事业的受挫和疾病的折磨，又遭遇了爱情的重创后，三毛的天空坍塌了。离开王洛宾后的第 121 天，三毛在台北荣民总医院自缢身亡！一段轰轰烈烈的爱情故事，以凄美的悲剧结束了。

爱，是心灵的息息相通和相互吸引；爱，是为对方设身处地着想地百般呵护；爱，是守一精诚的痴心不改；爱，是"为伊消得人憔悴"的牵肠挂肚；爱，是跨越出身、阶层、年龄和地域的超凡脱俗。爱以相互尊重为条件，以身心交融的绝美享受和心灵的碰撞升华为实质内容，以超越世俗名利金钱为特征。这，才是真正的、至真至纯的爱情！

恍惚间，我进入了美丽的梦境：我爱山泉般的清澈明眸，我爱银铃般的爽朗笑声，我爱西风流云般的洒脱性格，我爱浪花飞溅般的汹涌激情。春花秋月知多少，熬过一个个春暖冬寒。马颊河畔的杨柳青了又黄，黄了又青。在那个春天的傍晚，在那个细雨蒙蒙的龙湖岸边，我寻找爱的真谛！

　　珍惜这概率为两亿分之一的相遇相识吧，更要珍惜这概率为几十亿分之一的相恋相爱。因为，人生只有一辈；因为，来生不知是否重逢！

　　夜深了，凉爽的夜风中，这凄美的音乐依然悠扬婉转，依然洞彻心灵！

美，从眼前飘过

　　自从我踏入人生这条征程，我就苦苦地寻觅着。

　　是春的烂漫，是夏的热烈，是秋的清爽，是冬的凛冽，我说不清。

　　她从乡间小路上走来，带着淳朴与善良，绯红的面颊上荡漾着少女的羞涩与热情。她强忍着内心涌动的春潮，等待着我。我走上前去，摇头否认，她不是。于是，她一甩羊角辫，啜泣着跑了。

　　她从少年时的校园中走来，带着城市人的聪颖与灵巧。听那浅笑，恰似山涧溪水嬉雏燕；看那红晕，好比三月桃花迎风开。我飞跑着，追呀，追呀，我失望了。那是天上的云，缥缈的影。

待我从那个自造的幻境中醒来时，那片美丽的云影早已消散，只剩下孤独的我，孑然徘徊。

她从紧闭的闺房中走来，双眸间滚动着晶莹的泪珠，拼命地投入了我的怀抱。我被她的诚心所感动，情感之潮汹涌奔腾，浪涌着浪，我陶醉了。然而，我却在黎明的鸡啼声中悄然逃遁。

你从熙攘的人流中走来，柔情似水，渴望接受震天的撞击，溅起滔天的狂澜，刚柔相济，阴阳交合。然而，正当我无穷的力与你那潭春水碰撞交融时，你退却了，躲避于自我封闭的港湾中。

你送我初春的风，吹醒我发热的头脑；你送我五月的雨，我干涸的田垄悸动呻吟。在那个月光朗照的夏夜，我颤抖着唱起了心中的歌……

也许，你怕凄风冷雨吹打你纤柔的身姿；也许，你还没有找到幻想的那棵大树。然而，我来了。我们不能在生命的洪流中轻轻融汇，溅起绚丽多彩的浪花吗？

我跋山涉水，苦苦寻觅，也许永远没有归宿。你心中的那棵可以依靠的大树呢？光阴荏苒，时不我待。待到华发暮年，我们依然各自寻觅，又依然空无所获时，我们能不为耳畔奏起生命的挽歌而悔恨落泪吗？

苦海无边，回头是岸。

当我怀着满身的疲惫和漂泊的惆怅蓦然回首时，你在熙攘人流中。

也许，我们永远成不了展翅万里的雄鹰，但我们不能如雨霁后翻飞的双燕吗？

太阳升起来了，让我们手挽手，肩并肩，走出丛林，尽情地欣赏这大自然的美景吧。待到夕阳西下，悠然恬静地走向生命的彼岸。

飞翔吧，让情感之翼飞越人流、飞越世俗、飞向那片绚烂的芳草地！

升腾吧，让心灵之鸟在凤凰涅槃中超度，永生！

有 的 人

　　每个人都在不能复制、无法返程的人生旅途中行进着。有的人，走着走着聚了；有的人，走着走着散了；有的人，走着走着丢了；有的人，走着走着忘了家和来时的路。走在一起的，有的白头偕老，安度一生；有的同在一片屋檐下，却同床异梦，成为"熟悉的陌生人"。

　　有时夜半梦中醒来，环顾四周，忽然惊出一身冷汗：我为何置身此时此地？我还是原来的我吗？我的命运将与谁紧密相连？我的余生将是福报满满还是恶报连连？

　　见惯了太多的结婚与婚变、忠贞与背叛之后，忽而感慨：豪华隆重婚礼上海誓山盟的新婚燕尔，有几对能经受住时间的无情裂变和实践的残酷考验，携手并肩走到永远？别说金婚银婚，好多人过不了七年之痒甚至三年之痛，就整天为感情、为财产、为孩子等吵闹不休，怀疑猜忌，不得已分道扬镳了。是"性相近，习相远"，还是三观不同所致？是不同的环境让人突变，还是本性使然？两人的结合是善缘还是恶缘？如果是善缘，为何没走几步就已分手？如果是恶缘，早知如今结果何必当初徒劳枉然？

人活着，不管身处何时何地，也无论从事哪种职业，人生目的大概离不开"幸福"二字。那么，幸福是什么呢？我认为，幸福是清风明月下的举杯品茗，惯看花开花落、云卷云舒；幸福是逆境时的相濡以沫和顺境时的心有灵犀；幸福是经得起大风大浪后的波澜不惊、坦然自若；幸福是在彼此信任基础上的适度宽松、相对自由；幸福是两人携手走在飒飒西风里的淡然超脱、了无挂碍。

Chapter 3

第三辑

故园炊烟

○ ○ ○ 雨 后 的 家 园

秋雨中，我走在家乡的小河畔

我又回到了朝思暮想的豫东老家。

那年秋天阴雨连绵，断断续续下了将近一个月。连绵的秋雨，已把家乡装扮成水汪汪的世界。田野间弥漫着一望无际的水雾，湿漉漉的。秋雨像过了筛子似的，不知疲倦地滴洒着。庄稼秆上、叶子上都落满了雨水，晶莹透亮。有的庄稼已东倒西歪，陷进淤泥中。地势低洼的地方，水汪汪的，脚一踩，便陷了进去。过多的雨水落在树上，顺着树干往下流。几棵柳树歪倒在水中，半裸着根须。几只小鸟站在柳树枝上"啾啾"叫着，是翅膀被雨水打湿了怕冷，还是饿了要觅食？一只蜻蜓趴在一根枯树枝上，翅膀粘在一块儿。蒋河南岸的水塘里，满塘秋水清澈如镜，微风在水面上

吹起层层涟漪。水塘南边的几家房屋，几乎都被连日的秋雨淋得漏了，有的用塑料布盖住屋角。

我闭目细听这连绵的秋雨声。秋雨从树叶上落在庄稼秆上，是"啪嗒啪嗒"的声音；落在庄稼叶上，是"沙沙"的响声；从庄稼叶滴到草丛上，是"滴答滴答"的声音；滴在地上，便发出微弱的"嗡嗡"的鸣声。

我被淹没在老家的秋雨中了，无边无际，无始无终。我仿佛又梦回了那个充满田间野趣的童年时光。

"铛——"挂在村头小学榆树上的铜铃响了，下课了。我和几个同学一溜烟似的往家跑。一到家，嘴里衔着一块窝头，扛上推网子，赤着脚就往河边跑。扑通一声，赤裸身体跳进河里。我们先在大水窝子里游泳，你追我赶，打着水仗，喊叫声、笑声、泼水声响成一片。我们分成两拨打水仗。睁不开眼，就闭着眼睛往对方身上泼水。有时候还会不小心呛一口水。力量弱的一方撑不住了，往对方身上猛泼几下，一头扎进水中不见了，再在很远的地方露出头来。一边吃着一种水草上的豆豆，一边谈笑着，那种痛快劲儿，真是过瘾。

接着便是捉鱼。我们弯着腰用推网子在河水浅的地方，顺着鱼游动形成的波纹推鱼。水鲢子（鲢鱼）跑得最快，在水面上箭一样飞去，形成一道人字形的波纹。我拿出百米赛跑的速度追去，推网里泛出耀眼的鱼肚白。我扑上去，啊，几条细长的小白鲢！我把它放进岸边用手挖的水坑里。捉鲫鱼要到有水草的地方，用两只手合成半圆形，慢慢地把它挤在一个角落里，双手一合，便捉住了。捉泥鳅是要找准淤泥上面的小气泡，那是泥鳅呼吸用的，技巧是准确估计泥鳅窝的深度，用双手把它藏身的一团泥捧到岸边，泥鳅便在河滩上活蹦乱跳地出来了。捉鳇鱼更需要技术，像捉泥鳅一样，用手捧出藏着鳇鱼的一团泥。由于鳇鱼背上有一根锋利的鳍，稍不小心，就要被鳍扎得手上流血。下起太阳雨了，水面上鱼儿乱跳。我们一边捉鱼，一边打闹，欢笑声荡漾在童年的河畔。

"铛——铛——铛——"，正当我们玩得起劲儿时，学校的下午课预备铃响了。我们来不及洗去身上的泥巴，穿上裤头就往家跑，匆匆吃几口饭就上学去了。下午放学回家，母亲把放在土灶里烤熟的鱼拿出来，剥去一层层荷叶，白白嫩嫩的鱼肉冒着白烟。品咂在嘴里，鲜嫩无比。

一股异样的臭味把我从童年的美梦中惊醒。我顺着河道一看，满河道褐色的污水，冒着气泡向东流去。据说，自从20世纪90年代从上游化工厂里排放污水以来，这条多年来一直清水潺潺的蒋河便不再清洁。鱼虾没了，连蛙鸣声都几乎断绝了。这条哺育了不知多少代人的益河，变成了一条害河。

我漫步在河岸上，目光投向远方，若有所思。大自然是慷慨的，它永无止歇地将土地、阳光、水分和空气贡献给人类，供人们吃喝住行，享受清新的空气和芳香的绿地；大自然是公正的，它让每一个人都自由均等地享受它的恩惠，不偏不倚，无亲无疏；大自然又是无情的，在它忍受人为破坏到了极限时，便毫不留情地还以报复。这些年来，土壤盐碱化、沙化，酸雨的降临，各种稀奇古怪的疑难疾病的蔓延，各种文明病、城市病的泛滥，数不清的"少白头"遍布城乡，甚至连家乡这条河流也给村民带来了愈益明显的灾害。

记得20多年前，褐色的污水第一次从上游流下来的时候，河里漂起了许多被毒死的鱼虾。本村的一个青年蹚水回家，欢喜地捞了一些鱼虾回家吃了。几日后，他起了满身疙瘩，奇痒难忍。他从此开始了漫长的求医生涯，郑州、北京等地的大医院都跑遍了，家里的猪、羊、粮食几乎卖光了，亲戚邻居借了个遍，花了几十万元，也未能治愈。这种病发作时，人会全身红肿，痒得满床打滚喊叫。过后，蜕了一层麸皮样的死皮，着实让人心疼。

自此，别说游泳、捉鱼了，就连过河蹚水也不敢了。村民们自发组织起来，到县里反映河流污染问题。但由于污水从上游来，不属本县管辖等原因，至今未得到治理。于是，原来用河水灌溉农田，甚至渴了就喝上两口有点甜腥味儿的河水的现象没有了；原来盛夏季节村民在河岸大片柳荫下纳凉闲谈的美景不见了。取而代之的是人们从河边捂鼻而过。尤其是天热干旱时，河里的污水泛着泡沫，蒸发出一种扑鼻的恶臭味，村民们望河生畏。

望着向东流去的浊水，我想，从农业文明向工业文明迈进是人类社会发展的必然过程。工业文明以其交通、通讯、科技、电力的快捷便利，代替了农业文明的闭塞、落后、贫穷。经济发展了，生活水平提高了，而我们的先民赖以生存了几千年的美好家园，却在工业化过程的几十年间被破坏了。自20世纪70年代以来，哪一样庄稼不施化肥，哪一种蔬菜不洒催熟剂，哪一种瓜果不喷农药？小麦、棉花等农作物播种时，刺鼻的农药味令人窒息。

记得有一年夏天回老家，去老院看望三爷，三爷执意留饭。一旁四叔正配制农药给庄稼灭虫。饭没吃完，我就头晕目眩，饭后勉强走到家，歇到天黑还没完全清醒。试想，人们食用了农药化肥含量严重超标的粮食果蔬，或者吃了已食用有毒草料的牛羊肉，人们的健康还有保证吗？如果工业化是以对动植物和生态环境的破坏为代价，那么，受害的远不止我们这一代人，将是我们的后代和我们赖以生存的家园。我们的家园被破坏了，那么我们努力实现的工业化还有什么意义呢？当生活在工业社会的人们日益承受着工业社会的副作用带来的危害，想重新寻找那个适宜人们生存的美好家园而不得时，那种良心发现后的愧悔心情何以言表！如果由于我们的错误而出现大面积生态环境的破坏和有毒动植物的大量蔓延，我们将是被载入史册的千古罪人。获得了金山银山，却失去了绿水青山。几千年来人类赖以生存的家园就要毁在我们手中，我们将何以上报祖宗、下告子孙！

秋雨淅淅沥沥，打湿了我的衣衫；秋风伴着落叶，吹得我一阵颤抖。我抬起头，透过满眼的秋雨，极目远望，仿佛看到那些受到污染的大江南北、长城内外的山川河流，也与我一起在倾心呼唤：从农业化向工业化迈进的过程中，如何使人们既能过上富裕、文明、和谐的现代化生活，又能修补业已受到破坏的田园风光！

秋风夹带着秋雨，在田野上轻轻吹过；秋雨弥漫着田野，如雾如纱，如烟如缕……

野兔出没的岁月

　　小时候，我喜欢捕捉小野生动物和昆虫玩乐，如捉野兔、逮野鸟、捉知了、捏蜻蜓、下河用推网子捕鱼等。就说捉野兔吧。捉到野兔的情形大概有这几种：有的是猎人用猎枪打死的；有的是用网子捕获的；有的是农民在收获麦子、玉米等庄稼时，众人用木杈、铁锨等农具围猎捕获的；有的是在笼子里放诱饵诱捕的；也许有的是守株待兔得来的。

　　记得 20 世纪 70 年代初的一个冬天，豫东老家，萧瑟的北风穿过村后的荒树林，发出尖厉的哨音。细微的雪花随着北风，在树林间纷纷扬扬。我家住在村最西头。那天半晌午的时候，妈妈病了，肚子疼得忍受不了，让我去本村东头请一个村医为妈治病。我是从家屋后抄近路去的。我路过屋后时，恰巧一只野兔子从外面跑来，看见我，咪溜一下钻进了我家屋后的土洞里。

那年月，野生动物较多，野兔、人脚獾、黄鼠狼等时常出没。每年麦收季节，都有众人合围野兔的事情发生，几十口人奔跑着、吆喝着，拿着镰刀锄头，场面颇为壮观。我家屋后是一片洼地树林，是野生动物天然的栖息地。记得我上小学一年级的那个夏天，我妈养了几十只鸡。一天下午放学后，我到后院看书，忽然看见一只鸡在地上蹲着，两条腿却没有了，咕咕叫着，挺可怜的。我问妈妈是咋回事，妈妈说是被黄鼠狼咬掉腿的，要不是妈妈追赶得急，鸡就被黄鼠狼拉走了。妈妈把那只鸡炖了让一家人吃。在那个只能以窝窝头和野菜充饥的饥饿岁月，一年也难得吃上两顿肉。我边吃边悄悄流泪。

有一年冬天的一个夜晚，呜呜的北风越刮越大，冷风从墙缝里钻进来，冻得我瑟瑟发抖。我合上书，正准备睡觉，听见屋后有点儿异常的响声。我悄悄打开通往后院的小门，见一个黑影蹲在地上，用手电筒微弱的光，照见一个捕黄鼠狼的笼子。笼子里，一只黄鼠狼正来回蹿腾着。走近一看，原来是一个邻居用笼子捕住了黄鼠狼。1975年秋天，我因看飞机不小心掉进红薯窖摔伤了腿，听说喝黄鼠狼熬的汤能治腿疼，好心的小学食堂厨师，把掉进水缸里淹死的黄鼠狼送给在小学教学的姑姑，让姑姑把黄鼠狼交给妈妈给我熬成汤喝。因不加油盐，熬出的汤淡而无味，还有股臊味，难以下咽。病急乱投医，抱着侥幸心理，我还是坚持喝了好几顿汤。

　　说回我为妈妈请村医。等我请来了村医从屋后回家时，那只野兔正想从洞里钻出来。我忽然想起，我爸有捕鱼的撒网。于是，我让村医先守住洞口。我飞快跑回家，叫上爸爸、弟弟等人帮忙，先用撒网布在洞口，然后几个伙伴前往洞的另一头出口，点燃柴火抠着烧，尽量烧得烟多火少，目的是用烟雾把野兔熏出来。不到一顿饭的工夫，野兔"噌"一下从洞里钻出来，要往外跑。蹲守在洞口的我，一个箭步扑上去，连野兔带渔网都扑在了身下。这时，众人一齐围上来，把野兔捉住了。接下来，我抱柴火烧水，爸爸把野兔开膛破肚。等香喷喷的野兔肉盛在碗里时，那种解馋过瘾的感觉，比现在吃上一顿山珍海味都好。

　　那个饥肠辘辘的岁月，那个想起吃肉和馒头都直流口水的岁月，虽然是啃着窝窝头就着辣椒蒜瓣饿大的，但想起与小伙伴一起捉鱼捕鸟，自制手枪、泥车、纸牌，无忧无虑地玩耍疯跑的情景，苦涩中带着甜甜的悠长的回味。可惜，那个农耕社会的晚景，像日落前的一抹晚霞，一去不复返了。

　　现在的孩子，无论吃穿住行，都比那个年代强上千万倍，但孩子的童趣，特别是男孩子的野性、勇气呢？那种在艰难岁月中练就的吃苦耐劳的毅力和强健的体魄呢？那种亲近自然与自然融为一体的天然乐趣呢？

　　当然，现在提倡生态环境保护和禁捕禁食野生动物，另当别论。回想我们的祖先走过的路，汉民族的勤劳智慧，蒙古族、藏族等游牧民族的勇敢强悍，鄂伦春族、赫哲族等渔猎民族的吃苦耐劳，不都是值得我们学习和继承的吗？

　　我怀念那个野兔出没的岁月。

故乡，那麦浪起伏的春天

辛丑年的春节刚刚过去，元宵节就悄然来到。

豫东老家元宵节的风景、习俗与城市迥然不同。一望无际的麦田绿油油的，清凉的风从麦田间轻轻吹过，如丝如缕，麦苗一缕一缕地波动起伏，像绿色的海洋。往远处望，麦田间弥漫着一层薄薄雾霭。麦田周围，坐落着一些自然村庄，一幢幢红顶二层楼房参差排列，与一些破旧的瓦房形成了鲜明对比。村旁路边，粉红色的杏花已悄然绽放，随风吹来缕缕清香。

灰蒙蒙的天空，阴云层层。村民们三三两两地走进麦田，上坟烧纸。天还未黑，有的村庄上空就燃起了烟花，红黄绿蓝，化作多彩的图案，如雨伞，如波浪，如鲜花。爆竹声或急促或缓慢地响着。一阵微风吹来，空气中夹带着丝丝硝烟味。天黑以后，天空中更是烟花四散，异彩纷呈。"哧哧啦啦"的烟花声、"噼噼啪啪"的爆竹声此起彼伏，甚为壮观。

2021 年正月十六，烟花不见了，爆竹声仍零星地响着。太阳仍躲在灰蒙蒙的云层中，从田野间吹来阵阵凉风，我穿着棉袄也觉得身上凉飕飕的，禁不住打起了寒战。

2021 年正月十六上午，一场依照特殊仪式举办的追思悼念会正在一家宅院里进行。与传统的殡葬仪式不同的是，这里不燃烟花爆竹，不撒纸钱，也不磕头跪拜，甚至不摆放逝者遗像。身穿孝衣的孝子孝女在灵棚两侧肃穆站立，院子里坐满了吊孝的亲戚朋友，东西两侧站着礼仪工作人员。司仪领着礼仪人员念经、唱歌、奏乐。最后，逝者的三儿子念悼词，深情的怀念，悲伤的语调，念着念着声泪俱下，几个孝子围拢过来搀扶着他。参加追悼会的客人纷纷落泪。这时，天空飘过点点雨滴，像是为这位逝去的热情而慈祥的老人送别。

午时，开始出殡了，一群长长的送殡队伍向村西边的麦田缓缓行进。麦田深处，赫然现出一个新挖的长方形墓坑，墓坑略呈西北东南向，挖出的黄土堆在墓坑四周的麦田上。一辆四轮拖拉机拉着一口厚厚的桑木棺材，前边是孝子引领，后边簇拥着孝女和客人。在墓地，打墓人员缓缓地抬起棺材，使之按照方位落入墓坑。司仪左手向天扬起，右手拿着一本书诵读着。一声令下，下葬开始了。铁锹挥动着，一锹锹土落在了棺材上。孝子孝女哭声阵阵，伴着哀乐声、掘土声、司仪的号令声，熙熙攘攘。

作为外甥，我参加了舅舅的追悼会和送殡仪式。在部分跪着的孝子中间，我右膝跪在麦田上，从心灵深处自然而然地流露出来的，是撕心裂肺又尽量压抑的悲伤。眼泪模糊了双眼，眼前一片迷蒙，身边有亲人递来纸巾。我只顾低头啜泣，袖子上、衣襟上泪水斑斑点点，脚下的麦苗也留下了涕泪交流的痕迹。过了一会儿，坟头渐渐隆起，哭声渐渐微弱。孝子们纷纷把花圈摆放在坟的上面和周边。送葬的亲戚有的已开始回村吃饭了。

我心潮起伏，胸口一阵剧烈地跳动，几乎支撑不住。想不到，那个魁梧高大的黑脸膛的舅舅，那个说话声音浑厚、双眼炯炯有神的舅舅，再也不会对我叮咛嘱咐。他孤独地、永远地躺在这潮湿清冷的泥土里了！

噢，我想起了。那是1976年的清明节，我因掉进红薯窖摔伤了右腿，妈妈用架子车把我从家里拉到舅舅家。舅舅骑着自行车驮着我，到外村求一个骨伤科医生治疗，当时就是从这片麦田间走过的。自行车飞快地在田间土路上飞驰着。舅舅的肩膀宽厚有力，黑黑的脖颈上沁出了汗珠。满眼望去，绿油油的麦田，在暖风吹拂下起伏翻卷，沙沙作响。成片的油菜花在阳光照耀下金光闪烁。蜜蜂在油菜花间嗡嗡地飞着。田间的树枝已绽出新芽，鸟雀在枝头叽叽喳喳鸣叫。好一派生机盎然的春天！我多想在这片田野间飞跑！可是因为腿疼，我只能坐在舅舅的自行车后座上寻医治病。想到这些，眼泪悄悄地涌出眼眶。

舅舅，再也见不到您在县城的家门口站着，等我从外地归来的身影了，再也听不到您那温暖浑厚的嘱咐声了，再也不能为您尽一点点孝心了。我感到非常遗憾的是，没能在您临终前见您最后一面。

正月十四上午，我正在单位开会，三表弟打来电话，说舅舅开始倒气，准备下午从县公疗医院办理出院手续后回老家。我预感到，舅舅的生命要开发始倒计时了，但不知道，从倒气到咽气一般还会有多长时间。

下午，天空阴沉沉的，空气冷飕飕的。我心中惴惴不安，好像有什么不祥之事将要发生。给三表弟打电话，电话里传来低沉的啜泣声："你舅今天中午一点四十分去世了！"尽管早有所料，尽管梦中曾多次惊出一身冷汗，但当这一刻真的到来时，仍不啻为一声晴天霹雳！

正月十四晚上，在茫茫夜色中，我驾车上了大广高速公路，从北向南疾驶着。从濮阳上高速到睢县下高速，行程 200 多公里。夜里自驾走高速回老家，驾龄 20 多年了还是第一次。车上坐着八旬老母和弟弟、侄女。妻子还要照看儿子上学，不便回去。原计划正月十五天亮开车回舅家奔丧，但因十五早晨遗体就要去县城火化，也只能连夜赶路了。

正月十三夜里下了一场大雪，虽然融化了不少，但次日高速公路两旁还有积雪。后视镜里和高速对向的车灯射来的强光，刺得人睁不开眼，我只能眨巴着眼睛，小心翼翼地驾车行驶着。为了提神，车上一直播放着古典音乐。母亲半躺在副驾驶座上，双眼微闭，眉头紧锁，一副闷闷不乐的样子。

这次回老家，我拐着弯给母亲说，老家一个朋友的父亲病故了，要回去吊孝，问母亲是否愿意一块儿回老家看望舅舅，母亲毫不犹豫地答应了。本来，春节前半个月舅舅就住进了县公疗医院，舅母及其子女都瞒着母亲。因为母亲年迈体弱，两个多月前又摔伤了腰椎，即使跟她说起舅舅的病情，也是轻描淡写的。谁知大年初一上午，母亲接老家亲戚的拜年电话时，还是知道了舅舅住院的事和严重的病情，当即神情严肃，嘴角止不住地抖动，责怪我不及时告知她实情。

本来，为了在舅舅有生之年能与母亲见上一面，经与母亲和妻子商议，准备正月初四回老家县城看望舅舅。不料初三晚上，舅母给母亲打来电话，说舅舅病情已稳定，建议母亲先不回老家了。舅母是怕母亲身体吃不消，不承想却成了母亲终生的遗憾。

姥爷在舅舅20岁时就去世了，姥姥也去世40多年了，姐弟相依，几十年来相互照应，从没拌过一句嘴。母亲常念叨舅舅哪一年给她买了烧饼夹牛肉，哪一年的冬天为她买了件棉衣，等等。

这次连夜驾车回老家奔丧，也没敢把舅舅午后去世的实情告诉母亲，一则怕她过度悲伤，犯了心脏病，二则万一母亲一路痛哭，车还怎么开？所以，一路只是扯些闲话。我情不自禁地唱起《友谊地久天长》这首歌，唱着唱着泪水滚涌，声音哽咽……

下高速了，回老家的路越来越狭窄坎坷。夜风呼呼地吹来，凉凉的。路过的村庄黑黢黢的，只有少许昏黄的光。到了该告诉母亲实情的时候了，我与弟弟渐渐向母亲透露着，解释着，劝母亲想开些。偶尔瞟一眼，我看到母亲胸脯一起一伏地喘着粗气。七拐八拐，终于进了舅舅老家的村庄，老远就听到了一片号哭声。

姐弟俩终于见上了最后一面，但已是阴阳两隔。母亲再也抑制不住内心的悲伤，伏在舅舅的遗体前号啕大哭。在寂静的乡夜，这哭声显得格外悲痛伤心。

轻轻掀开一点儿盖在舅舅脸上的布单，舅舅慈祥微黄的面庞稍显暗淡，双眼闭合，静静的，就像熟睡了一样。只是四肢已瘦得皮包骨头，暗紫色的手背上已布满了输液扎针的痕迹。黑褐色的脚脖子，只剩下一层干瘪的老皮。

舅舅年轻时身强力壮，能吃能喝能睡，而且酒量大。他能喝多少我不知道，反正几十年来没见他醉过一次。倒看见他与别人喝酒猜枚，往往是别人先醉。那种机智灵活、谈笑自若的男子汉气度，在我所有亲戚朋友中独占鳌头。

近几年来，舅舅每年都要住几次院，病情一次比一次严重，仅清明节或国庆节我回老家时就遇上好几次。舅舅当初是因为糖尿病住院，后来又并发肾病。2019 年到河医大一附院诊断出红斑狼疮，病毒通过血液侵害五脏六腑。这几种病用药和饮食又相克，治疗起来医生也颇为费踌躇。

为了配合治病，十多年前，舅舅先是戒了烟，后来又戒了酒，即使 2018 年为他祝寿时，我拿了一瓶茅台，舅舅也只是象征性地品了一小杯。从他的眼神中，我读懂了他这个昔日海量善饮者的羡慕和遗憾，也领会了他在儿孙满堂、亲朋欢聚一堂时，由衷地满意和自豪。

随着身体的每况愈下，2020 年 3 月，舅舅又一次住进了县人民医院。从清明节到五一的一个月内，我专程驱车看望他三次。曾经，医生下了病危通知书；曾经，表弟们为他准备了后事。我不能守在他身旁侍奉汤药，只能送点儿他喜欢吃的中老年高钙奶粉和烧鸡等。考虑到住院每天几百上千元的药费，有一次，我把 2000 元现金放在送给舅舅的电热壶内，等我离开医院了再告知三表弟。经过一个多月的治疗，2020 年 5 月份，舅舅奇迹般地出院了。多少个晨昏，温柔贤惠的舅母都在为舅舅虔诚祷告。

天有不测风云，人有旦夕祸福。舅舅刚出院十来天，正在心情舒畅地康复时，一次接电话意外摔折了胯骨。从此，他度过了极度痛苦的大半年的最后岁月。原有的几种基础病加上骨折，使他本已受病魔摧残的身体雪上加霜。因病情复杂难治，医院也不乐意收治。表弟们求人说情，费尽周折，终于让舅舅住进了县公疗医院。

在每隔一周左右一次的长途通话中，问及舅舅的身体状况，舅母和表弟们往往避重就轻，但从话音中我预感情况不妙。在2020年底的一天上午，我与舅舅通话时，舅舅敞开心扉，与我谈起往事。几十年来，舅舅长年在外打拼挣钱，吃苦耐劳的舅母拉扯了自己的三个儿子一个女儿，又因娘家弟弟去世较早，收养了一个娘家侄子。舅母既要教学，又要养活五个孩子，付出了更多的辛劳。是舅母对舅舅无微不至的疼爱关怀，甚至委曲求全，维持了夫妻的恩爱长久和家庭的和睦团结。从当年的几间茅草房到楼房数十处，遍布省内外；从一个小家庭到三十多口的大家庭，四代同堂，事业兴旺。说到动情处，舅舅边哭边说，这辈子欠舅母的太多太多，如果下辈子还能托生为人，愿意为舅母当牛做马偿还今生的债。也许是大限将至，其情也哀。舅舅哭得说不成话了，我让舅母接电话，舅母也是边哭边说。听着舅舅、舅母发自内心的哭诉，一幕幕往事映在眼前。

从我的童年、少年、青年，直到年过半百，每走一步，都有舅舅引航领路的身影；每当我的人生出现转折时，总有舅舅伸出温暖有力的援手。

20世纪70年代初，我上小学时，当时一日三餐都是红薯干当主食，我常常夜里口吐酸水。舅舅家生活比我家稍微好些。一年腊月的一天上午，我去舅舅家，厨房里正在煮猪肉，满院的肉香，我禁不住直流口水。那年月，一年难得吃上两次猪肉。舅舅从沸腾的土灶锅里捞肉，一块块地分给我和几个表弟表妹吃，对彼此没有一点儿区别。还有一年春天的一天下午放学后，我又去了舅舅家，舅母让我饱饱吃了一顿杂面饼子。次日天刚蒙蒙亮，舅母送给我半袋子杂粮，扛着粮护送我到舅舅家村西头。

20 世纪 80 年代初，我考上了郑州大学。当时，每月学校发的十五六元的生活费就基本够吃饭的，我还省下一两元为上高中的弟弟买复习资料。舅舅当时在县粮食局当采购员，常趁出差的机会到学校看我。我刚入学时，舅舅领着我去郑州市二七塔西北侧的合记烩面馆，吃筋道喷香的烩面，真是解馋过瘾。从此，我与烩面结下了不解之缘。然后他带我逛商场，衣服用具买得一应俱全。

有一年的深秋，天冷了，我去郑州百货大楼，想买一件毛衣，看好了一件，但手头钱不够。正在踌躇时，巧遇舅舅，我当时没好意思开口。过了一会儿，又见面了，舅舅大概看出了我的心思，我便如实相告。他当即帮我买了一件马海毛毛衣。记得当时他的工资才五六十元，还要养活五个儿女呀！

我最难熬的一段时间，就是 1986 年冬天，冰天雪地，我在郑州一家骨科医院做膝关节手术。术后因麻醉药未消退，不能大小便，用导尿管也无济于事。我疼得在床上直打滚，手指甲把墙挖出了一个个小坑。爸整天守着我。舅舅赶过来，跑了几家商店，锅碗瓢盆买了个遍，使我在寒冷的冬天吃上了热饭。

最让我羞愧的一件事，是舅舅对我的一次"教训"。恍惚记得，我才六七岁的时候，不知啥原因与妈怄了气，恰巧舅舅去我家了。舅舅往我面前一站，一句话没说，我的眼泪就流出来了。

舅舅当时魁梧的身材，不怒自威的神态，令我肃然起敬。我知道舅舅与母亲极为深厚的姐弟情谊，从那以后，我很少惹母亲生气。

舅舅不仅关心我的衣食起居，还教我讲究穿戴仪表，注意言谈举止。每次见我，看着哪儿穿戴不合适了，都及时提醒纠正。记得1981年的暑假，我收到了大学录取通知书，从家里骑自行车几十里，到县粮食局向舅舅报喜讯。当时正值夏天，我满身大汗，还把白衬衣扣子扣得严严实实的。舅舅当即让我把袖子整齐地挽起来，把衬衣下边束在腰里。几十年来，我能保持爱整洁、讲究仪表的习惯，也有受舅舅影响的缘故。

大学毕业后，如何融入工作环境，如何干好工作，如何选择终身伴侣，如何交友等，我每走一步，我的每一次发展进步，都融入了舅舅的心血汗水。特别是我刚毕业那几年，一个自恃有才的文科大学生，被分配到商丘地区一个化工管理机关，学非所用。舅舅经常到我住的宿舍，帮我分析遇到的困境及思考克服的办法。当我决定调入豫北一个新兴石化城市濮阳工作并有望与妻子团聚时，舅舅凝重的眉宇终于舒展开来。当我工作中取得了一点儿成绩要飘飘然的时候，总看到一双严厉的眼睛在凝视着我，提醒我作为一个孤军奋战的外地人，如何谨慎从事、站稳脚跟，说话办事三思而行。

舅舅啊，您是我少年时的偶像、青年时的引路人、中年时的忘年交！您像一盏明灯引领我前行的路程，又像一座警钟，提醒我理性思维、细心观察，防止脚下的陷阱和生活中的骗局。

您不仅关心我的成长，对我的爱人也一样操心。1989年暑假，我当时的对象、现在的爱人从郑州一所大学毕业了，您托人把我对象的情况推荐给有关负责人，帮我对象分配到了理想的工作单位。为此还发生了一件令人啼笑皆非的事情。那天晚上，您在郑州市忙碌了一天后，住到了一家旅馆。第二天醒来，衣服、提包等被小偷偷了个精光。店主为您买了一套衣服，您才得以起床出门。

岁月匆匆，时光如梭。在我 50 多年的成长过程中，我与您建立了极为深厚的舅甥亲情。如果十天半月没与您通话联系，听不到您哪怕是老生常谈的叮嘱，我心里就像少了点儿什么；如果回老家不见您一面，不带点儿您喜欢的吃的、喝的，我就像做贼似的心虚。随着您步入老年，我跟您提及的话题多是如何放松心情，如何养生，如何享受快乐的晚年生活，一说就是半个小时。您"嗯嗯"地答应着，我心里暖融融的。

艰难困苦的日子熬过去了，幸福快乐的日子到来了，您却一天天病倒了。正月初四我急着赶到县公疗医院，特意带了一板野生海参，还有我驱车到陕南洋县采购的黑大米等营养食品，为的就是让您在有生之年享点儿福，能让我稍稍报答您大海般的恩情。可是，您却因胃病不能像以前那样大口吃饭了。摸着您骨瘦如柴的病弱身体，我再也忍不住内心的伤悲，亲吻着您的面额，啜泣不已，全屋的亲人也都哭起来了。我担心您受不了疾病的折磨，特别是红斑狼疮，甚至整个内脏功能都衰弱了，医生已数次催着出院，只是亲人们没敢告诉您实情。我的眼泪扑簌簌地流下来，滴在您的脸上、我的手上、我的心里！过了一会儿，我把一个 2000 元的红包塞到您的床头。您用含混不清的声音说道："这个外甥我疼得值了！"这是我当面听到的您此生最后一句话！

正月十五上午八点半，在县城火葬场，当您的遗体将要推入火化间的时候，握着您依然柔软的手，我泪如泉涌，号啕痛哭：热诚善良、视我如儿子般的舅舅啊，今生与您永别了，祝您升入天堂，一路走好！

舅舅，您闯荡奋斗 77 年的一生虽然结束了，却留下了一笔丰厚的精神财富。首先，是对子女晚辈无私无我的爱。从五个儿女的生计、婚姻，到孙子孙女们的学习成长，从我这个外甥到重外甥女、重外甥，哪一步没有您的辛劳与身影？长子年轻时有病，您到处求医问诊，操碎了心。次子几十年来一直从事长途运输生意，啥时候货车坏在半路，或被交警查扣了，您都操心过问。三子在县城自建三层楼房时，您冒着春天的风沙，白天黑夜吃住在工地旁，连楼房的设计，您都要挂在心上。近些年来，孙子辈有的考上了研究生，有的已成家立业，您还时常不厌其烦地问寒问暖。虽然都是老生常谈，但都饱含着您一片浓浓的亲情、融融的爱意呀！

其次是夫妻恩爱，和善持家。您与舅母保持了 50 多年如一日的夫唱妇随的恩爱和谐关系，从未见您与舅母吵过一次架。这不是我们晚辈一面明亮的镜子吗？记得 2015 年，您和舅母刚搬进县城二表弟的新家时，我问您需要点儿什么，您说，啥都有了，就想要一幅"家和万事兴"的字画。于是，我专门在濮阳找人定制了一幅麦秆画，您把它挂在客厅墙壁中央。看着这幅麦秆画和一幅 30 多口人的全家福照片，您的眉宇间露出了满意的笑容，我也领略了您和善持家的家风。

三是您的交友风范。几十年来，不管走到哪儿，不管处在什么样的环境中，您都能交上几个朋友，特别是与三个同乡、同事做了半个世纪的莫逆之交。从我十多岁的时候起，就耳闻目睹您与朋友的交往经历。什么是支撑你们交往的基石呢？是您的以诚待人。好吃的、好喝的，您总想着朋友，生怕朋友受委屈。同时，还能够观察考验，将那些经不起考验的假朋友果断淘汰。

舅舅，半个世纪以来，从我与您的相处、相知、相交，成就了一段特殊的舅甥关系，一段极为珍贵的善缘、吉缘。我很幸运地遇到了您。虽然您已升入天堂，我却要永远珍藏这段缘分，并将其传承下去。

麦田间，隆起了一座新坟，一个个五颜六色的花圈摆放在新坟上面和四周。清凉的风依然吹着，送葬的人们三三两两地回村了。我仍静静地肃立在坟前，再次默哀鞠躬，两行清凉的泪珠顺脸而下。望着灰蒙蒙的天空，心头，一段关于缘分的感悟油然而升。

人世间，缘聚缘散，聚散无常。缘起而聚，缘灭而散，亲情、爱情、友情莫不如此。缘分如清晨之雨露，遇朝阳而瞬间蒸发；如滚滚长江之浪花，须臾融入东逝的江流中；如偶尔邂逅之知音，可遇而不可求；如冥冥天定之机缘，不知何时聚散。

当缘起而聚时，珍惜分享，不留遗憾悲伤；当缘灭而散时，坦然自若，如花开花落，如天风飒飒。

师 恩 如 山

　　每当我回老家请本家爷们儿欢聚一堂时，我总不忘记请上当年教我小学五年级语文兼班主任的郝老师。每当中秋节和春节来临时，我都去看望我的师母，虽然她的丈夫——我当年的高二政治、历史老师兼班主任张老师已去世多年了。是老师的辛勤教育，引领我迈过了小学到大学的门槛，更是老师大山般的坚毅厚重和待我如自己孩子般的慈爱善良，帮助我迈过了如何做人、做事和处理复杂人际关系的一道道坎。所以在步入社会 30 多年后的今天，我依然尊重、感恩我的老师，并与几位班主任老师结下了深厚的师生情谊。

我的小学、初中是 20 世纪 70 年代在老家本村学校上的。1975 年夏天，我正在读小学五年级，班主任是本村的一个高中毕业生——郝老师，他同时也是我本家的一个长辈爷爷。一天下午，郝老师让我写一篇"批林批孔"的文章，并上台演讲。当时，这对我来说还是开天辟地头一回，写啥？咋写？敢上台吗？我低头不语。郝老师看我为难了，就先在文章写法上嘱咐一番，又鼓励我要大胆尝试，抬头挺胸面对观众。他帮我找来了一沓报纸和《红旗》杂志等资料，我拿回家连夜在煤油灯下翻阅，一口气写了三页半的草稿。写完草稿已近午夜，我走到院子里，天上繁星点点，四周秋虫鸣叫。第二天，我把草稿送给郝老师修改，郝老师点点头，修改了几处，又从演讲的角度讲了几点注意事项。第三天，在本村的一个广场上，四个村的村民和全校师生大约 2000 多人参会。黑压压的人群，嗡嗡声响成一片。大喇叭里喊我上台了，我登上用土堆成的舞台，朝话筒轻轻吹了一口气，就读起来了。一开始心怦怦直跳，不敢看台下的人群。过了一小会儿，就平静多了。当我走下舞台时，额头、后背都出了汗，手心湿乎乎的。郝老师用赞许的目光看着我，拍拍我的肩膀："不错。以后好好练，声音再洪亮些，语速再慢些。"

后来回想起来，那种命题作文式的演讲稿是何等的稚嫩肤浅，但也许是从这个土台子起步，我喜欢上了写文章，从学生时代的记叙文、议论文，到工作后的新闻、公文，继而到现在的诗歌、散文等，有的文章也曾在全省、全国系统内获奖。我也喜欢上了演讲朗诵，还获得过本市本系统演讲一等奖，有时还被聘请当演讲朗诵会的评委。不夸张地说，郝老师的鼓励式教育对我起了启蒙和推动作用。

我感到有点儿自豪和荣幸的是，我从小学到高中毕业，几乎都当班长。初二时，我还被推选为校学生会主席，这些我曾几次向人夸耀。但我的"走麦城"却从未向人提起过。到了中年以后，不像年轻时的书呆子那样害羞了，才敢于自我揭丑。

那是上初中二年级时，一个秋天的上午，放学了，我正要关教室门回家，一个比我大一两岁的同村同学叫住我，让我把班里两个男女同学相同的书包调包，我没答应。他说没事儿，好玩。我糊里糊涂就把两个书包调包了。下午下课时，教语文的班主任刘老师让我到他办公室去一趟。我一进门，看到刘老师严厉的目光和严肃的表情，就失声痛哭："刘老师，我错了……"刘老师问明缘由之后，既没有让我在全班人面前做检讨，更没有处罚我，只是提醒我做人要理智清醒，做事要用脑子思考，不要被别人当枪使、当猴耍。这件不光彩的事比我受到几十次表扬都记忆深刻，一直留存于我的记忆深处。从那次调包事件后，直到今天，不论工作还是学习，从没有出现过一次差错，没因此受过一次处分，也从未听任何人提及过此事。看来，刘老师一直在为我"保密"呀。也正是刘老师的这次"保密"，促成了我的阳光心态，也使我认识到，一个年幼无知的学生偶尔犯了错时，老师不同的处理方式方法，可能导致这个学生截然不同的人生道路。风风雨雨几十年，人生处处是风景，稍不留心，也可能跌入陷阱呀！

最难以忘怀的还是我在本乡高中上高二时的政治、历史老师兼班主任张老师。一升高二，就分了文理科。当时正值 20 世纪 70 年代末，改革开放初期，社会的普遍观念是重理轻文，"学会数理化，走遍天下都不怕"。同学们大多数选了受器重的理科。文科班中，有一部分是理科学不会而不得已选文科混文凭的。应届生和复读生在同一个班学习，同一个寝室住宿。三间阴暗潮湿的寝室，东西向排了两排几十张床板。一到夜里，那些混文凭的同学就在床板上奔跑打闹，半夜不休。怎么办？我为睡不好觉苦恼之际，张老师让他长子悄悄告知我，让我把被褥抱到张老师寝室，与他长子打通铺，这样我睡觉就不受干扰了。

当时过的是极简生活，馍和菜从家里背到学校。主食是妈妈做的窝窝头，在学校食堂馏着吃。菜是奶奶用萝卜、白菜、辣椒等五种蔬菜做的"五辣菜"。汤不是馏馍水就是用葱段和盐泡的"咸茶"。我常吃得口吐酸水、嘴唇流血或拉肚子。但精神生活是丰富的。常常是夜深了，我还向张老师请教人生和学习中的一个个问题。当时正值改革开放初期，各种思想观念相互争辩，让人眼花缭乱。作为十几岁的高中生，更是眼前迷茫，心中彷徨。如检验真理的标准是"两个凡是"还是实践，人生是应大公无私还是以我为中心？当时我好较真儿，一个问题非要"打破砂锅纹（问）到底"，有时候把张老师问得难以回答，他就组织学生讨论，"凡是派"和"实践派"针锋相对，互不服输。中国历史上哪个朝代最繁荣：唐、宋、元、明、清？哪个皇帝最有作为：是秦皇、汉武、唐宗、宋祖，还是成吉思汗、康熙、乾隆？当时满脑子都是问题和主义，整天忙的是学习和争论。记得当时我给自己起了个笔名叫"宏志"，另一个学习好的本村同学自名"坚真"，我俩常常争论得面红耳赤。我俩很要好，按辈分他比我大，他让我们彼此间以"老伙计"相称。愣头青时代的争论和较真，养成了以后我对文史哲等社会科学的兴趣，也养成了勤思考、爱写作的习惯。第二年，我转到了睢县一中复读。师资力量的雄厚，学习环境的改善，再加上我的刻苦与勤奋，使我的学习成绩突飞猛进。1981 年高考，睢县一中文科班共被录取了四个本科生，作为四分之一，我考入了郑州大学中文系。

1981 年中秋节前的一天下午，我拿着月饼、苹果等一兜礼品，骑自行车十多里路到张老师家谢师。张老师摘下七八百度的高度近视镜，满是皱纹的脸上露出了久违的笑容。他对我步入大学后师生关系由紧密到松散、由赶羊式教学到领羊式教学的转变，以及如何适应大学环境等方面都做了嘱托。那天晚上的月亮真圆，我骑车走出好远了，他还在目送我……

毕业后，我被分配到商丘市工作。那时候中原油田正值上升期，每年都从外地招录一批干部。张老师经过一番辛苦，调到了中原油田一所中专任教。我与张老师经常通信，他动员我调到中原油田工作。1986 年的秋天，我因公出差到了濮阳，看望了张老师。在他临时居住的木板房里，师母做了满满一圆桌的菜招待我。酒足饭饱之后，张老师表示愿帮我协调调动工作，并想把一个老朋友的女儿介绍给我。不料，1988 年夏天，听说张老师在骑车去油田职工医院时被汽车撞伤了内脏，几天后抢救无效去世。怎么可能？我赶紧打长途电话问候，得到了证实。好一阵儿，我心中悲伤惋惜。

1990 年，历经辛苦，我调到了濮阳工作，娶妻生子。虽然我没有与张老师介绍的那个女子成婚，但我依然感激他。每年的中秋节和春节，我都携妻带子到师母家"走亲戚"，两家欢聚一堂，好不热闹。有一次，我和妻子去泰山旅游，把两岁的女儿交给师母看护了三四天。师母多次说，她没有闺女，把我妻子当成她闺女看待。十多年前，师母因病去世后，我与他的三儿子继续保持往来。我刚调入濮阳时，一家人仅住一间破瓦房。张老师的长子和三儿子骑着三轮车给我送水泥，做门窗，搭建了一间厨房。十多年前，家父去世时，张老师的三儿子随我回老家，搭棚建灶，忙活了好几天。

我又想起了教我小学一年级语文兼班主任的常老师。2019 年国庆节期间，我回到老家县城，看望了从外地回到县城居家养病的常老师。她消瘦的脸庞皱纹纵横，略微凹陷的眼睛暗淡无光。当年我们这些农村出生的土孩子，玩耍打闹，屁股上像长了蒺藜，哪能坐得住？但常老师一上课，班里马上就静了下来。她用一双大眼环顾教室，用带有磁性的女中音普通话教我们识字念书。谁的字写得歪歪扭扭，她手把手纠正握笔姿势；谁上课开小差或扰乱别人了，她过去拍拍肩膀，或让他回答一个问题；谁发音不标准，她一遍遍纠正。几乎没见她打骂体罚过一个学生。有几个月常老师休产假了，我像丢了魂儿似的无心听课。直到她回校教课，我才又投入到学习中。

握别常老师骨瘦如柴的手，心里酸酸的。我真想再让她摸着我的头发给我布置任务："全班同学集合。"

我还记得好多老师对我的爱护关切。我在初中当校学生会主席上台讲话后，教我小学常识的张老师说我讲话像"羊吃楝枣"——太快了。我上高一时，教我化学的老师兼班主任张老师在我生病时，骑自行车走三里多地把我送到了家。1981 年高考，我在睢县一中上考场时，突然肚子疼，当时的历史老师兼班主任平老师给我送药止疼，我才顺利考完。我刚上大学时，有一段时间时常失眠，辅导员戎老师对我问候劝导。教我大学马列文论的张老师，既是我的良师，指引我的前程；又是我的益友，相互切磋琢磨。还有在本村小学当老师的姑姑，多次帮我答疑解惑，教我写字工整……

从小学一年级到大学毕业，我的学习生涯已经过去 30 多年了。如今，一直为我"保密"的刘老师，让我与他长子打通铺的张老师，临上考场给我送药的平老师，都已去世多年，我对他们却依然念念不忘、感恩至今。我终于悟出了，他们不仅把我当作学生，还当作自己的孩子，慈父慈母般地爱护教育呀！

师恩如山，老师教我学会了坚毅厚重，历经风霜雨雪仍顶天立地；师恩似海，老师教我学会了虚怀宽容、与人为善；师恩像一盏明灯，老师指引我在人生的漫漫旅程中，如何涉险滩而不失足落水，抵诱惑而不堕落丧志，奔前程而初心不改！

踏雪寻梅故友去

2017 年 2 月，时令虽然已过了雨水，但黄河北岸的濮阳仍沉浸在冬天的萧瑟中。阴冷的天空，乌云密布。"呜呜"的北风吹落枯叶，在空中飘零打旋儿。风沙弥漫在天空，让人睁不开眼。路上的行人瑟缩前行，满眼枯叶干枝。一冬无雪，人们似乎已习惯了干冷的天气。

心情也是阴郁的。我穿着厚厚的棉衣，独自走在这干冷的冬天里。昨晚一位朋友邀我去酒店喝酒，虽是美酒海鲜，但吵吵嚷嚷的。我也只是从彼此太多的相异处勉强找出几个相近点，客套寒暄，了无兴趣。早上到了办公室，看着乌云密布的天空，心中说不出的寂寞。没出正月，公事不算忙，我随手翻看周有光老先生 104 岁时出版的《朝闻道集》。

突然，手机铃声响了，是我在商丘市工作时的同事段书记的儿子打来的："我父亲昨天去世了，88 岁。鉴于我父亲与你的特殊关系特别告知。遗嘱是丧事从简……"

总担心这样的电话有一天会打来，所以，几年来，我心中总是忐忑不安。就像当年家父在老家居住养病期间，我一看是老家来的电话，心就"咚咚"直跳。

我与段书记相识于 1985 年秋天。当时，我大学毕业刚分配到商丘地区某地直机关工作，正是血气方刚的小伙子。他从某国有企业党委书记任上调来任调研员。刚上班不久的一天，段书记叫我，让我把大学毕业论文拿给他看，我给他看了我手写的论文《〈鲁班的子孙〉的伦理学思考》。自此以后，我觉得他对我格外关注了，不是一般的上下级之间的关注，交谈的内容也不是一般的家长里短，多是涉及理想、人生、成功、事业等方面的话题。一开始我被安排与另一位同事收集资料并编写地区煤化志，他是分管领导。参加工作后第二年的秋天，我被抽调到本县农村扶贫。冬天，我就因腿疾到郑州一家医院住院并手术。从此，我坎坷的人生历程就开始了。手术后大小便不能排，因未能及时功能锻炼，左膝关节不能正常弯曲，连自行车都不能骑。因在单位单身宿舍私用电炉煮中药熏蒸病腿，被某上司刻意捉个现行，被罚了三四个月的奖金。当时谈的对象远在数百里之外的濮阳，能否调到一起生活毫无着落。仅靠几十元的工资入不敷出，常向单位借钱维持生计。我处于无权、无钱、无势、无房的窘境。在午夜的凉风中，我用中药汤热敷左膝关节后，在楼梯上跪练屈伸功能。我刚入社会就跌入了人生的谷底，怎么办？是留在原单位苦熬挣扎，还是换个单位闯出一片新天地？在我面临人生选择的十字路口时，段书记一次次到宿舍找我谈心，分析我的艰难处境及以后生活，指出我血气方刚、英雄无用武之地又雄心勃勃想干一番事业的种种利弊因素，得出结论：三十六计，走为上策。

　　从1985年8月到1989年底，我在商丘工作、闯荡了四年多后调走了。此后的20多年间，我与段书记始终保持着联系。在离别后的前10多年间，多是以通信、寄贺年卡的方式联系。近些年，手机流行了，就保持隔几个月一次的通话联系。不管是在信中，还是在电话中，他都以一个长辈、一个良师益友的身份与我坦诚直言。既肯定了我永不服输、积极进取的做人风格，又谆谆教诲、提醒我警惕因说话不慎而得罪人，要稳扎稳打，适应社会，争取有所作为。他的教诲成了我人生孤独前行之旅的灯盏，我也是靠着黑夜中的这盏亮灯，凭着一股子钻劲儿、韧劲儿，在工作中有了一些起色。结婚、生子、买房、换房、调动工作、升职等，开启了我的人生历程。有时候，当我取得了一点儿成绩正想沾沾自喜的时候，夜半梦中，段书记总会对我教诲一番，我忽然打了个冷战：可不敢出半点儿差错。稍有不慎跌倒了，就可能一辈子爬不起来！所幸30多年来，没出过一次差错，也没有被处分过一次。

令我最感动的一次相会，是他 80 岁那年的春天，我找老乡开了车去商丘市看望他，他执意要在家属区对面的饭店请我们吃饭。席间，我激情难抑，深情地唱起了歌颂友情的歌曲《驼铃》。那久别的友情，那稀有的忘年交，都融入这浓浓的歌声中了。他不顾老伴的欲言又止，爽快地端起酒杯，失声喊道："振洲，喝！"酒杯相碰的一刹那，我分明看见他老花镜后面浑浊的泪花。我已上车了，还看见他魁梧高大的身躯，站在路边孤独地向我张望。

最后一次聚餐是 2015 年的秋天，我开车去看望他，他二儿子领着我们到了一个饭店。我因开车不能喝酒，他也因身体太弱不能喝酒，仅吃了一顿午饭，叙叙家常，不料这竟是此生最后一次聚餐！

最遗憾的一次聚会，大约是 2009 年的 4 月初，我去看望他。他让家属炸好了鱼，执意留我和妻子在他家吃饭。但因我已与亲戚、同学预订好聚餐，只好遗憾地分别。

随着年事已高，他疾病缠身，心脏病、肺病、腿疾，已把他的精力消耗殆尽。记得他 83 岁那年，在我们的通话中，他用低缓伤感的语气说道："大限快到了！"他已意识到自己不久人世。我总是拿长寿老人、长寿之道劝慰他。与以前的雄浑有力的声音不同的是，他说话显得有些上气不接下气了。

就在 20 多天前的大年初一上午，我照例打电话给他拜年，他气喘吁吁地与我谈了 10 多分钟。他说他看完了我出版的诗集，大部分能看懂。对我用诗的方式抑恶扬善，讴歌爱情、亲情、友情大为赞赏，也对我来濮阳 20 多年来在工作、家庭、教育子女等方面取得的成绩给予了充分肯定，又问起了女儿在国外的生活、学习状况。我还劝慰他，周有光老先生活了 112 岁。谁知，这一次通话竟至永别！

自我调入濮阳初期彼此的通信、通话中，谈话的重点是，一个正直、善良又想有所作为的知识分子，如何既要适应身边环境，又要保持自己独立的尊严和人格。一个人如果不适应环境和社会，即使有天大的本事也无用武之地；如果他完全被环境同化了，可能成名成功成家了，但也可能因此失去了人格尊严。基于我以前在商丘时的表现，他最担心的恐怕还是我过于书生气，正直得眼里掺不进一粒沙子。水至清则无鱼，人至察则无友。看来，要生存进而有所发展，饱含身心痛苦的社会化是一个不可逾越的必然过程。据他写的札记看，他是过来人。旧社会时，他饱受饥饿之苦。解放初，他给当时的地委领导当秘书。"文革"中，他被深夜批斗体罚，受尽了人间屈辱，"文革"结束后才得以平反，年过五旬才被提拔到领导岗位上。所以，他反复叮嘱我的有两个重点：一是在保持人格独立的前提下尽力适应工作和社会环境；二是一定要看准社会大局，明辨是非，做政治上的明白人。

对于社会上的贪污腐败、官僚主义，他深恶痛绝。但一个七八十岁的离休干部，他能做什么？据他家属说，他还能走路时，常背起背篓，走街串巷捡拾垃圾。当时，我心想，生活中的垃圾他捡不完，精神上、灵魂中的垃圾他更捡不完。也正是因为在这些问题上的志同道合，我俩才成了相差 30 多岁的忘年交，而且不因地域相隔而中断联系。这是同事中极少见的。

刚离开商丘的几年间，每当我与他通电话说要去看望他时，他总是说，要以工作为重，不要挂念他。可是在近七八年间的联系中，他言语间充满着留恋和想见我的想法，嘴上只是说，啥时候回老家方便了，就来一趟。

志趣相投乃同志。他家客厅里挂的，多是名人励志字画，他说，都是仿的。四五年前的一个春天，我趁清明节放假去看望他，专门买了一幅梅花图案的麦秆画横匾送给他，他极为喜欢。待我再一次看望他时，那幅麦秆画赫然挂在客厅对面的门头上。一幅蜡梅画，两个忘年交，双手相握，并肩而坐。我妻子用照相机拍下了这稀有的合影！

不知是巧合还是天意，就在我接电话两个小时后，干冷一冬的豫东北大地飘起了雪花。落在树上，晶莹剔透；落在车上，瞬间融化。不知不觉，我的脸上、眼中湿润润的，是天上的雪水、眼中的泪水，还是心中的甘泉……

我仿佛看见，一望无际的大雪茫茫苍苍，弥漫了整个世界。漫天飞雪间，眺望前方，朵朵蜡梅粲然绽开，暗香飘来。一个高大魁梧的长者挎着背篓，独自向着盛开的蜡梅走去，无始无终，一直前行。

三天后，那个寒风萧瑟的早上，我驱车一路辗转问寻，来到商丘市殡仪馆。悼念仪式刚刚结束，数十位亲属身穿孝服烧完纸，正要回休息厅。还是来晚了！我说不出的愧疚和遗憾，相识相知几十年，他告别这个世界时我竟没能见他一面。我请他手捧遗像的儿子把遗像端放在沙发上，我扑通一声跪在遗像面前，放声痛哭，涕泪交流，像决堤的洪水一样汹涌奔泻。他的女儿不时递来纸巾让我拭泪，他的三个儿子接连不断地讲述着他的临终遗言。

在呜呜悲鸣的寒风中，在他的儿女们的劝慰下，我坐起来，交谈如何赡养好他们的母亲，如何妥善保管有关信件、遗物等问题。

　　我怕我的悲情加重吊唁亲属的伤心，我怕我悲痛心情的潮水止不住再度奔涌，于是，我不得不告辞了。

　　我已走出了休息厅，回望着他的遗像——那诚实坦然的笑容，那历经磨难不改初衷的毅力，那坚持正义、反对邪恶、追求真理的人间正气，那尊重规律、把握自己、随世而化的坦荡豪气——才是我们几十年忘年交的价值，才是我从他那儿学到的宝贵财富啊！

二　奶　奶

　　二奶奶走了，带着她的痛苦、她的忧伤，和伴随她风雨几十年的梦想，永远地走了。灵堂正中的香案上，端放着她的遗像。一双慈善的眼睛，含着无限的幽怨，仿佛在诉说命运带给她的沉重灾难。被岁月染白了的头发，似乎在向人们印证：在她80多年的坎坷人生中，她苦苦煎熬，却没有熬出生活的苦海。在低沉凄婉的哀乐声中，她的两个女儿跪在灵前，哭得泪人一般。吊丧的亲邻一茬接一茬，来来去去。有人说："这个苦了一辈子的老太太终于解脱了。"有人说："那个让她守活寡几十年的男人在她临死也不来见一面，唉……"

　　1912年前后，二奶奶出生于豫东某县城一个官宦人家。虽是大家闺秀，家里到她父亲这一辈已经败落。当时军阀混战，兵荒马乱。她时常跟着父母避难，自小就饱受了战乱之苦。

　　在她18岁那年的秋天，在随父母避难的途中，她父亲被一颗流弹击中头部，血流不止，奄奄一息。正在这时，过来一个身材魁梧的青年，把他父亲背到家中抓药养伤，好生侍候。她父亲因伤势过重，自觉不久人世，就把她托付给了这个青年。谁知这一声托付竟决定了她终生受苦的命运。她父亲去世后不久，她母亲也去世了。后来，她和这个青年举行了简单的结婚仪式，从此结为夫妇，她就成了我的二奶奶。小两口男耕女织，日子渐渐好起来了。婚后第二年，生下了女儿玲玲，生活中增添了许多乐趣。

天有不测风云。就在玲玲两岁时的一个秋天的雨夜，一家三口睡得正香，忽然响起一阵急促的敲门声。她丈夫披衣开门，一队国民党士兵闯进来，不容分说，把她丈夫抓走了。"她爹，她爹……"丈夫在她撕心裂肺的哭叫声中消失了。

她丈夫这一走竟没了音信。那年月，炮火连天，上哪儿去找？丈夫走后半年多，她又生下了二女儿秀真。她拉扯着两个女儿艰难度日。白日里，她忙于生计，连男人干的活儿她也干了。晚上，两个女儿睡着后，她独自坐在床边，望着青灯孤影暗暗发呆，眼泪不知不觉流到嘴边。她苦熬着，熬过了难耐的春夜，熬过了月圆的中秋。岁月的苦海茫茫无边，何处是岸呢？

1943 年，兵患加上虫灾，二亩薄田几乎颗粒无收。为了活命，她拉扯着两个女儿出外讨饭。村民们看她们母女三人怪可怜的，从嘴里省出两口救济她们。春天青黄不接的时候，她撸榆叶、刮树皮充饥。有一天，她饿得实在没有力气要饭，秀真饿得止不住地哭。她把奶头塞进秀真嘴里，秀真吮了好一会儿，也吮不出奶水。她抱着秀真哭了半夜。后半夜，孩子哭累了，睡着了。她从门后捡起一条麻绳，想一死了之。就在她往房梁上系绳子的当儿，大女儿梦中呓语着："爸爸，爸爸回来了……"这一声梦呓把她从死亡线上拯救过来。她心中坚定一个信念，孩子她爹一定会回来的。于是，她拉扯着两个孩子，顽强地生活着，挣扎着。

全国解放了，她分得了四亩农田。她一边忙碌着，一边打听丈夫的音信。有人说，她丈夫在淮海战役中被打死了。有人说，她丈夫在国民党大溃退时逃到了台湾。她对这些传闻将信将疑。但在她心中，丈夫不会死。每天，太阳快落山时，她都要伫立在村东街口老槐树下，翘首东南望。有时在夜里，孩子睡着后，她点上三炷香，双手合十，求神灵保佑她丈夫平安归来。好心的村邻劝她成个家，也有人为她牵线搭桥，都被她婉言谢绝了。村上的一个老光棍有意娶她为妻，她也回绝了。几个地痞调戏她，都被她用棍赶跑了。

在那场席卷全国的"文革"运动中，她因被怀疑丈夫在台湾而被打成坏分子，戴上高帽子游街示众，受尽了羞辱和磨难，她都坚强地挺过来了。

时光转到了 20 世纪 70 年代末，一天上午，村里来了一辆油绿色的吉普车，县里的领导陪着一位从台湾归来的退役军官来到她家。这位军官对她说，他从报纸上看到她的丈夫阵亡了。这一下，她的心彻底绝望了。她请人在地里挖了一个坑，里边放着她丈夫当年留下的衣服，算是为她丈夫安葬了。每到忌日，她都要拿上供品上坟。有一年的清明节，她在坟边哭得很伤心，两个女儿和附近上坟的村民都来劝她。这"呜呜"的哭声，是祭奠死去的丈夫，还是为自己的不幸命运悲伤？

也许是她的诚心感动了上苍，让她时来运转。20 世纪 80 年代初，县委统战部给她送来一封信，信是她丈夫写的。信中说，他当年被国民党抓壮丁以后，参军上了淮海战役的战场，受了伤，随国民党军队到了台湾，因伤提前退役，做点儿小生意，娶妻生子。现在年龄大了，在家闲居。听说她一直守寡等他，想回来探探亲。这不啻为晴天霹雳，使她既惊喜又愤恨。惊喜的是，她思念几十年的丈夫终于有了音信，从此可以夫妻团聚；愤恨的是，她的青春，她的生命，几乎全在等待和苦熬中消耗殆尽。她为此付出了几乎一生的代价，她被他害得好苦呀！

　　一个月后，一辆银灰色上海轿车驶进村里。县委副书记和统战部部长陪同一位白发苍苍、面庞白皙的老头下车了。她丈夫从台湾回来了！村民们围得黑压压的。这个文静中透着军人气质的老头，是她当年那个浓眉大眼、身材魁梧的丈夫吗？她不敢相信自己的眼睛。村民们散去了，闻讯赶来的两个女儿和四个外甥都知趣地躲开了，屋里只剩下他们老两口。她怔怔地望着他，仔细端详自己的丈夫，这个已过古稀之年的老太太竟失声痛哭起来，嘴里骂着："你这个冤家，这么多年了，你咋不死在外边，你把俺母女仨人害得好苦呀！"她用布满老茧的双手握成拳头，朝丈夫的背上一阵乱打。而他，只是默默地承受着，既不还口，也不还手。他拿出几沓钞票和几副金银首饰给她，她一手夺过来摔在地上："人都快死了，还要这干啥！"这对分离大半辈子的老夫妻相拥着，老泪纵横。

　　丈夫在家生活了一个多月，又要走了。她知道，丈夫在那边还有个家，她也不拦他。临别，丈夫对她说："过一段时间我再回来看你。"

　　就在丈夫走后的第二年秋天的雨后，二奶奶不慎摔折了右腿，从此站不起来了，走路需扶着凳子。村民们下田地干活后，她时常一个人来到村东头，朝东南方向张望。

　　二奶奶病了，糊糊涂涂的，一日不胜一日。两个女儿与她商量，要不要给爸发个电报，让他回家一趟。二奶奶无力地摇摇头，断断续续地立下遗嘱："我死后把我葬在村东头，面朝东南方向。"

二奶奶死后不久，在她的坟前长出一棵嫩柳，一年四季，迎风而立。每当夜里起风时，那棵嫩柳便发出"呜呜"的风声，如怨如诉，如诉如怨……

耳畔的回声

　　1996 年初春的豫东，一场大雪纷纷扬扬，飘满了田野村落。我携妻抱子，回到阔别数年的豫东老家。

　　明晃晃的灯光下，坐满了本家的爷爷、叔叔和几位村干部。两张合并在一起的八仙桌上，摆满了菜肴和几瓶睢州粮液。人们愉快地品茶问候，把这场聚会的氛围烘托得格外活跃。

　　酒过三巡，话匣子打开了，首先议论的话题是办电。我村

1000多口人家，每家电灯通明，这在建村300多年的历史上，是一个空前的壮举。村支部书记、本家叔叔先开口了："大侄子，你知道，咱家乡穷，又没出大官，办电难呀！去年夏天，我和你二叔到县供电局求人办电，一人抱了两个大西瓜。当时局长正在午休，听到敲门，老大不高兴，嘴里嘟囔着，半天也没开门。走廊里几个人正在打扑克。我俩请他们吃西瓜，不知咋的，哄堂大笑。我心中憋了一团火，真想用西瓜往他们头上砸，可又一琢磨，为了父老乡亲，硬是赔着笑脸，把西瓜切开，一块一块地送到人家手中。当时我口渴得嗓子直冒烟，也没舍得吃一块。局长可能被感动了，提前半年给咱们村安上了电。"

村委主任接着话茬说开了："自从咱村安上电，抗旱浇麦不用愁，副业办起来了，致富的人越来越多，让老辈人发愁的光棍'钢枪连'也自然瓦解，十里八村的姑娘都打听咱村的小伙子，真提劲儿呀！"

曾记得，20世纪70年代中期，我村作为全县学大寨的典型，用上边拨的款安上了电，家家户户灯火通明，木业社、缝纫组、副业加工厂等应有尽有，一时间热火朝天，远近闻名，有人误认为我村成了公社所在地。然而，随着那个时代的结束，这种虚假的繁荣很快衰落了。

80年代初，改革春风吹遍了祖国的山川村野。村民们眼巴巴地盼着致富。谁知村里乱起来了，村支部、村委会长期瘫痪，各项提留款和计划生育罚款不见踪影。工副业无人问津，厂房里的东西被偷得一干二净，干群之间、家族之间闹腾不休，邻里纠纷、宅基地纠纷此起彼伏，村民们怨声载道。部分党员和村民带头，组成了百人上告团，到县委告村干部的状，酿成了轰动全地区的"五三"事件。老百姓人心惶惶，哪有心思致富？我每次回老家，徘徊街头，心中怆然。儿时那美丽的风景，淳厚的民风，与眼前的惨状形成强烈的反差。啊，我多灾多难的家乡呀，何时能改颜换貌？我贫穷愚昧的乡亲呀，何时能跟上现代文明的脚步，走上富裕文明之路？

雪静静地下着。屋内，人们热烈地谈论着，从温饱到小康，从村规民约到发展计划，从计划生育到人才培养……不知不觉，五瓶睢州粮液已见了底，竟无一人醉倒。往日笼罩人们心头的阴云早已消散了。按照家乡习惯，我和爱人向客人敬酒。轮到村支书那儿，他一边端起酒杯，一边说："这三杯酒，我喝干，你得许我三个条件。"我和爱人点头示意，听他讲下去，"一是希望你们多为家乡提供脱贫致富信息；二是多与科技部门联系，帮咱村办几个企业；三是希望你们别忘了家乡，常回家看看。"说着众人举杯一饮而尽。已是黎明时分，鸡啼声此起彼伏。人们说笑着告别而去，厚厚的雪地上留下一串串坚实的脚印。

清晨，冬日的晨曦映照着这个古老而充满生机的村落。我漫步在家乡的街头河畔，村支书的希望，乡亲们的嘱托，深深地印在心中，清晰地回荡在耳畔。是啊，我们必须从贫穷、愚昧和内耗的困境中解脱，创造一个富裕、文明、民主、和谐的社会主义新农村。这需要一种义不容辞的责任感和高尚的奉献精神，这才是家乡和民族的希望！

她站在城市与乡村的边沿

　　女儿写了一篇随笔《凤城印象》。该文用冷静的、客观的眼光，写一个在城市长大的大学生，怀着些许"寻根"的心思并记录回乡给自己带来的感觉。那种感觉，不是万里无云，也不是阴霾重重，不是"谁不说俺家乡好"，像腾格尔、布仁巴雅尔那样把故乡神圣化，也不是一味"打倒孔家店"，而是蓝蓝的天空中漂浮着几朵白云，在辩证看待的前提下批判地继承。人类就是在批判地继承中逐步发展的，做人的"根"也是在一代又一代血脉相传中继承下来的。

对一个生在城市长在城市的女孩来说，城市的环境和文明培养了她的内在素质和世界观、人生观、价值观。但由于她的父辈、祖辈是农村人，她也对农村文明耳濡目染，所以她在接受城市文明的同时也接受了乡村文明。她在"洋气"的环境中形成了"洋气"的气质，这是农村的女孩想学也不是马上就能学会的。她又时不时地接受着"土气"的农村文明。正因如此，她同时涵养了两种文明的优势，她才能跳出城市文明看城市文明，看出在高楼林立的现代化中透出的浮躁、虚伪和狡诈，用农村人的话叫活得腻歪了。她也能用进化了的城市文明看出农村人的愚昧、狭隘和落后，从而在城乡文明比较中看出自己是否有"歪歪扭扭的影子"。

如果不想做一个庸碌无为的人，她就应该在这种良性对比中批判地继承城市文明和农村文明的双重优势，取其精华，剔其糟粕，优势互补，为己所用。如能这样，她就是一个"洋气"而不堕落、"土气"而不愚昧的人，一个在双重继承中寻找并发挥自己的优势，在激烈竞争的城市环境中较好发展的人。唯其如此，她才不会辜负生养自己的血肉之躯并培育自己精神和灵魂的父母。这才是一个高尚的人，一个大写的人，一个顶天立地奋发有为的人。

孟子曰："吾善养吾浩然之气。"不仅如此，还要养蓬勃朝气、昂扬锐气、凛然正气。

长大了，应少一些稚气，但对事物、对世界探索的"心气"不能少。

人生天地间，短短几十年，平庸与卓越，分野在心田。

凤城印象

郝文婷

"咣咣咣咣"，火车有节奏地穿行在大西南的崇山峻岭间。漆黑的夜晚，时而有明灭不定的光从窗前掠过。

她坐在从家乡返回江南某大学的卧铺车厢里，靠着枕头，回想着自己的老家。几天前，她趁着清明节专门回了趟老家，一部分原因是她很喜欢旅程中的感觉，喜欢那份期待以及独自思考或者发呆的自在，一部分是因为老家代表一种难以言说的念想，一种从她冰冷的心窝里缓缓地暖暖地渗出来的念想。

她喜欢夜里的大都市，也喜欢落后的小镇。她喜欢自然的东西，也留意在发展过程中扭曲了自然规律的尴尬景象。她老家就是那种尴尬的小县城。吵闹，拥挤，纷乱，普普通通的县城。尴尬，是因为它想成为富裕文明的城市，却摆脱不掉浓厚的乡土气，像邯郸学步，虽然努力，还是别别扭扭，如同臃肿的身体，增生的脊椎，长歪了的牙齿。

她在生人面前很谨慎，不会表达任何个性，不会多说一句话，只是安静地吸收，也许有些人看来会有点儿可怕：当得知自己的任何细节都被一个陌生的女孩所捕获，细细咀嚼，一点骨头渣都不吐出来……不过大多数人觉得无所谓，反正活着就有人看，反正隐藏不了，甚至很多人像暴露狂一样渴求暴露自己所有的秘密。

她老家在豫东睢县，由《山海经》中睢水而得名。县城有个好听的名字叫凤城。凤城北面有个湖叫北大湖，前些年在这里曾举办过亚洲铁人三项赛，还发行过一枚邮票。也许城市人觉得这儿的人愚昧、自私、庸俗、吵闹、麻木，但她不这么认为。不是出于家乡情结，她是认为很多这样小城里的人，在"无知"的背后，是对人情世故丰富而有营养的见解；在吵闹背后，是像被阳光暴晒后的土地一样的热情。而自私什么的，则是由无奈的、冷酷的、庞杂的客观事实决定的必然结果。世界上大片大片的土地上有类似的人，类似的问题，根源是穷。穷，是活生生的现实，大多像钢铁一样无法撼动。所以，在她眼中，即使是这么尴尬的地方，一切也都是有缘由的，"非如此不可的"。

她喜欢散步，闹市和僻静的地方都喜欢，因为可以很低调地吸收周围的气息。走在县城最热闹的地方，她发现这儿的女孩儿又大胆又羞怯，她们直勾勾地盯着她，好奇、羡慕，或者带着莫名的亲近感。但当她回应她们的目光时，她们又忙不迭地转移视线、怯怯地笑着。这儿的女孩儿，用山寨的手机，听口水歌，穿半土半洋的衣服。她觉得人们，特别是城市人，没有资格对她们的品位妄加评论，因为她们生在不发达的地方不是她们自己能决定的，穷也不是她们想改变就能改变的。换个出身，她们也会是清水芙蓉、飘香丹桂或娇艳玫瑰。

这儿的文化，其实很有意思。地处中原大地，这里有很深厚的传统文化根基。说起礼数、祭祀、宗法、节气、农事，他们如数家珍。而军阀混战、抗日战争之类的故事，他们也能娓娓道来。像古时候一样，他们非常尊重文化人，"大学生"这个招牌在这儿跟以前一样值钱，当谁说起自己的祖上有读过书或当过秀才的，他们的眼中肯定闪着光。这儿的人接受新事物相对慢些，容易大惊小怪，但他们不掩饰自己想跟上潮流的愿望，不像很多城市人那样故作清高地对流行的东西嗤之以鼻，然后自己又偷偷模仿，或者假装自己对潮流趋势烂熟于心。是的，他们不假，他们是活生生地跋涉在生命长河中的人。

这儿的人非常好客，甚至超出了一般人对"好客"的理解。他们平时吃穿用度都非常俭省，馒头、一两个小菜、米汤，一顿饭就打发了。但一旦有客人来，不管远近，他们都能摆上满满一桌的菜，比较传统的有鸡爪、牛肉、豆腐干、荆芥黄瓜、猪肚、猪头肉、红烧肉、烧鸡、油炸带鱼……其中很多是城市人司空见惯甚至不稀罕吃的菜，但那已经是他们过年的规格了。这种好客跟中原重礼的传统有关，说难听点叫好面子，但他们也是实打实地想让客人吃饱吃好。这儿吃饭兴"让"，不停地劝客人吃菜，给客人夹菜。吃，是这里最重要的事。跟城市人的理解不同，这里因为有穷的传统，很多大人挨过饿，所以大家把吃看得跟生命一样重要。虽然现在人们生活富足了很多，但珍惜粮食的观念还是根深蒂固。特别是对于种过粮食养过鸡鸭牲口的人来说，请客人吃饭就是让出自己的生存机会，相当于贡献出自己的血肉啊！个中的牺牲精神，是衣食无忧的城市人无法体会的。

她慢慢走着，发现一个奇怪的现象，但说不出在哪儿，直到此刻她坐在火车上回想的时候才意识到。原来，凤城的人总是在笑。他们见到邻居笑，见到亲戚笑，见到杂货店老板笑，见到来找他们帮忙的人也笑。笑，是他们的习惯，笑纹是他们的标记。为什么住在城市里的人虽然富足，但经常挂着冷冰冰的脸？虽然有文化，但读不懂每个平凡日子的趣味？金钱越多，烦恼越多；知识越多，忧虑越多。"然则何时而乐耶？"她想，我们不是圣人，所以，只要一生平安喜乐，已经是我们平凡人最大的愿望了。

话虽如此，但即便像她这样想涂抹好生命色彩，一想到明天返校要完成的任务，还是皱起了眉头。

夜深了，火车轮与铁轨的撞击声似乎越来越小。"管它呢，先睡吧，明天再说。"她这样想着，迷迷糊糊地睡着了，微弱的夜灯映照着她有些消瘦、白皙的面庞。

朋 友 如 水

　　这里的水，不是"柔情似水"的水，也不是"淡如水"的水，而是奔流不息、滚滚东流的水。朋友，你看，那波涛汹涌的水呀，那时而激起五彩浪花时而泡沫翻卷的水呀，那有时清澈如镜有时浑浊如汤的水呀，那既能浇灌万顷良田又贻害无穷的水

呀，那昼夜不舍、见证沧桑岁月的水呀……

童年的时候，我老家屋后有一条蒋河，河水不深，河床也不宽，却清澈洁净。夏天放学后，我和几个小伙伴一溜烟跑到河边，脱光衣服跳到河的水窝子里，扎猛子、仰泳、打水仗，头顶荷叶用手掌击水，你追我赶，好不热闹。渴了，就偷偷地爬到岸上的瓜园里"摸"几个甜瓜来，用拳头捶开，或放在地上摔开，分着吃。看瓜园的二爷发现了，嘴里骂着，并不十分追赶。冬天，我们在封冻的河面上溜冰，或用坷垃、小砖头往冰上扔着玩，看谁扔得最远，发出的哨音最悦耳动听。有时候，我们用黄胶泥做成小火炉，用铅笔刀刮干树皮，在小火炉上生火烧豆子吃，吃得嘴唇黑乎乎的。远远望去，青烟袅袅，好不热闹。

童年是人生最快活的时候，童年交的朋友也最纯真无邪。我们曾经在月光下勾手，指月为证；我们曾经登上黄土岗对天发誓，誓言在乡间萦绕。后来，各为生计奔波，见面日稀。转眼间，30多年过去了，我们都是上有老、下有小的中年人了，各自操持着一个家庭。但在故乡结成的友情就如同那清澈的河水一样纯洁无染。有时候回老家，我尽量抽空儿去看望几个叔叔爷爷辈的小伙伴。

与我保持友谊时间最长、也最让我感动的是我的初中同学宋大哥，他大我一岁。当时，学校都忙着勤工俭学，帮农民修路、收粮食、摘棉花。我因摔伤了腿，时常请假。宋大哥也请了病假。宋大哥领着我去请他村的一个老奶奶给我针灸，开一些民间偏方。我考上大学那一年的夏天去他家告别，夜已深了，我们在他家的老榆树下喝着啤酒，吃着鲜美的变蛋，那情景，令我至今向往。令我感动的是，自那年开始，30多年来，每年的中秋节和春节，只要他在老家，只要我的父母在老家居住，他都要拿着礼品去看望我的父母。而我由于常年在外，很少去他家看望。20世纪80年代初，由于农村实行家庭联产承包责任制，我们兄弟姐妹几个在外地生活，农忙时节，宋大哥连人带牲口到我家帮着夏种秋收。而他，没有特别的事情，不会找我帮忙。前年夏天，他突然打来电话，说他在广州打工的儿子半年没有音讯。我给他提了几条参考建议。后来儿子找到了，他专门打来电话致谢。我妈常念叨，可别忘了你宋大哥，人家虽是个农民，操养三个孩子，可上哪儿找这么实在的朋友啊！

我念的是本乡的高中。这所高中位于黄河的支流——惠济河的南岸。学校大门朝北，三排东西向的教室整齐排列。春天，满院的泡桐花飘着浓郁的芬芳。我上课的教室门前有一棵合欢树，初夏，合欢花开了，树冠如盖，清香扑鼻。那时候生活非常艰苦，吃的是从家里带的窝窝头，喝的是发黄的蒸馍水。食堂的菜是二分钱一份的水煮青菜，有时候是一小块白豆腐，上边撒点儿盐，用筷子头戳一点儿，抹在窝头上吃。或者吃从家里带的咸菜。我们常常把各自带的菜拿来，放在地上一块儿吃。蒸馍水实在难喝，我们就从家里带一小包盐，切一点儿葱花，放在茶缸里，用开水冲着喝，美其名曰"喝咸茶"。周日下午，我和同村的同学一块儿从家里回学校，用一根木棍，一头挑着馍篮子，一头挑着菜罐子，一路交谈争论，绘制着五彩的蓝图。

高二的时候，分文理科了。我和同村的一个同学璞金都是优等生，都报了文科。晚上教室熄灯后，回到三间大寝室休息。一些混文凭的同学在并排摆放的几十张床板上奔跑着打闹，让人根本无法入睡。班主任张老师让我与他的长子打通铺，与他同住一室。璞金因在教室学习，常回寝室较晚。他刚推开寝室门，就被门框上放的木棍砸了头，他摸黑走到自己床位，被窝里也被人放了一块老式砖头，湿漉漉的。后来，他的床干脆被人砸坏了，成了几根木棍子。每当这个时候，我都尽力帮助他。我有了困难，他也帮助我。因而，两人友情更深一层。高考那年，整个文科班仅有我俩够录取分数线，后来因分数线提升，都没被录取。高考结束后的那年秋天，在村北的豆地里，我俩用豆秸烧着毛豆吃，一边看着青烟袅袅升起，一边仰望蓝蓝的天空，畅想未来。

后来，他考上了一所中专学校，第二年，我考上了大学。几年后，我们都在濮阳市工作和生活。当初我往濮阳调动的时候，曾借宿他家，他也托熟人帮我调动工作。正当他的事业蒸蒸日上的时候，突然遭受了一场大变故，我挺身而出帮他摆脱困境。那年中秋节前的一天晚上，他约我到一个招待所长谈。已是凌晨一点多了，他仍在滔滔不绝倾诉苦水。谈到动情处，长吁短叹，泪花点点……后来，他突然选择了另外一条生活道路。而我，既没有在他飞黄腾达时去逢迎他，也没有在他遭遇不幸时抛弃他。这种经受住了重大变故考验的友情才是真正的友情。

在睢县一中紧张而有序的复读生活中，我与两个同学交上了朋友。我们常在一起相互提问，取长补短。有时候，学生宿舍熄灯很久了，我们还点着蜡烛偷偷学习。高考时，只有我考上了大学，他俩都当了律师。后来，有一次我回县城，我们三人畅饮聚谈，动情高歌，回忆起艰苦岁月，止不住眼泪盈眶。

1981 年 9 月初，当隆隆的列车载着我的希望和梦想，走入金水河畔的郑州大学校门的时候，我既开始了长达四年的读书生活，也开始了交友过程。我与南阳市的景渲兄建立了深厚的友谊。记得有一次，我与一位同学发生争执，他很巧妙地劝解了。他喜欢写诗，多写朦胧诗，我写诗也受了他的影响。记得大学二年级时的一天半夜，我正在上铺熟睡，他在下铺的动静把我弄醒了。我问："干啥伙计?"他急切地答道："灵感来了!"他用小手电筒照着写，一会儿写完了诗，又呼呼大睡，我却睡不着了。不过，我从未埋怨过他。毕业后，他留在一个省直单位，住的房子很狭小。我去郑州出差，常去打扰他，他从无半点儿怨言。那时，我们一谈就是半夜，谈诗，谈爱情，谈生活感受。他不仅以兄长的宽厚帮我生活上的忙，还常为我指点迷津，解除痛苦。而且，他的活泼幽默也常把同学们逗得前仰后合。1995年五一期间，同学们毕业十年聚会，他即席清唱了《我祈祷》这首流行歌曲，感情丰富，抑扬顿挫，赢得了同学们最热烈的掌声。1998年春天，我接到他发自美国的一封信，信中说他已到美国一年多，有了房子车子，在美国的忙是国内无法想象的。五年前的正月初二中午，他突然打来电话向我祝贺春节，当日美国正是大年初一，我深为感动。

当我大学毕业走出校门，我便开始了真正的社会生活。在那个充满激情、充满希望又孤独困苦的年代，我像一个从未出过门的人第一次远行，又像一个孤独的行者四处闯荡，不知宦海有多深，也不知生活有多难，在无知无畏、不知天高地厚的书生意气状态下，独自闯荡了。于是，我就被那些城府很深的个别领导所不容，也为那些深谙世故的油子所讥笑。在他们看来，我是啥也不懂、胡闯乱撞的毛头小伙，是不会逢迎拍马的书呆子，是与他们格格不入的"另类"……

但是，就在那个艰难困苦的年代，就在那种四处碰壁的环境下，我却交了几个"穷朋友"。我与几个老乡、同学常在一起相聚，书生意气，评论时弊。我与一位校友成了知己，无话不谈，相互交心。就在我即将调离那个城市的头天晚上，我借住他家，两人对饮，不知喝了多少，不知喝到何时，也不知说了多少话，动情处，两个知己老友紧紧拥抱在一起……

　　我到现在这个城市已生活 30 多年了，我交了许多朋友。酒场上的朋友和有事相求的朋友，都如流水一样，随着时光悄然流逝。当初，我曾失望过、痛苦过，他们以老乡、同学，及各种理由与我"交朋友"的时候，态度是那样热情，喝酒是那样豪爽，信誓旦旦地要与我交成"铁哥儿们"。有的还专门打听我的爱好，想方设法与我交球友、文友、歌友等，然后就"顺便"说出一些让我为他们帮忙的事情，有的事情相当棘手。也有的商人，当时看好我有比较光明的"前途"，就托人找到我，请我喝两杯"交流交流"。过了几年，看我没有他想象的那么有"前途"，就悄然消失了。

　　噢，我终于明白，那些人想与我交友是假，想利用我为他们办事是真。当我对交往的朋友作一个严格的审视评判时，我感到失望和孤独。酒桌上的高朋满座和称兄道弟原来好多是有所求的。一旦你没有达到他们的期望值时，便不再认你为友。

　　通过交友，也看出了人的善恶真伪、千姿百态。20 多年前的一个春节，在一个老乡家的酒桌上，一个老乡（兼校友）让我下周日下午到他家做客，说了七八遍，我信以为真。我和妻子真的如期去他家了，他感到很意外，寒暄几句我就匆忙告辞，从此再也不登他家的门。妻子对我抱怨说，人家酒后醉话，你也当真！还有的朋友，平时吃吃喝喝，一团和气，一旦你真的有事需他帮忙，而且仅仅是做个顺水人情，他就感到十分"不好意思"。于是，我也知趣地敬而远之。有的朋友，他在你为他办成事之前，对你亲近有加，许下好多承诺；待事办成后，他就把许过的诺言忘到九霄云外，与你"拜拜"。当然，对朋友要宽容谅解，求同存异，不要求全责备。你帮了朋友的忙，不要念念不忘，也不要想着让朋友感谢你一辈子。

但不可否认的是，我来到这个城市的 30 多年间，也有过几个真正的知己、知音和患难之交。1992 年的一个夏天，我因在单位加班写材料眼睛发炎了，一个当医生的邻居建议我打一针消炎的针剂。谁知，针管没拔下来，我就过敏休克。在经医院抢救脱险后，几位老乡朋友来到我的床前，送来的不仅是看望我的礼品，更是一颗颗温暖的心。1996 年，单位建经济适用房，需交四万元房款，当时我手中一万元也没有。我向一位文友老兄借钱，他说，你先借吧，缺多少我给你垫底。后来，他为我垫了两万元房款。若不是他慷慨相助，我恐怕就买不起这套房子了。另一位朋友得知此事，邀我到他家去吃饭。饭后，在他家楼下，他把借来的 2000 元钱往我手中一塞，我也没数，直想掉泪。有的朋友，在我的人生之路遇到困惑时，直言不讳地指出我的弱点和努力方向。尽管当时听着刺耳，但过后回味，真可谓忠言逆耳，耿介诤友。有的朋友为我打印文章、书稿深夜加班，辛苦劳作。2005 年秋天，我因公摔伤了肩膀，在我疼痛难忍的日子里，一位朋友送来治疗骨伤效果最好的药。我问售药的药店地址，他却不告知我，待我快服完时又送药来了。当然，最辛苦、最关心我的还是我的妻子。摔伤的最初几天，我左手一点都不能动，她就用勺子一口一口地喂我吃饭。夜里疼醒呻吟，她为我换药、按摩，说着宽慰的话。还有我的女儿，在我面前，轻描淡写地一句"伤筋动骨一百天，爸，你好好养伤吧"，却背着我偷偷流泪。这些都是我的知心朋友。

当然，朋友间的交往是相互的。一位朋友工作中遇到了挫折，连生计都难以维持。我们时常在一块饮酒作诗，谈天说地，在一片欢乐声中为他消愁解闷，帮助他渡过了难关。一位曾鼎力帮助过我的朋友，几年后突然遭遇重大灾难。我们几个朋友相约去看望他，其中一位年长的老师说："听我一句话吧，我还能活几个 60 呀……"这位从未流过泪的老友热泪盈眶，我们紧紧握手拥抱。

交友的渠道是多种多样的。有一位朋友，是从工作关系慢慢转化成朋友的。在我为解决夫妻分居问题而往这个城市调动时，可以说无权无钱，无依无靠。这位朋友当时身居实权岗位，在查看了我的档案之后，把我这个与他非亲非故的一般干部调了过来。记得当时仅送他五斤小磨香油，他还通过介绍人给退了回来。我与他交往下来了。在工作上，他帮了我许多忙。后来，他提前退休了，我并未因此而疏远他，关系反而比以前更密切了。他还经常问候我的工作情况，甚至还与他的朋友打招呼关照我这个不懂政治、只顾埋头干活的书呆子。记得 1995 年的一个夏夜，我被邀去他家，两人边饮酒边长谈，从政坛风云到家庭变故，从友情到爱情，从社会到人生，无所不谈。谈到动情处，他慷慨激昂，泪花点点。不知不觉，两瓶五粮液见了底，而此时窗外已旭日东升。那一次，是我有生以来唯一的一次与朋友彻夜长谈。

还有一些朋友，对文学艺术等方面的爱好，使我们有了共同的兴趣。我们在无忧无虑的神侃闲聊中，共同交流彼此的心得；

在热情的鼓励与开导中，把生活中的烦恼和忧愁统统抛去；在吟诗歌唱中，领略了人生的快乐美景；在乒坛飞奔跳跃，尽兴发挥；在饮酒进入高潮时，即席清唱，酣畅淋漓。

所以，当我处在顺境，有点儿飘飘然的时候，老朋友的忠告提醒，警钟一般把我飘忽的神志敲醒：人生旅途中有鲜花也有陷阱，特别要提防鲜花遮掩的陷阱；当我处在逆境时，我更容易想起他们，是他们给了我智慧和勇气。随着年龄的增长，朋友在我心中的位置和作用越来越重要。假如没有了朋友，即使当上高官，住上别墅，拥有美女，生活还有什么意义？

长江后浪推前浪。交友也如流水一样，是一个淘汰筛选的过程。在交往的众多朋友中，有几人能像马克思与恩格斯那样成为患难知己，有几人是如钟子期与俞伯牙那样的知音，有几人的友情如清水般清澈透亮，有几人的友情如长江大河浪花飞溅？

既然认识到了朋友的流动性，所以就把经受不住考验而淘汰掉部分朋友看成是自然的过程，对人家有事与你交友、事后过河拆桥也不必大惊小怪，对一些势利小人或急功近利的商人因有所求而设法与你"交友"一笑置之。"沉舟侧畔千帆过，病树前头万木春。"经得起考验的，才是真正的朋友；淘汰掉的，权作大浪卷起的泡沫吧。

几十年的交友经历，使我仿佛找到了一面镜子，它照出了交友动机的雅俗优劣，和交友心灵的善恶美丑。它使我渐渐分辨出：谁诚实可靠，值得信任；谁虚伪奸诈，别有所图；谁坦率直言，逆耳利行；谁把我当成工具，陷我于尴尬困窘的境地；谁侠肝义胆，危难之处显身手；谁心怀鬼胎，见利忘义，见色忘友……

　　真正的朋友，是诚实善良、高风亮节的君子，是坦诚直言、心扉洞开的诤友，是相互吸引、相互牵念的知音，是危难时敢于两肋插刀的义士，是贫贱交心、富贵不弃的信士，是抛却私心杂念、不图名利的雅士，是沉稳果断、敢作敢为的勇士，是巍峨如青松、洒脱如西风的高士！

　　啊，朋友如水！

朋　友

　　朋友，相交于品，维系于德。志趣相投多共鸣，三观契合常交流。坦荡荡君子之风，乐陶陶诗酒文章。无捷径可走，唯日月见证。曲水流觞寻雅趣，高山流水遇知音。把酒临风义气长，激情高歌心胸宽。

　　不投机于私利，无钻营于套路。只做明事在面前，不行苟且于背后。敬柳屯先祖之遗风，慕云长夜读之亮节。只享自己应得之份餐，不贪他人口中之美味。若非应取，海参鲍翅端于前，虽垂涎欲滴而不动口；如不该得，貌若天仙坐于怀，宁怦然心动却不伸手。纵不敢插利刀于两肋，也不能损他人为一己。

　　走无形康庄大道随心所欲而不逾矩，看有色花花世界历尽荣枯却不迷向。不求锦上添花花满园，只愿雪中送炭炭保暖。

　　尘世维艰，共担旅途之风雨；命运多舛，同克无常之苦难。以心换心，心心相印。己所不欲，勿施于人。此乃真朋友也！

　　山高水长，来日渐短。生命有期，友情无限。为应所为，拒当所拒。望自珍重，心宽体安。

驼铃悠悠

○ ○ ○ 雨后的家园

旅 途 畅 想

人生仿佛没有尽头。

幼儿园，小学，初中……听不完的课，写不完的作业，考不完的试；就业，结婚，生子……走不完的过程，还不完的人情，理不清的情仇；票子，房子，车子……攒不够的钱，搬不完的家，摆不了的阔绰；副科，正科，副县……升不完的官职，树不完的形象，行不尽的潜规则；少年，青年，中年……转不完的角色，适应不完的环境，积累不够的人生经验；晋升，发财，红颜知己……迎接不完的机遇，想不到的意外之财，结不完的情缘；背信弃义，疾病折磨，天灾人祸……担心无尽的陷阱，熬不出头的身心痛苦，人生无常的幻灭；入世，出世……不能释怀的尘世恩怨，渡不完的苦海无边。

面对眼花缭乱的大千世界和难以捉摸的人生际遇，只有沉稳机敏，善于把握自己，把握时机，知进知退，方可立于不败之地。

当进时，要无所畏惧，激流勇进，跨过人生的一道道坎，"长风破浪会有时，直挂云帆济沧海"。

当退时，心无挂碍，养身养心，"采菊东篱下，悠然见南山"。

当你功成名就、志得意满时，请不要忘乎所以，须知物极必反、盛极必衰，螳螂捕蝉，黄雀在后。

当你事业受挫、祸不单行时，请不要气馁悲伤，要善于在逆境中顽强奋起，愈挫愈坚。熬过冬天的寒冷，不就是春天的阳光灿烂吗？

想一想，总理周恩来一生鞠躬尽瘁，死而后已，世界上无数政要，谁能与他的精神境界和廉洁无私相比？比尔·盖茨以世界首富之尊，决定把绝大部分财富捐献给社会时，芸芸众生，谁能一比伯仲？

当贪婪、奢靡等风靡一时，并勾起你内心的欲望，或者你试图借机冲破道德、法律的底线为所欲为时，你要保持超强的毅力与清醒，以免为此付出惨重的代价而后悔终生。

累了，就停下匆匆的脚步，欣赏你曾经忽略的清风杨柳，春花秋月。

烦了，就约三五好友，或登高远行，尽赏山川之美；或畅游湖海，伸卷自如；或力战乒坛，尽显男儿雄风，让烦恼烟消云散，让快乐随身相伴。

孤单了，就回到温暖的家，听老母讲自己儿时的故事，让妻儿拔去日渐增多的白发，或一家人举杯小酌，唱着献给母亲的歌，朗诵写给妻子的情诗，尽享天伦之乐。

从赤条条呱呱坠地，到一家之主、一市之主甚至一国之尊，一路走来，你获得了什么——至高无上的权威、富可敌国的财富、貌若天仙的美女？当你极不情愿地又赤条条一路走去时，扪心自问，你留下了什么——一座金山、几套房产、权力荫蔽下的裙带关系？

天风飒飒，晚霞如血，当你行将告别这个让你爱、让你恨、让你无限留恋的世界时，有几人能无怨无悔，含笑而去？

朋友，珍重吧，珍重自身，珍重现在，珍重嘀嘀嗒嗒过去的每时每刻；朋友，放下吧，放下耀眼的光环，放下身外之物，放下欲壑难填的贪婪。当你完全放下时，当你连放下也放下时，你就完全轻松自在了。

我想用南宋禅宗临济宗杨岐派无门慧开禅师，在其所著《禅宗无门关》中的几句禅诗作为本文的结尾：

春有百花秋有月
夏有凉风冬有雪
若无闲事挂心头
便是人间好时节

心　语

人生一世，实在不易。

少儿时的活泼稚气，青年时的蓬勃朝气，中年时的坦荡豪气，老年时的衰弱暮气。

大多数人从中年起，有的甚至从青年起，就开始了进入物质社会之后的变异：心为身役，身为物役，物欲横流，洪水漫溢，权钱名色，何有止期？

名有了，心老了；利有了，心黑了；权有了，心狠了；色有了，心变了。

孔子曰：人心不古。

庄子曰：吾丧我。

佛曰：末法社会。

马克思曰：人的异化。

网络曰：房奴，车奴，财奴。

概曰：心奴。

我在熙熙攘攘的人流中，看人们行色匆匆，却很少有一颗安稳宁静的心。看，有的心被绑在汽车尾部，在脏兮兮的路上被拖拉翻滚着，任凭灰尘浊气污染；有的心匍匐在金灿灿的宝座下面，似在摇尾乞怜；有的心寄生在华丽的宫殿中，享受醉生梦死的狂欢跳动；有的心在矗立的高楼下无力地抽搐不已；有的心在功成名就之后忏悔愧疚，鲜血漫流；有的心被嫉妒、贪婪、狂妄所左右，怨天尤人，愤愤不已；有的心在遭受作孽之后的应有报应，如下十八层地狱般的痛苦难忍；有的心在疾病疼痛折磨的长夜中度日如年，生不如死。

毋庸置疑，正是因为有了人的绵绵不绝的进取之心，才有了人类从茹毛饮血的原始洪荒，走向男耕女织时代的农耕文明、火车汽车时代的工业文明，进而走到了互联网时代的科技信息文明；正是因为有了人的探索求真之心，才有了"神舟""天宫"系列的登月航天工程，才使得"可上九天揽月"的千年嫦娥梦想变成现实；正是因为有了人的一往无前、敢于征服一切的勃勃雄心，才有了万里长城的千年屹立、荷兰围海造陆的壮观美丽、人工天河红旗渠的人间奇迹。

人们从肥沃的土壤中，不仅收获了千万亩飘香的稻麦水果，也从大自然的天然矿藏中提炼出了金银财宝、钢筋水泥，盖起了遍布全球的高楼大厦。于是，在千万年的进化和与大自然的博弈中，人类渐渐居于万物之灵的统治地位。

然而，居于大自然的主宰地位，就意味着人可以不顾一切地为所欲为、横行霸道吗？

"天行有常，不为尧存，不为桀亡。"人一旦违背了自然与社会的规律，必将惹得天怒人怨，遭受自然与社会的报应。

因为任由吞并一切的野心横行，就会有惨绝人寰的征战杀戮，血流成河。日本军国主义的侵略暴行，造成了中国乃至亚洲无数无辜良民死于非命，当然，那些甲级战犯也走向了绞刑架。因为无视自然界的规律而任由贪占之心作怪，竭泽而渔式地破坏性开采开发，就有了南极上空"天塌"的黑洞，就有了被污染的河流、令人窒息的雾霾和千奇百怪的病魔癌症。因为无视社会的法律法规和社会道德准则，而任由黑恶之心作祟，就有了盗杀奸淫和有毒有害食品的肆虐泛滥，就有了伤风败俗的咄咄怪事和耻辱的社会乱象。因为贪心不足蛇吞象，就有了亿万巨贪和花样翻新的腐化堕落。

其结果，不仅作恶者遭受报应，芸芸众生也受到无辜伤害：从身体到心理，从肉体到灵魂。儿时家乡小伙伴在河里打水仗捉鱼儿的美好景象，只能成为美好的记忆。中原之大，没有几条清澈的河流。超市的商品琳琅满目，应有尽有，有几样不添加名目繁多的这剂那素？商家说，你完全有食用生态绿色食品的自由。可一斤有机大米七八十元，一斤黑猪肉七八十元，对大部分靠诚实劳动养家糊口的老百姓来说，谁能享用得起？人们的信仰千奇百怪，会道门层出不穷；整个社会风尚五花八门，眼花缭乱！

人们不禁要问：谁是造成如此局面的始作俑者？

中国古代亚圣孟子曰："恻隐之心，人皆有之；羞恶之心，人皆有之；恭敬之心，人皆有之。"

盲人骑瞎马，夜半临深池。醉汉驾飙车，横行闹市区。人类已经为自己的胡作非为付出了惨重的代价，那么，非要到了病入膏肓才"引起疗救的注意"吗？非要到了不可收拾的地步才肯悬崖勒马、回头是岸吗？

亡羊补牢，不可等矣。既知如此，为何不让真善美之心弘扬而让假恶丑之心弃绝？

如果说，人们为自己的幼稚无知付出一定的代价是不可避免的，那么，故意违背自然与社会规律的胡作非为和恶行泛滥，则必然受到自然和社会规律的惩罚报应！

尽管如此，任何社会，任何人群，人心还是向往真善美的，还是向往自然纯美、安居乐业、人伦和谐的生活环境的。那大概就是：湛蓝的天空，碧绿的草木，清澈的河流，清爽的空气；纯正的风气，公正的法律，诚善的民风，融融的亲情；威严的法律之剑高悬，凶杀盗淫销声匿迹，而刑法枪械渐无用武之地。

"致君尧舜上，再使风俗淳。"

这才是想象中的和谐社会吧！

而要实现这一终极目的，则需要治国者尽职履责、清廉为民，需要全社会人人从自我做起、从现在做起。最关键的则是人民的公仆心正、身正、行为正。

这一切，都要从"心"做起。

放　下

常言道：拿得起，放得下。

禅者曰：放下。

红尘滚滚中，好多人难免为功名利禄、衣食住行所累。为什么有的人活得随心所欲、轻松自在，有的人却身心俱疲、烦恼缠身呢？究其原因，一则，受物质生活条件所困，一个衣食无着、无立锥之地的人是谈不上幸福的。二则，在物质生活得到基本保障的前提下，人的生活幸福快乐与否，主要取决于价值观念与精神世界。所以，当你衣食无忧的时候，就应该放下那些累你身、疲你心的外在的东西。人活一世，睡不过一张床，吃不过一日三餐。有一套遮风挡雨的住房就够了，非要住金銮宝殿、高级别墅吗？有一顿可口的家常饭就够了，非要顿顿海参鲍鱼、天天美味佳肴吗？

就亲情、夫妻关系讲，首先，要讲究宽容。"懂得宽容方能从容。"即使在具有血缘关系的亲人之间、在以自由恋爱为基础的夫妻之间，性格、志趣也不尽相投，甚至差别很大。因此，只有相互宽容谅解，多观己之短，多学人之长，才能建立彼此信任、暖意融融的亲情关系，以及心心相印、心有灵犀的爱情关系。

其次，要求大同存小异。就大同而言，由于人的基因、性格是天生的，有的活泼张扬，有的理智冷静，有的性如烈马，有的冷若冰霜，但都有向善、向美的一面，都有对美好生活的向往与追求，都有良心发现的时候，这就是大同。林子大了什么鸟儿都有，海水深了什么鱼儿都有。不同基因和性格的人要和谐相处，必须求大同存小异。一个鸡飞狗跳、埋怨揭短的家庭不是和睦的家庭，一对相互猜疑、吵闹不休的夫妻不是恩爱夫妻。怎么存小异呢？在稠如树叶的日子里，在万花筒般的生活中，在不可预知的生命岁月里，亲人、夫妻之间，对某一问题的不同看法，对某一事情的不同处理方式，甚至在信仰、价值观等方面的差异，都可能是常遇见的、不足为奇的。能放下的就放下，不能放下的就忽略，不能忽略的就包容，不能包容的就暂且搁置勿论。

　　其三，不要让误会、误解伤害了亲情、爱情、友情。亲人、夫妻之间的矛盾，好多是由鸡毛蒜皮的琐事引起的误会或误解，它像一副慢性毒药，在善良的亲人、夫妻之间，埋下埋怨、仇恨的种子，折磨着身的健康和心的愉悦，毁了人生的幸福和家庭的和睦，有的甚至酿成人生悲剧或家庭惨剧。我曾听说过一个久远的故事。在20世纪70年代初的农村生产队时期，一天傍晚，一个村妇出门为孩子看病，在给院里的头门上锁后把钥匙忘在家里了。恰巧近门的堂弟从田地干活回来，村妇让堂弟翻院墙拿钥匙，恰巧被另一个嚼舌妇看见，于是一段堂弟与堂嫂的风流韵事传言风靡全村。一个临时帮忙的小事，让两个原本无心的堂弟堂嫂，被谣言和误解折磨得鸡犬不宁、吵闹不休。

　　就人的欲望和控制力讲，首先，是欲望的不满足性。作为一个生命个体的人，不管你处于什么样的社会地位，无论是达官贵人还是平民百姓，无论声名显赫还是默默无闻，都不可能事事遂愿、一帆风顺。常言道，人生不如意事常十之八九。一方面，因为人的追求、欲望是无止境的，科长想升处长，百万富翁想成为千万富翁，有了儿子想再要个女儿，有了公寓想再要一套别墅，有一个妻子了还想找个红颜知己……好多人不能控制自己的欲望，欲壑难填，无休止的欲望使人像脱缰的野马最终坠落悬崖，又像飞蛾投火自取灭亡。

　　其次，要想活得幸福快乐，就必须把欲望的洪水控制在理智的堤坝内。正由于欲望的不可满足性，所以要享受幸福生活，就必须控制自己的欲望，知足知止，淡泊名利。该得的、属于你的，你就坦然享受；经过努力，可以得到的，你也应该争取得到；那些不属于你的，哪怕是金殿银山，天仙美女，你也要控制那颗蠢蠢欲动的心，也要拴紧那匹狂奔无羁的野马。

就人的超越性讲，放下就是清风明月、自在无边。谁在我身上上了那么沉重的枷锁？谁在我心中添了那么多的烦恼？谁在我的短暂生命旅途中设置了那么多的樊篱障碍？我走入社会 30 多年来苦苦寻找，终于在一场酒后的晓风残月里，我找到了——那就是我自己，是自己那颗为物欲、贪欲、功名所累的蒙尘已久的心！

"无论这个世界多么糟糕，你自己的世界一定要纯净精彩；不论人心多么黑暗，你的内心一定要明亮灿烂。不要用糟糕对付糟糕，不要用黑暗去对付黑暗。"

"黑夜给了我黑色的眼睛，我却用它寻找光明。"

懵懵懂懂地混迹于社会这么多年，我由一个 20 多岁的愣头小伙，不知不觉地熬成了为人夫、为人父的中年人了。我当年那颗无拘无束、逍遥快乐的心呢？我那种只知道写自由诗、打乒乓球的浪漫生活呢？啊！找到了，那颗心还在我的身上！

既然如此，那就让心回归心上吧，让简单快乐充盈我的生活空间。唯其如此，才能过上幸福快乐的生活，才能真正地返璞归真！

还有多少青春够你挥洒？

　　赶上社会深度变革的时代，身居熙熙攘攘的闹市，看到的是行色匆匆的人流，听到的是沸沸扬扬的声音，感受到的是浮躁紧张的气氛。朋友，在越过越少的时光里，在皱纹日多鬓已霜的中年，还有多少青春够你挥洒？

离了谁，地球都会一刻不停地转动

人活着，不能不把自己当回事，也不能太把自己当回事。有一位朋友说，我在单位主管多少、分管多少工作，我一天要开几次会、批阅多少文件，我一个月为单位创收多少万元等。言下之意是，离开他，单位工作就玩不转了。实际情况是这样吗？封建社会中，一朝黎民百姓生活在如秦皇汉武唐宗宋祖类圣君明主的神圣光环下，一旦这位圣君明主驾崩，这些百姓都不生活了吗？显然不是。

放　下

权力金钱，豪宅美食，儿女情长，都会牵涉尘世间每个人内心深处那根敏感的神经。可是，如果贪求无度，将可能陷入贪婪的欲海不能自拔。所以，该放下的放下，该舍弃的舍弃。争权势于官场，争钱财于商场，争美色于情场，争来争去，争不完的是是非非，抛不去的忧愁烦恼。有时候，越放不下，越得不到；越舍得下，越能得到。人活一世，得到多少才满足呢？就人的根本需求来讲，有一个温暖的家作为避风港就行了，何必在乎别墅豪车？有一个贤惠善良的妻子和懂事自理的孩子就够了，何必在乎美女如云、多子多福？有饱食暖身、无忧无虑的生活条件就行了，何必在乎资产千万？有几个志趣相投健身游玩的知己就够了，何必在意官场的虚伪逢迎和商场的奢华显摆？

徜徉于丽山秀水间，品一杯清茶，揽春花秋月，望落霞飞鸟，手中无所有，心中无所失，岂不是人生一大美事？

"闲闲地忙"和"见山还是山"

忙，忙，忙，各行各业，男女老少，每人都在忙，甚至骑着电车、开着汽车也都忙着打电话刷微信。忙什么？忙于干不完的工作，忙于辅导不完的孩子的作业，忙于家庭琐事和没完没了的争吵猜疑，忙于应酬不完的饭局？一次，我偶尔到一位老朋友单位，见他正忙得不可开交。见到我，他既没请我坐下，也没倒茶，抬头一愣："你咋来了？有啥事？快说！"接着他像打机关枪似的嘟嘟着，他常年没休过一次假，离开单位一天，一大堆活儿就没人干。说话间，眉头紧皱，神情紧张，眼睛不时四处张望，一会儿出去三趟。正说着这个话题，忽而转向另一个话题，或者忽然指着身旁的人说："你的鼻子咋红了？"弄得我丈二和尚摸不着头脑。他是单位的一名中层干部，五十岁的年纪，额头皱纹纵横，鬓角斑白，几个月不见，明显老了。我感觉，他已陷入了一种身不由己的忙乱紧张状态。我多待一分钟都是对他的打扰和伤害，攒了一肚子的话又憋了回去，匆匆道别。心里酸酸的，沉沉的。

记得小时候看河南豫剧《朝阳沟》中的女主角银环下乡学锄地的场景，老支书不慌不忙，一边抽着烟，一边悠闲地锄着地，十分见工。老支书已经锄了好长一段了，银环还在后面手忙脚乱地锄着，一看，草没锄掉多少，却把苗锄掉了好多。我觉得，老支书就是"闲闲地忙"，身体干着活，心情轻松悠闲。银环则是盲目地忙，甚至瞎忙，出力不讨好，甚至办了错事。

几年前，我正陷入工作、生活忙碌的泥潭中忙得不能自拔的时候，在国外读研究生的女儿发来微信说，要学会"闲闲地忙"。我急流勇退，辞掉了自以为很重要非自己才能干好的工作。从此，身体轻松了，心情也轻松了好多。

所谓"闲闲地忙"，是要弄清忙与闲的辩证关系，在闲中忙，在忙中闲。有的工作，只用力，不用心，手忙心闲；有的活，只用心，不用力，心忙手闲；有的事，只用情，不用力，情忙手闲；只有很少的情况下，才力、心、情都用。所以，能用力的时候不用心，能用心的时候不用情。而且，身忙的时候心闲下来，心忙的时候情闲下来。这样，就不会陷入手忙脚乱的无序状态中了。战场上，士兵忙于冲锋陷阵，而将军却不动声色，沉稳指挥，否则，必败无疑。

记得小时候，有一年的冬天，快过年了，在县城上班的爸爸冒雪骑车买回来几斤羊肉，让我在案板上剁成饺子馅。我使出浑身力气，"通通"地剁了半晌。爸爸过来一看，羊肉没剁好，案板被剁坏了，我挨了一顿骂。

记得禅宗见山有三种境界，第一种是见山是山，是原始的、纯客观的山；第二种是见山不是山，有点儿像庖丁解牛，透过现象看本质，但有片面性；第三种是见山还是山，则把客观的山与主观的山融为一体了。

我悠闲地登山，享受山的雄伟秀美，山林的清幽，山谷的空旷，山泉的流淌，山花的烂漫。噢，山原来如此之美，生活原来如此有滋有味，人生原来如此多姿多彩，奇妙无穷！

让绚丽的彩虹飘满人生的天空

　　"打羽毛球打到 70 岁，游泳游到 80 岁，跑步跑到 90 岁，唱歌唱到 100 岁！"

　　多么豪迈、浪漫的人生蓝图啊！这是 2018 年 6 月 22 日上午，在河北省衡水市冀州区检察院召开的第十九届全国检察文学笔会上，中国人民大学法学院教授、博导何家弘，为自己60多岁以后所绘制的人生蓝图。作为国际足联道德与公平委员会委员，他是刚刚从莫斯科世界杯赛场赶赴会场的。

看长相，白净清瘦的面庞，明亮有神的眼睛，略微花白的头发，蓝白相间的短袖花格衬衣——一位精神矍铄的长者。他不但没有丝毫老年人的暮气和老态，而且是满满的锐气、勇气和豪气。

听声音，他发出的声音清脆而响亮，没有丝毫的拖泥带水和唠唠叨叨。他的睿智和幽默，他的端着葡萄酒讲课的奇想，不时赢来会意的笑声和阵阵掌声。

辨精神，何家弘用较为标准的普通话，在短短一个小时内，讲述了他从考大学、谈对象到著书立说，从一个法学家到侦探悬疑小说家，从举办个人专场音乐会到师生足球赛的种种事迹。在他富有传奇浪漫色彩的人生历程中，我们感受到了他的不屈服于宿命的亮剑精神，敢于在唱歌、踢足球等方面挑战人生极限的顽强拼搏精神，体验人生、享受人生的惜生和惜福精神。

他是一个敢于迈过人生门槛的勇者。他年轻时，与一位心仪的姑娘相爱，意欲永结同心时，遇到姑娘家长的有条件同意，条件是他必须考上大学。他拼了，1977年考入中国人民大学法学院，而且一举两得——学业、事业上的成功和与心爱的姑娘结为伴侣。

他是一个善于探索、追求真理的智者。作为法学教授和博导，他不仅在法学上成果丰硕、誉满天下，而且尝试将现实生活中的典型案例写成法治文学，把枯燥的案件写成鲜活的而且跌宕起伏的案例故事。如把被冤杀的石东玉案写成其第一部悬疑小说

《血与罪》，小说被译成多种外文，从此一举成名。他一发而不可收，分别把轰动全国的佘祥林和滕兴善冤案写成了《亡者归来》和《死刑的证明》，一时轰动国内外。更有深远意义的是，他把这些在司法上内容复杂、程序烦琐的法律案件写成了人们喜闻乐见的法治悬疑小说，让民主和法治思想深入人心，让追求真理、明辨是非成为人们的共识和努力方向。

他是一个敢于挑战生命极限的强者。一个 60 多岁的老者，应该是享受退休生活、颐养天年的时候了，可何教授偏要与自己的学生们比赛足球，而且还踢进了一个球！他还坚持打羽毛球，2016 年在一次比赛中获双打冠军，7 月份还要赶赴哈尔滨参加羽毛球赛，简直不可思议。更不可思议的是，他说自己唱歌发音不准，62 岁还要学发声，2018 年 2 月 2 日，在他与妻子结婚 37 周年之际，在中国人民大学明德讲堂，硬是举办了个人专场音乐会，观众数千人。

作为一个年过花甲的老者，何教授还有宏伟的梦想：其一是中国成为真正的民主法治国家；其二是获得诺贝尔奖。

短短一个小时的授课，我们跟着何教授走过了他几十年充满传奇和浪漫色彩的人生之旅，收获多多，感慨多多。讲得太好了，太短了！面对一个睿智聪慧的智者，一个锐意进取、豪迈坦荡的勇者，我们这些四五十岁的中年人，还怎么再说"我老了"；面对何教授的人生规划和宏伟梦想，我们还有什么理由不只争朝夕、努力拼搏，去挑战人生、享受人生，让绚丽的彩虹飘满人生的天空？

寻找灵魂的家园

　　我童年生活过的豫东老家，曾有"叫魂"的风俗。有时谁家的小孩被惊吓着了，汤水不进，闭目昏睡，吃药打针都不见效。家长就会请来"叫魂"的先生，先生先在地上画个十字，用脚踩住，以右手接天，口念咒语，再用掌心按住小孩的头顶，让小孩回家。半晌之后，昏迷的小孩就苏醒了。

有一则印度谚语讲，慢点儿走，等一等灵魂。

战国时期的浪漫主义诗人屈原在《楚辞·招魂》中写道："魂兮归来！去君之恒干，何为四方些？"即是说，魂啊回来吧！何必离开你的躯体，往四方乱走乱跑呢？

有一首外国名曲叫《安魂曲》，那种恬静、安详、温婉的曲调，会把你引入极为静美的人生佳境。

然而，浮躁，作为一种社会时尚病，弥漫于当今社会生活的各个领域。一些官员的"面子工程"，奸商的造假欺诈，名流的造势作秀等，浮躁如北方的雾霾笼罩大地，像当年的"非典"和当今的新型冠状病毒到处疯狂肆虐。

浮躁是什么呢？

浮躁是无根的浮萍随水漂流。脚下无根，心中无魂，人云亦云，没有人生目标和追求。浮躁心态下写出的作品也就缺乏真情实感，或逢场作戏，或文坛作秀，也缺乏方向感，犹如黑夜大海上的一叶孤舟，天茫茫，水茫茫，心中也茫茫。有的人出于私心，不管采访对象应当不应当写，只要能给赞助就写，为他人脸上贴金，自己也换点儿"润笔费"。有的所谓作品还未发表，主人公已经腐败曝光了，徒给世人留下笑柄。

浮躁是丢根忘本，舍本逐末。恩格斯找到了繁茂芜杂的社会现象掩盖下的唯物辩证法，曹雪芹找到了表面繁荣奢华的封建大家族盛极必衰的轨迹。那种"去价值化""去主流化""以洋为美"的所谓时尚即是失去了民族之根、人民之根、时代之根。靠这些理念做向导写出的作品是无根之木，当然也成不了传世佳作。

中华五千年文明源远流长，灿烂辉煌，历经数十次王朝更迭、战争灾难而绵延不绝。其根本原因就是一代代中华儿女坚守并巩固发展了中华民族文化之根，那就是爱国主义、自强不息、重本守根。习近平总书记号召文艺工作者要写出无愧于人民和时代的优秀作品、伟大作品。作为一个业余作者，写不出惊世骇俗、振聋发聩的鸿篇巨制，起码应写一点儿无愧于灵魂和良心的作品。

以笔者管见，其一，要用真情实感写作，饱含如火的热情投入激荡的改革洪流中，深入民间和社会基层，不要局限于铺满鲜花地毯的宾馆、会所中，还要到棚户区倾听"床头屋漏无干处，雨脚如麻未断绝"的民间疾苦，到失业、失独、患病，以及孤寡老人、留守儿童中，体察这些弱势群体对就业、就医、就学、养老等的渴望，用饱蘸正义和仁爱的笔触，为基层百姓鼓与呼，为他们过上温饱且有尊严的生活助一臂之力。一个连自己内心都打动不了的作品，不可能打动读者，也不可能是上乘之作。

20世纪80年代我刚学写"朦胧诗"时，盲目地模仿乱写，有的诗连我自己都看蒙眬了。后来，我在跌跌撞撞的诗歌创作道路上感悟到，必须用真情实感写诗，才能写出点儿真东西。2016年元宵节，我写的一首送女儿出国留学的长诗《挥手之间》："别让泪水蒙住了双眼/别让心海的潮水泛滥/别让火车这么快启动/别让包裹压坏了你单薄的双肩……"妻子没看到一半就泣不成声，也让数名资深诗人、文化学者和诗歌爱好者"泪水涟涟"。我写的另一首反腐败诗歌《还有多少好时光够你折腾》，曾让一位诗友"哭得一塌糊涂"。

其二，要去浮躁化，即去名利心，去庸俗气，用真善美的高尚作品打动人、鼓舞人，给人以艺术美的享受。被誉为"民族魂"的鲁迅先生，对 20 世纪初的中国社会和民众心态做了透入骨髓的洞察分析，对中国社会底层的人物形象作了出神入化的刻画描写，闰土的木讷愚钝、祥林嫂的可怜无助、阿 Q 的自轻自贱、狂人的荒诞狂妄、孔乙己的寒酸潦倒等，可谓一针见血，入木三分。但他写这些悲剧人物的目的不是嘲笑猎奇，而是"哀其不幸，怒其不争""引起疗救的注意"。李存葆的《高山下的花环》，让人热泪横流之后被激发出高昂的爱国主义情怀。一个民族的灵魂如果被浮躁之心笼罩、被铜臭之气熏染、被功利之心侵占，那么这个民族必然没有希望。

其三，要在虚心借鉴别人长处的基础上形成自己独特的风格。曹丕在《典论·论文》中说："文人相轻，自古而然。"文人要想有所作为，写出点儿好作品，就必须具有大海般宽广的胸怀，虚心学习他人的长处，弥补自己的不足。而不能学武大郎开店，也不能学白衣秀士王伦。在合理借鉴别人长处的基础上，要静下心来，不为名所动，不为利所惑，凭心而写，热情而写，写出点儿真东西，形成自己独特的创作风格。如苏轼"大江东去／浪淘尽／千古风流人物"的豪放，李清照"帘卷西风／人比黄花瘦"的寂寥，柳永"自古多情伤离别／更那堪／冷落清秋节"的婉约等。只有形成自己独特的风格，才能在文艺的百花园中拥有自己的一席之地，才能有属于自己的灵魂。

窗前，秋雨蒙蒙

　　窗前的花园里，有一片葛花藤，爬满了树木花架，郁郁葱葱的。秋雨如雾如纱，淅淅沥沥地下着，显出城市少有的宁静。我一边享受着秋雨中的景色，一边透过茫茫秋雨，浮想联翩。

　　朋友，你见过一场春雨过后忽然变绿的大片草地吗？你听到过玉米地里"咔吧咔吧"的拔节声吗？你感受过几年前嘤嘤哭泣的小丫头转眼间出落成了亭亭玉立的大姑娘吗？

　　与此相反的，你见过一场严霜过后原本枝繁叶茂的树林变成了枯枝败叶吗？你听过衰草枯杨中野兽将死的哀鸣吗？你感受过昔日健壮魁梧的长辈如今白发驼背踽踽独行的凄凉晚景吗？

为什么？为什么？在历经多年风雨之后，我终于悟出了真谛：这就是道啊！

那是一股总也用不完的劲儿，那是一种潮水般的力量的宣泄，那是一幕幕惊心动魄的场景！看，运动场上的健儿在地上跑、在水里游、在空中飞；无数子弟兵和白衣天使置生死于度外，抗地震、战洪水、防瘟疫，展示出了一种无可阻挡的威武勇气、人间正气；刑场上的婚礼，永别时的心声，"我自横刀向天笑，去留肝胆两昆仑"的冲天豪气……这是一幅幅多么豪迈庄严的画卷呀！

否则，如果把这种蓬勃勇猛的力量用在违背自然规律或邪恶的事情上，人类就遭殃了。

非要造成浩劫才总结教训吗？非要形成不可挽回的损失才幡然悔悟吗？非要死到临头才悔不当初吗？

不管是自然界还是人类社会，都有规律可循，虽然看不见，摸不着，但不能违背它，也不能逃脱它。而要尊重它、掌握它的内在规律和运行方式，使其为人类的健康发展所用，从而达到孔子所谓"从心所欲，不逾矩"。尊重并掌握了规律，才会趋利避害，才会寻求一种适于人类生存，人与人及人与自然和谐相处的良好环境，才会实现真正的大自在、大自由。

窗前，秋雨仍淅淅沥沥地下着。

我为谁而活

小时候，在豫东睢县老家热闹的饭场上，我常仰头缠着大人问，啥时候能长大，怎样才能长大？

如今，早已成为大人的我，知道了大人应该做的事情这么多，常年忙忙碌碌这么累，应酬密如蜘蛛网般的社会关系这么难，真的想再回到童年。小时候，虽然生活艰苦些，但日常除了写不多的作业和帮大人做些农活外，便是与小伙伴们整天疯跑，满世界玩。春天，扑着篮子到地里挖野菜，刨桃苗、杏苗栽到家里；夏天，下河游泳、捉鱼、打水仗；秋天，到收割过的田地里刨红薯、捡玉米、烧豆子；冬天，与小伙伴打洋牌、做泥火炉，或到河面上溜冰。那时候，心中无烦恼肩上没负担，那种无忧无虑的天真童趣，每次回味都是美滋滋的！

当今的成年人，生活在社会转型期，在一个又一个圈子、坐标系中担任数不清的角色，要承担许许多多的责任和义务，要付出许多的心血和汗水，要参加多如牛毛的各种应酬。

从家庭这个角度讲，自己应当好孙子、儿子、丈夫、父亲、爷爷，还应当好外甥、女婿、叔伯、姑父、姨父等。你必须小心翼翼地当好这些角色，完成这些角色应尽的义务。哪个环节疏忽了，做错了，你都将承担由此产生的损失和影响。多年的媳妇熬成婆，多年的儿子熬成爹。当你历经千辛万苦完成了大部分角色及其义务时，你德高望重了，但也老态龙钟、夕阳西下了。你拄着拐杖，挽着孙子的手，指着西天那抹夕阳下的红云说，孙子呀，爷爷多年前就有个梦想，想去那片红云下的地方旅游一趟，可年轻时没钱，中年时没时间，现在有钱有时间了，却没力气了。正如一则笑话所说，当一个男人贼心贼胆贼钱都有了的时候，贼却没了！

夜深人静的时候，悄悄打开抽屉，找出珍藏多年的一幅高中同学毕业黑白合影照片。照片中，一群十几岁的男女少年，稚气未脱，意气风发。当年的女同学，有的留着齐齐的刘海，一双晶亮的羞涩的眼睛，好像清澈的碧水，把无数的青年故事都蕴含其中；有的拥有清脆嫩甜的女中音，恰如春鹊婉转啼鸣；有的有着苗条的身材，长长的辫子，沐着春风浅行，脚步款款，散发出从不张扬却又无法抵御的无穷魅力……

从单位这个角度讲，你要处理好与领导、同事的关系。如果你想有一番作为，想晋升一官半职，还要巧妙地处理好与潜在对手之间的微妙关系，免得因小小失误而被对手抓住把柄。现实中，不是有拟提拔的干部，因违背计划生育政策超生或聚餐歌舞而被举报查处的吗？

关于工作压力及其给公职人员带来的损害，《人民论坛》杂志曾对全国100多名官员的心理健康进行过调查，发现80%以上的官员特别是基层官员普遍存在较大的心理压力，包括心理不平衡、心理疲劳及心理压抑。其中，64.65%的受调查者认为，官员的压力源主要来自"官场潜规则对个人政治前途的压力"，并由此导致少数干部因心理负担过重而出现焦虑、抑郁等问题，甚至导致精神崩溃。

从朋友的角度讲，有志同道合愿与你交友的，有羡慕你的才华与你交友的，有想利用你的职位往上爬而与你交友的，有想从你身上捞点儿钱财好处与你交友的。前两种，你付出诚心、精力和时间是值得的，有意义的。后两种，则是被人利用了。但现实中不可能只有君子之交而没有狐朋狗友。其实，好多恶人是打着同学、老乡、战友的名义与你交友的，有的也不是一开始就骗人的，而是以所谓的联络感情、聚会的名义渐渐与你混熟，让你如被温水慢煮的青蛙一般，渐渐被他俘虏，为他利用。好多官员，不就是被所谓的朋友拉下水了吗？

家庭、官场、商场、朋友场等数不清的场，把你如小虫子被粘在蜘蛛网中一般，套牢在一个个坐标和圈子中。在每个都看似重要、必要、必须办的事情上，每场都必须参加的工作会、宴会、聚会上，你的时间、精力也都被剥夺侵占得所剩无几了。偶尔闲下来扪心自问，我呢，我的理想、追求，我的事业、爱好，我的情感和需求，我的兴趣相投的挚友、肝胆相照的莫逆之交呢?

　　在为生计、为家庭、为责任义务忙忙碌碌了几十年后，看看镜中霜染的双鬓、脸上渐多的皱纹和有些昏花的眼睛，到了该为自己活着的年龄了。这大概就是孔老夫子说的"五十而知天命"吧!

笑 傲 人 生

　　谁有得意时的自持与失意时的放达？谁能历尽人世兴衰尝遍苦乐荣辱而不改其豁达的胸怀与高洁的气节？谁能不为权、钱、名、色所惑而保持恬淡自适、笑傲人生的至高境界？

　　我们常见到的是一些人对现实利益的贪婪渴求，他们不惜违背道德与人格，以身试法，拼命索取。"子系中山狼，得志便猖狂。"一旦有了机会，便在贪欲的驱使下大肆巧取豪夺，陷入物欲、私欲的汪洋而不能自拔。

　　有的人通过艰苦努力达到了一定的目的，于是，他们便被得来的利益和关系所困扰，时时防着别人算计，又时时想着算计别人，如履薄冰，如临深渊。一旦事与愿违，便消沉悲观，退避于自我构筑的精神城堡内自甘沉沦，无所作为。

有的人权力在握，大肆炫耀，"春风得意马蹄疾"。一旦大权旁落或千金散尽，便产生一种巨大的失落感与悲凉情绪，仿佛生活的支柱顷刻间坍塌下来，"渥然丹者为槁木，黟然黑者为星星"。这种因政坛失意或财产失去而产生生命萎缩现象的人，可谓队伍庞大，数不胜数。

人渴望幸福和自由。体现在追求方面，指事业上的成功，爱情的美满，创造能力和自由意志的发挥等。为实现这些，就需要一定的手段。但不少人却把目的与手段异化了，目的被手段所淹没。

目的的实现需要主观、客观、机遇三者的契合。有的人成功了，容易陶醉，被惰性和虚骄心理弄得昏昏然、飘飘然。有的人失败了，容易怨天尤人，感叹才无所用，伯乐去矣。

幸福和自由体现在生活方面，包括物质生活与精神生活。前者是基础，食不饱腹、衣不遮体是谈不上幸福的。后者是生活的高层次体现，在具备了一定的物质生活基础的前提下，人的生活幸福与否，主要取决于精神生活。当前，不少人对前者趋之若鹜，拼命索取，而忽视了精神生活的充实与提高。因而，富裕决不等于幸福，那些一味敛财求官者未必是幸福的人。

我赞许为达到一定的目标而孜孜以求、不辞辛苦的精神与毅力，我更赞许对能否成功并不牵念于怀的豁达与乐观；我理解事遂心愿、功成名就时的欣悦与自豪，我更钦佩事与愿违、大起大落后仍能超脱与自由。

一个被无尽的私欲所驱使，贪求无已、奢靡无度的人是不自由的。

当你为实现某种目标奋力追求的同时，你就应该具备成功后的淡然与失败时的乐观的心态。

幸福不仅体现在成功后的享受与占有，也体现在不懈的追求与求而不得的超脱意识里。

当你事遂心愿时，不要被成功的喜悦所淹没。须知，盛极必衰，祸福相依。

当你失败或身处逆境时，不要悲伤。记住，成败乃自然常事。只要自己尽力了，失败了也可无怨无悔，不要被失败吞噬了理智。

当你一心想在仕途上一展宏图，最终仍是一介布衣时，你应想到，不应把为官与幸福视为等同。请看，许多仕途上的飞黄腾达者，却是生活中的失败者，未必比自己过得幸福。

当你想竭力通过经商成为大款，而结果仍是一身清贫时，你应想到，物质上的丰裕与幸福、自由也不等同。一掷千金、沉湎于酒色其实是一种不幸和无聊。

当你怀着虔诚炽热的心追求偶像，到头来却空喜一场时，你应想到，对一个不爱你的人或不值得你爱的人，何必枉费心机？"平芜尽处是春山，行人更在春山外"，你应洒脱地度过自己的人生。

朋友，大家都终享天年，我们的平均寿命也只有两万多天。不要在成功的喜悦中沉迷陶醉，也不要在失败的逆境中自馁悲伤。让我们昂首挺胸，过好每一天、每一时，潇洒、自由地走完短暂的人生旅程吧。

朋友，我虔诚地祝福你！

迷 悟 之 间

　　禅者讲究悟，即对自我、他人、人生、社会的觉悟。悟在禅宗被分为南北两派，即所谓南顿（悟）北渐（悟）。作为世俗之人，虽不如出家人那样讲究觉悟，但也有不同程度的觉悟，不管你是渐悟或是顿悟，不管你是从事何种职业，都不应该执迷不悟。迷什么？迷于家庭成员之间因琐事产生的误会与误解，迷于夫妻之间爱与情的忠贞与背叛，迷于权钱名色的豪夺与诈取，迷于朋友之间道德与法律底线的一次次挑战与突破。

就家庭关系来讲，如果把一个核心家庭比作一艘航船，那么丈夫就是舵手。作为舵手，应用智慧与毅力，驾驭航船躲暗礁、避险滩、乘风破浪，到达幸福美好的彼岸。如果丈夫连一个小家庭都驾驭不好，那如何让他去治理一个县、市呢？作为两个家长中的一半，妻子应温柔敦厚，慈爱勤劳，相夫教子，做好贤内助，为丈夫做事创业营造一个安稳和谐、爱意浓浓的后方，使丈夫无后顾之忧。在丈夫将要被成功的喜悦冲昏头脑，或迷恋于异处风情时，妻子应给丈夫送去一缕清风凉雨，让丈夫从发热膨胀的冲动中清醒，想到他身后有一个温暖恩爱的家庭，有妻子含情脉脉的眼睛，有活泼可爱的孩子。在丈夫事业受挫、身处逆境时，妻子应伸出温暖的双手，更用一颗恩爱如初、不离不弃的爱心，与丈夫患难与共，帮助其尽早摆脱困境，走向阳光灿烂的人生坦途。如果说，在恋爱时吸引丈夫的多是花朵般的美貌，那么，随着岁月的流逝，妻子吸引丈夫的则是霜叶红于二月花的绵绵深爱和共担风雨、共享阳光的责任与担当。夫妻少了谁，少了谁的投入与责任，这个家庭都残缺不全。当然，好多妻子也有自己的工作和事业，既要当好贤内助，还要干好自己的工作，尤其辛苦。夫妻到了中年，少了争强好胜，多了超脱通达，这才算觉悟。

作为舵手，如果家庭之舟搁浅或倾覆大海，那么，就是丈夫失职；作为内当家，如果不悉心经营这个来之不易的家庭，而使家庭杂乱无序，后院失火，就是妻子的失职。如果夫妻不携手并肩经营这个核心家庭，或同床异梦，内战连绵，而使孩子不能健康成长、顺利成才，甚至误入歧途，沦为社会的渣滓甚至罪人，那么夫妻都是失败的。这时，夫妻应深刻自省悔过，而不应该相互指责推诿。试想，在温饱不得的困难年代，一对目不识丁的农民夫妻，尚能养活四五个孩子，有的一家培育出几个大学生，使其成为栋梁之材，而在生活条件比过去优越了若干倍的今天，一对夫妻为何培养不好一个孩子呢？要为成功找经验，不为失败找借口。一旦一个家庭谁都不负责任，怨恨重重，导致不可收拾的局面，再后悔自责为时已晚。

唯有敢于担当，善于担当，不贪功于一己，不诿过于对方，互爱互谅，宽容大度，才能共渡难关，化险为夷；唯有夫妻和谐，父慈子孝，才能家庭和睦；唯有家庭和睦，才有国家的长治久安。

在忙碌浮躁的城市生活中，停下你匆匆的脚步，放下手中的电脑手机，推掉所有的应酬杂务，一家人漫步于鲜花绿草、奇美山水之间，尽情游乐，聚饮畅谈，那是何等的轻松与快乐。夜深人静时，静坐于书桌前，慢慢品茗，对喧嚣的尘世做一个沉淀净化，从中提炼出豪华之后的真醇和褪去铅华之后的本色，那种只可意会不可言传的感受，那种久历盛衰荣枯之后留存的，才是生活的真谛啊！

Chapter 5

第五辑

屐痕缕缕

○ ○ ○ ○ 雨后的家园

乒乓人生

为有乒乓多豪情

因喜欢上了打乒乓球，而使我的人生之旅有了鲜花万朵和朝霞满天的感觉。

因有扣、拉、推、削等多种技巧，乒乓球具有花样翻新的趣味性；因需智勇双全方能在赛场上立于不败之地，故而斗智斗勇的无穷魅力吸引着众多职业选手和业余爱好者；因赛场上高手之间胜负瞬息万变，拥有不可预知性，所以乒乓球具有魔法一般的诱惑力。

我是以打中远台的防守、推挡为主的，是"挨打式"打球法。我喜欢对方打高而远的进攻球，在攻守多个回合中体验无穷的快乐。这种打法趣味性、观赏性强，所以，随着我震天响的喊声和抛出的上天球，常能吸引球友围拢鼓掌。但是如果在赛场上，我这种"义球"式打法就明显地吃亏了。对方远台、近台交换和忽左忽右调球，三五个回合下来我就气喘吁吁了。

在吃了多次亏、挨了多次打之后，我终于悟出了一个道理。仅有约四克重的乒乓球，包含着许多人生智慧呀！观赏性引来的鼓掌欢呼与站在领奖台上的傲视群雄的冠军之尊是不可同日而语的。仅仅图好看有趣儿，打着玩儿可以，真的到了赛场上，必吃败仗无疑。求胜夺冠几乎是每个球员的心理，为此，我必须变观赏性的打球为实战式打球，即如何将对方击败。我既然以打防守为主，如何易守为攻？经过了多次的琢磨和失败之后，我摸索到了自己的打法：一是瞄准对方的发球，稍高一点儿我就快速推其正手，使其措手不及；二是如果对方发的是旋转的球，我又一时摸不清上旋下旋，我就用反手推挡，拖住对方，寻找机会调球击败对方；三是注意寻找并利用对方的弱点，用我的优点对他的弱点。如果对方善于正手快攻，我就给他旋转的反手球，让对方"老牛掉到水井里——有劲儿使不上"，在急躁无奈中仓促败阵；如果对方也是打防守的，我就寻找机会主动进攻。

虽然我的乒乓生涯始于 20 年前，但连续的打球是从 2008 年开始的。当时，为了释放工作和生活的压力，我与两三个球友就打起了乒乓球，有时我还略占上风，但一出这个小圈子我就不行了。

近几年，我的师傅、球友们给我总结了三个特点。第一个特点就是逢敌亮剑的拼劲儿。明知山有虎，偏向虎山行。一个真正的勇士是不惧怕挑战的。开始打球时，因实力、技巧相差悬殊，我常被对方打得惨败，有时甚至被打成了零分，俗称不穿裤头。但由于我的坚持，由于我在一次次失败中慢慢领悟，我与高手之间的差距在渐渐缩小。打乒乓球需要师傅教，教出来的是正规军，动作规范而且好看。像我这样的"野打法"，则多有可笑别扭的动作。但仅靠教是教不出高手的，只有在学习师傅的基础上琢磨出自己的一套打法，才可能有所进步，以便于发挥自己的特长。从心理上讲，因为明知师傅的水平高，打输了属于正常，与师傅对打时，心理上没有压力，所以无形中就可能发挥得好一些。我摸索出的硬拼方式，一是易守为攻，在对方发球时寻找机会反攻，使对方摸不准我的脾气；二是在自己发球时便为下一步进攻创造条件；三是在不得已与对方互相扣杀时，咬牙坚持到最后一拍。一些比赛，特别是水平不相上下的高手之间的比赛，打到最后，实际上变成了毅力与意志之间的较量，谁坚持到最后，谁的胜算就大。常见到水平相对高一点的球手会输给水平相对一般的球手，这就是因为意志和毅力起了较大作用。数学上的 $A>B>C$，则 $A>C$，在乒乓球比赛中时常失灵。

第二个特点便是遇弱不强、遇强不弱的磨劲儿。与高手打，输了正常，赢了侥幸，因而心理轻松，打起来就可能尽情发挥，偶尔还能赢一两局。反之，与水平相对低一点儿的球友打，有时觉得别扭难受，力不从心。原因有二：一是自己心理上有负担，觉得自己水平相对高点儿，一旦输给对方面子上过不去，因此，不敢硬拼硬打，以保守打法为主，反而可能打输；二是球路不对，打得磕磕绊绊，如与左撇子、长胶、横握拍的选手打，虽然自己的水平比对方高些，但由于不顺手，所以打得别扭、难受。

第三个特点是"打不死的吴琼华"的韧劲儿。在刚学打乒乓球时，我就落了个"黏糊"的雅号。有时候与球路相投的对手打，一个球打下来要来回二三十个回合，累得满头大汗。乒乓球好像粘在球拍上了一样，而乐趣就在你来我往的攻守之中了。

从散兵游勇式的打法到代表单位打团体赛，是一个质的飞跃。第一次代表单位参加的比赛是2013年5月的华龙区职工运动会乒乓球男团比赛，因为第一次参加团体赛，我和队友心里没一点着落。当时心想，在全场十个队中如果能够小组出线已经是胜利了。也正是自知水平不高，所以就一路闷着头拼杀。在这一次比赛中，我是一号主力，我用快推、调球、旋转等优势战胜了对手，并给队友鼓励加油。队友在球场上出现问题时及时叫停，调整打法。出乎意料的是，我们竟拿了男团亚军！

在乒乓球比赛中，含金量最高、最具有看点的就是男子单打，那是一对一的技术、心态之间的较量。在2015年濮阳市检察系统的男子单打比赛中，小组赛我轻松出线，但在八进四比赛时，我打得特别别扭。一是我午饭后突然拉肚子，火速买了药服下就捂着肚子上场，硬撑着打；二是我午后犯困，精神劲头处于低潮。我不知怎的就是发挥不出优势，只能艰难地与对方推挡，以三比一的总比分赢下了这场比赛。在半决赛时，我遇到的对手用的是长胶，我一扣杀球就栽网，我于是就与对方推反手，找机会正手扣杀，第一场大概以十一比九艰难取胜。第二、三场手上就有了感觉。在与对方削球推挡的同时，快速调球扣杀，最终以三比零的总比分取胜。在冠亚军决赛中，我的对手是一个身材高大魁梧的30多岁的小伙子。他的优势是反胶正手快攻，气势凶猛。我一给他正手球，他就猛力扣杀，我很难接住。我改变策略，推其反手，让他发不上力，再偶尔调他正手，让他猝不及防。我以两三分的优势胜了第一局。第二局，比赛趋于激烈。对方凶猛扣杀，一拍，二拍，三拍，四拍，我都在防守中加力加转反攻过去了。终于，在对方扣杀第五拍时，球栽网了。这时，观看的球友们发出一阵鼓掌欢呼声。从此，我气势大增，反守为攻，对方则因不敢扣杀而失去了优势，最后我三比零取胜。我用左手"叭叭"地拍击着球拍，那种喜悦劲儿是难以用语言形容的。我只想绕空旷的球场飞跑一圈，或者干脆到田野上鸟儿似的飞翔！后来，在华龙区职工运动会上，我连续三年闯进男子单打前八名。

从学打乒乓球到取得区男团亚军和市检察系统男单冠军，整整跨越了20多年啊！仅我流出的汗水足有几百斤，而我因预热不够或姿势不正确落下的腰酸背痛和肘关节的伤痛，则是外人无法理解的。

随着时光的推移和年龄的增长，我对比分输赢的追求欲日益淡化，却无意间有了更大的收获，我领悟到：作为一个顶天立地的男人，要勇于挑战一道道难以逾越的坎，包括外界的艰难险阻和内心的障碍，明辨何时当进、何时当退，做到进退自如、游刃有余。当你终于"过来"之后，你才会领悟到什么是真正的成功与喜悦，什么是"会当凌绝顶"的挺拔与超越，什么是长虹贯日的大气与磅礴！

跌宕高歌乒乓路

初夏，灿烂的阳光和满眼的绿树鲜花，给豫东北濮阳这片古老而又神奇的土地带来了勃勃生机。

2018 年 5 月 11 日上午，濮阳市油田四高乒乓球馆，华龙区职工运动会乒乓球男单比赛在十分紧张的气氛中进行着。我去年懵懵懂懂侥幸打进了第五名，这次咋样？心中着实没底。作为种子选手，我一开始没怎么遇到阻力，多以三比零取胜。随后，32 进 16，16 进 8，8 进 4，半决赛，连续四场愈来愈艰难的乒乓球男单比赛，竟在两个多小时内完成，我甚至连擦汗的时间都没有。

打得最艰难的是 8 进 4 的比赛，对手是一个 20 多岁的小伙子，聪明精干，一招一式都很规范。我给他发正手球，他"啪"一个猛攻把球扣死；给他反手球，他就跟我搓球。我一向以防守搓球见长的打法，在此遇到了严峻挑战，有时一个球竟然搓上20多个回合还不分输赢，我的耐力在经受考验。第一局我以八比十一输球。我心想，这样打不行，得改变打法，在防守的同时必须加强进攻。于是，从第二局开始，我就主动进攻，以十一比五轻松取胜。从小伙子紧皱的眉头和怀疑的眼神中，我看出他感到有点儿意外。第三局，我又艰难取胜。有了两局垫底，我心中踏实了些。最艰难的时刻来了，就是第四局——小伙子该拼杀了。我在身旁师傅的点拨下，一方面推他反手，瞅机会突然调他正手，而且多是加旋转的搓球，使他正手进攻频频失误，以致不敢轻易进攻。而我则发挥了搓球调球的优势，第四局大概以十一比八艰难取胜。

当我气喘吁吁地擦拭满脸满头的汗珠时，才从身旁的球友口中得知，小伙子是在濮阳乒校学习了三年的专业生。我身上的汗似乎一下子变成了冷汗！如果早知道这些，我可能就放弃这场比赛了。即使打，也先自减三分。场下双方聊天得知，小伙子二十七八岁，在一个区直单位上班。他与我的女儿同龄，而我则是大他一倍的年过半百的老头了。环顾偌大的球馆，呼喊声、加油声此起彼伏。我轻轻摇头，我可能是男子单打运动员中年龄最长的了！

"知己知彼，百战不殆。"这句《孙子兵法》中的哲理，两千多年来在政治、军事、经济、外交等领域屡经检验，颠扑不破。但如果在个别领域或方面，对对方的情况知道得相对少一点，可能对自己取胜更有好处。如果人一懂事就清晰明白地知道一生的命运祸福，那么生命还有多少意义呢？看来，只顾耕耘不问收获，在有些时候还是管用的。

从这个意义上说，正是对未来、对前途命运、对世界的未可知性，才使这个世界丰富多彩，变幻无穷，才使得人生富有梦幻传奇般的意义，才能在跌宕起伏的人生之路上高歌猛进，勇往直前！

走 向 春 天

　　我仿佛又回到了故乡的那个春天。

　　遍野的油菜花粲然开放，极目望去，是一片金黄的世界。微风吹来，油菜花一起一伏，恰似金黄色的波浪。蝶儿在浪尖上自由地翻飞嬉戏，蜜蜂"嗡嗡"地忙碌着。迎面吹来浓郁的花香，啊，我几乎要陶醉在这金黄的花海中了。

残酷的现实又把我从诱人的花海中惊醒，我是坐在舅舅的自行车上去求医看病的呀！自行车在乡间土路上从舅舅家朝西南方向行进着。远远望去，那个叫孙店的村庄隐约可见了。据说，这个村有个姓孙的骨科医生医术高明，方圆百十里的病人都求他看病。

那天早上，妈犯愁了，爸去洛阳出差几个月了，一时半会回不来。家里六口人，兄弟姐妹四个，我是老大，当时年仅 13 岁，全靠妈一人挣工分糊口。我又腿痛，家里没钱治病，怎么办呀！妈吃着用红薯干面蒸的泡桐花，一声叹息，两行晶莹的泪珠顺脸而下。停了一会儿，妈抹了一下脸说："上李庄找你舅去吧！"我嚼着苦涩的蒸泡桐花，和着泪水，默默地点点头。妈用架子车拉着我上路了，遇到土岗上坡时，妈弯着腰，襻绳在妈的肩膀上勒出一道沟，我心痛得说不出话来。不远处，一群十来岁的学生有说有笑地走着。我禁不住黯然神伤，是羡慕，是嫉妒？少年，本应该是活泼欢快的年龄，可我的少年却在疼痛和贫困中煎熬。坐在颠簸的架子车上，我想起了那个给我带来无穷痛苦的日子。

那是 1975 年秋天的一天上午，苍凉的风吹得树枝沙沙作响，落了满地金黄的树叶。我刚上初中一年级，上午放学后在自家院子里铲红薯窖旁的土，忽然听到天上飞机"嗡嗡"地飞，我站在薯窖旁抬头看飞机，一时不察，扑通一声，掉进一人多深的薯窖内，从此便落下了右腿疼痛的疾病。当时我没把这病当回事，就近请本家三爷按摩几次，又用热盐水热敷一段时间。当时正值学校搞勤工俭学，经常劳动。我摔伤了腿，只好让在学校教书的姑姑向班主任请了几次假。可看到班主任那紧皱的眉头和沉默的表情，我横下一条心，干！争口气，别让人瞧不起！我拖着伤痛的右腿，拉着一大架子车土，襻绳勒进肩里，弓着腰面朝下拉呀、拉呀。苦撑的结果是，我的腿疼痛加重了。我一瘸一拐地上学，实在走不动了，就让邻近的同学背我。在周围村民投来的惊疑目光和问候中，在背我同学吃力行走的喘息声中，我把脸紧紧贴在同学的背上，泪水悄悄地咽进肚里。晚上，我躺在堂屋外间床上，右膝肿得像火烧一样疼，半夜半夜地睡不着觉。实在忍不住了，就轻声地叹息。妈悄悄从里间走过来，用手轻轻按摩着我的右膝："孩子，别难过了，你爸回来了带你看病去。"

过了一段时间，爸从洛阳出差回来了，用自行车驮着我到 30 里外的宁陵县黄岗乡魏营村，请一位姓史的老中医诊治。老中医诊了诊脉，捋着半尺长的花白胡须，看看我的右腿，沉吟了一会儿说："若再不医治，右膝会肿得像碗口一样粗。"我心里猛一颤抖，天呀，怎么办呢？老中医开了五服中草药，妈在忙碌了一天后，晚上还要为我熬中药。中药苦得如黄连一般，难以下咽，但我还是一口气喝了下去。喝了两服以后，我一闻中药味就恶心。每当我喝完一碗中药，妈就剥开一块爸买回来的水果糖，塞到我嘴里。是苦，是甜？我感激地望着母亲那因操劳而过早衰老的面庞，眼泪涌满眼眶。妈用嗔怪的语气说着祈求的话："到明儿好了，看你还当心不！"

我连续喝了 28 服中药后，右膝不肿了，但右腿还时常疼痛。那年冬天，爸带我到县红十字医院治疗，给我针灸的是一位姓苗的年轻女医生。看着苗医生文静的面庞、娴熟的针灸医术，爸给我讲起了我刚出生时的一场灾难。

20 世纪 60 年代初的一个中秋，正是金菊怒放的时节。刚出生未满月的我患了"破伤风",这在当时是非常危险的一种病,如不及时治疗,就很可能夭折。发作时我眼皮上翻,口吐白沫,直喘粗气。妈一边抱着我,一边抹眼泪。奶奶一个劲儿地烧香磕头,求神保佑。舅也跑前跑后,忙了几天。本村一个乡间医生一直在我家守了三天三夜。爸去十多里外的一所乡卫生院请来了一个姓马的医生,他看了我一眼,给了几片药,钱也没收就借故急匆匆地骑车走了。这可怎么办呢?我是头生,又是男孩,被全家人视为宝贝,总不能看着我死去吧。几经问询,爸从本乡苗楼村请来了一位会针灸的老奶奶。她看着我的耳根,自言自语,这孩子耳后有山,有山必有根,有根就有命,不该得这么重的病呀!她用询问的口气征求意见,用针扎扎吧?在此节骨眼上岂容再犹豫!全家人点头答应。于是,她用自带的银针为我针灸。一个刚刚出生的婴儿,脸上、头上被扎得密密麻麻的。第二天黎明,当喜鹊在树梢婉转鸣叫的时候,我干瘦的小脸蛋上露出了笑容。奶奶磕头上供,感谢神灵保佑。

十多年过去了,那位给我针灸的老奶奶已经去世,眼前这个年轻的苗医生,正是她的孙女儿。作为医生世家,她也治病救人。看着文静漂亮的苗医生,我内心生出深深的感激之情!尽管生来怕针,但我还是希望她给我多扎几针。她用细嫩红润的手捏着银针,不用细看,就准确地扎在穴位上,我顿时感觉如蚂蚁蜇了一下,接着就感觉仿佛有一根粗大的木棍刺入穴位,酸沉沉的,麻酥酥的。苗大夫怕我疼痛,用无名指和小拇指给我轻轻按摩,痒痒的,如鹅毛撩拨,似春风沐浴,一种说不出的感觉充溢心间。

不幸的是,病痛依然折磨着我。从此,我成了一个手不能提、肩不能扛的病号。腿一疼起来，妈便为我四处求人看病。生产队轮换着为我派一名男劳力，用架子车拉着我四处求医。人在现实中困苦无着的时候，容易求助于一种超自然的力量。本村的一个盲人爷爷，自我记事时就为村民们算卦。谁家丢了猪羊，求他算去哪个方位寻找。谁家娶妻嫁女，求他择个黄道吉日。恰巧他家搬到我家东邻住，我在家养病的时候，便常与他说话。我不止一次地求他为我算卦祛灾，连我将来的前途、职业、婚姻都请他算过。有时，他算的与上次不一样，我问他究竟哪个准确，他便拣好的说。我多么希望自己的命运如盲爷爷算得最好的那一卦呀！有时，在夜深人静时，风吹得门帘哗哗地响，伴着老鼠磨牙"吱吱"的声音，我都会披衣坐起，对着堂屋正中方位，默默祈祷。

　　放暑假了，为了糊口，我向生产队申请干点儿轻活。有一个人看着我，不屑地说："你想挣工分，嘿嘿……"我受了侮辱一般，攥紧拳头，只想与他拼命。也许从那时起，我心灵深处暗下决心，非要混出个模样让他看看不行。副队长是个好心肠，趁机圆场："孩子，你腿不好，上北地看庄稼吧，一天四分。"当时，队长、会计、牲口把式干一天十分，我一点儿体力活不干，就挣四分，分明是副队长照顾我。我一边看庄稼，一边看爸爸买的一些大部头的书，如《铁道游击队》《新儿女英雄传》等，我常常被书中的英雄人物和曲折离奇的故事情节所吸引，如饥似渴地看了一遍又一遍。从那时起，我悄悄喜欢上了文学。中午，干活的劳力们都下晌了，火辣辣的阳光当空照着，周围是茫茫青纱帐，我蹲在树下看书。饿了、渴了就扒一块生红薯吃，或啃几口生茄子。

我在病痛与贫困的折磨中渐渐长大。不知不觉，我的腿痛病仿佛消失无踪了。后来，我考上了高中，在当年生产队里参加中考的几名初中生中是唯一的。当时任生产队会计的爷爷，清瘦的脸上终于露出了欣慰的笑容。爷爷把我叫到他住的老宅，拉着我的手说："孩子呀，别人越是看不起咱，咱越要争气，好好学习，有啥困难了，给爷爷说！"我暗下决心，一定要学有所成！1981年，我凭着坚强的毅力和科学的学习方法，考上了郑州大学中文系。我大学毕业了，怀着建功立业的豪情，回到了商丘。摆在我面前的仿佛是一条前程似锦的阳关大道。

然而，现实又一次把我的希望击得粉碎。1986年8月下旬，我参加了当时商丘地区派出的一支扶贫工作队，到本县的一个偏僻贫困的村庄扶贫。不久，我感觉左膝关节疼痛，到当地乡卫生院一检查，医生从左膝关节内抽出两针管淡黄色的液体。我真后怕，幸亏当时没有感染。

随着病情的加重，我陆续到商丘市各医院诊治，一直未确诊。年底，我冒着刺骨的寒风，到省城求医治病。几经问询，住进一个大学同学的父亲开的骨科医院内。经过膝关节镜检查，诊断为左膝关节滑膜炎。医生建议手术，把膝关节病变的滑膜切掉。舅听从了医生的建议。爸不同意手术，恐怕万一不理想，留下后遗症，后悔莫及。我只想早日康复，也同意手术。手术的前夜，爸在病房守着我。病房内静了下来，我听见爸不住地翻身，轻轻地叹息。凌晨时分，爸悄悄披衣下床，在窗台上点燃三支香烟，权当三炷香，面朝东南家乡方向，双手合十默默祈祷。

手术是在寂静而又轻松的气氛中进行的。因打了麻药，一点儿也不觉得疼痛，我还跟护士风趣地开着玩笑。麻药劲儿过后，膝关节疼痛难忍，我不住地呻吟。更为受罪的是，大小便排不出来。手术前夜我饱食的一大碗羊肉烩面，使我的痛苦雪上加霜。外面是冰天雪地，室内没有暖气，我却在冰冷的病床上疼得满头大汗，雪白的墙上被我用手指挖出了一个个小坑。年轻的女护士用导尿管为我导尿，我又急又羞，也无济于事。两天过去了，眼看憋得撑不住了，护士用针管扎进膀胱内，终于把尿抽出来一些。

我左腿打了石膏，住了 20 多天医院后，几个大学同学把我接了出来。我又回到商丘我单位的单身宿舍内。让我感到意外的是，左膝关节强直了，像根棍似的，不能弯曲。医生让我做功能锻炼使腿弯曲，谁知在热敷消肿时膝关节处烫伤了，起了几个大水疱，耽误了功能锻炼的最佳时机。

总不能变成个残疾人吧？1987 年元月初，我便开始了漫长而又艰苦的功能锻炼过程。我先是把左膝关节放在盛了中药水的脸盆上，下面用电炉烧着，用毛巾热敷。随后自己从五楼到一楼，再从一楼到五楼，一个台阶一个台阶地上下，一手扶着栏杆，一手扶着左腿，用力往下弯曲。夜深了，对面家属楼上的灯光都熄灭了，凉风在楼道间打着旋儿，碎纸片被"哗啦啦"地吹起。我像在大牢内受刑似的，疼得满头大汗。

祸不单行。在我养病期间，父母来照看我。那年冬天特别冷，冰天雪地，我住的宿舍没有暖气，在宿舍内靠墙处烧了几块煤球取暖。夜深了，劳累了一天的父母都睡下了，我仍在灯下写文章。过了一会儿，我去楼梯上练腿弯曲，当我再一次从楼梯间回到宿舍时，感到头晕头沉，恶心难受。我突然意识到：煤气中毒了！父母仍在沉睡中。于是，我一手扶着墙，一手把父母挨个儿往门外拉。父母比我中毒严重，已进入昏迷状态，既叫不醒，又拉不动，怎么办？我头痛头晕得几乎倒下，但冥冥之中似乎有一种声音呼唤我：不能倒下，赶快救人！这时，不知从哪儿来的一股力量，我匍匐着，用尽全身力气，终于把父母拉到宿舍门外。楼道内是彻骨的寒风，我用被子裹住父母，呼吸新鲜空气。过了一会儿，又把父母送到医院抢救。想起来真后怕呀！那时候，每年都有因为煤气中毒死亡的。如果我当时也睡得早些，我们一家三口的生命，不就完结了吗！

令我终生难以忘怀的，是帮我树立顽强勇气和毅力、与我共渡难关的妻子。

记得 1986 年冬，我在郑州住院手术期间，当时正在读医科大学的妻子与一个女同学去医院探望我。那个女同学与我激烈争论一些哲学政治问题，她只是用一双明亮的大眼睛默默注视着我。当时彼此还未明确关系。我的病瞒不过她。婚后，她告诉我，她当时悄悄查阅了资料，这种关节炎介于恶性肿瘤与良性肿瘤之间，有可能转化成恶性肿瘤。一旦转化，最好的结果是把腿锯掉，落个终身残疾。她若与我分手，我无话可说。但当时她瞒着我，让我轻松治病。她说，那时你正需要雪中送炭，如果我抛弃了你，撂下你一个人怎么办呢？再说，乘人之危，落井下石，我于心不忍。当时流行一种"一头沉"式的婚姻缔结方式，就是出身农村的男大学生娶出身城市的非大学生女孩，男方的才华、学历与女方的优越家庭互补。而我们"两头沉"式的婚姻方式，在婚姻自由的同时，带来的是经济上的拮据，我们却从不后悔。我也从这场婚姻中感悟到，幸福的婚姻应建立在男女双方的情投意合之上，而不应该依附于权力、地位和物质条件。若干年以后，当有的"一头沉"式的婚姻土崩瓦解时,我们的婚姻之树依然常青。

当时,有好心人劝我,你出身农村,姊妹们多,找个城市姑娘,既能为你的家庭减轻好多负担,也能在仕途上有个依靠,日后便于升迁。光靠自己实干傻干,想出人头地,难呀!也有个别人看我的笑话,一个穷光蛋还惚清高自傲,别说升官,连个媳妇也难娶上。

是的,好心人的劝告,居心叵测者的嘲讽都不无道理,婚后20多年的风风雨雨也证明了这一点。找城市媳妇的,有的靠着岳父、丈哥的关系借梯子上楼,轻松混个科级甚至处级。而我这个"两头沉"的婚姻,从结婚那天起,则全部靠自己动手,小到勺子碗筷,大到房子车子,真可谓一步一个脚印,半步也偷懒不得。生活的艰辛也难不倒我,作为一个有志气的男人,既然在仕途上混,总得捞一个一官半职吧,但我这个既没钱又没靠山的穷光蛋,靠什么呢?靠自己实干?是的,20多年来,我都是靠自己埋头爬格子,一个字一个字爬出来的,从小秘书到副科长,再到科长。看我一个外地人长期在一个小基层单位辛苦煎熬,很难有出头之日,有的好心人劝我"跑一跑"关系,有的领导与我素无交情,为我调到上级单位引荐介绍,虽未成功,我也感激他们。

1987年春天过去了,我的左膝关节弯曲度加大了些,但还是不能自如地骑自行车。我不是半圈半圈地划拉着骑行,便是用右腿蹬了一圈后再用左腿接着蹬。我产生了残疾人的自卑心理。我总担心别人发现我骑自行车的样子,于是非到不得已我不骑自行车,遇到熟人我总是找理由避开。这种心理一直困扰着我。一次,我做了个梦,我的左膝关节能弯曲自如了,我高兴得乱蹦乱跳，哈哈大笑。笑声把我从梦中惊醒，试着一伸左腿，依然如故。我在生理与心理的双重折磨下煎熬着。直到来濮阳第三年的一个中秋之夜，我骑着自行车在路上走，突然，我的左鞋跟被脚镫子卡住了，左脚于是随着转动，左膝关节一阵疼痛，竟然能弯曲一圈了！我咬着牙坚持一圈一圈地蹬呀，蹬呀，不到二里路程，我竟然蹬出了一身大汗。回到家，我拉着妻子到附近的大操场上，骑着自行车放声歌唱。

　　20世纪90年代初刚调到濮阳时，初来乍到，我和妻子住在医院的一间旧瓦房里。为了搭间厨房，我和妻子、弟弟从废弃的旧院墙上扒碎砖头。春夜，衣服湿透了，也全然不顾。实在困了，就躺在地上呼呼睡着了。不知是受了风寒，还是往日的病魔重又向我袭来，不久，我又患了腰腿痛病，伏案写作久了，腰背像灌了铅般的酸沉。打乒乓球上了劲，又疼痛好几天。躺在床上一翻身或稍微一动，就疼得龇牙咧嘴。针灸理疗，中药熏蒸，贴膏药，推拿，几乎所有的方法都用过了。治疗一段，缓解了，打球一用力，或是遇阴雨天，又犯了。医生说，这种病中医上叫痹症，若要维持较好的状态，除治疗外，还要坚持锻炼。我于是一直坚持晨练。我迎着春风跑，在布谷鸟的啼鸣声中看晨曦洒遍大地；我迎着骄阳跑，在火热的锻炼中想把病魔烧掉；我迎着秋霜跑，看那秋后的菊花迎风傲霜；我迎着冬雪跑，看那青松苍劲挺拔。

　　我在与疾病长期抗争的过程中，遭受了常人难以忍受的痛苦。有时候，我在熟睡中被痛醒；有时候，我的呻吟声把妻子从梦中唤醒。但我还得感谢病魔，是它给了我战胜困难的毅力，也激发了我的吃苦耐劳精神。40多年坚持晨练，不需要任何人催促，也不需要任何理由。也正是疾病和痛苦考验出了真正的爱情，我的妻子明知我可能终身残疾而毅然要嫁给我，那不顾流言蜚语伴我度过漫长寒夜的赤诚之心，要比眼下时髦青年的一万朵玫瑰还要感人！我们携手并肩，共筑爱巢，躲过一个又一个鲜花掩映的美丽陷阱。在爱情被亵渎、离婚潮迭起的今天，在有的人尚未结婚就盘算着离婚财产如何分割的时候，我们用真诚之心，唱出了纯美高尚的爱的颂歌！

看，皑皑白雪覆盖了豫东北大地，一片银装素裹。寒风"呜呜"地在树枝间打着旋儿，雪地上卷起粉状的雪团。这是一场多年不遇的大雪。走在茫茫的雪野上，我心中充满了春的希望。我仿佛看见，一个洒满阳光、五彩绚烂的春天将要来到人间。

归 程 何 处

　　"何处是归程？长亭更短亭。"

　　不经黑夜，哪有黎明？不经风雨，哪见彩虹？没有耕耘，哪来收获？没有十月怀胎的苦苦煎熬，哪有呱呱坠地新生命？

　　世上没有免费的午餐。面包会有的，但面包是用粮食做成的。我们生活所需要的一切都需要劳动呀！

　　买彩票中了大奖，现实中有这种幸运事。但抱着这种侥幸心理守株待兔则是要挨饿的。

　　当今城市的孩子对超市琳琅满目的商品玩具随意挑选，他们怎么也想象不到，生活在 20 世纪六七十年代少年的艰难。麦收时节，烈日火辣辣地当空照着，收割后的麦茬地上，一个七八岁的小男孩挎着小竹篮，在麦地里捡拾着麦穗，有时不小心稚嫩的小手被麦茬扎破了，鲜血直流，他一声不吭，随手往伤口处敷上一小撮土，按一会儿，继续低头捡拾麦穗。已是中午了，肚子饿得咕咕叫，嗓子渴得冒烟，额头间脏兮兮的汗珠直往下流。但当他帮大人推完石磨，吃着妈妈做的香喷喷的咸卷，就着腌得流油的鸡蛋黄时，咧开嘴天真地笑了，露出掉了奶牙的豁牙齿。那种幸福感，超过了城市里孩子吃山珍海味。

在那个饥饿的年代，为了帮父母养家糊口，他爬到洋槐树上撸槐叶，尖利的槐刺隔着单薄的衣服，把他的腿扎出了一道道口子，鲜血直流。当他把洋槐叶晒干后，撅着屁股背着一大包干槐叶到公社收购站卖了几角钱，换了二两花生油，他尝到了劳动后的获得感。他买了两个烧饼，全家六口人分着吃了。他还用剩下的一毛多钱买了一本图画书《矿工怒火》，这本图画书是他第一次用双手挣来的精神食粮。

生活在贫困年代，凡是能吃的，都想办法弄来吃了。仅用红薯干面做不成面条，就把榆树皮扒了晾干碾成粉末，掺在红薯干面里增加黏性。把泡桐花晒干了，掺上杂面蒸着吃，那种苦涩味真让人难以下咽。吃得最多的还是红薯。由于长年吃红薯，吃得烧心难受，口吐酸水。记得有一年的秋后，在翻耕过的土地上，晒了一大片红薯干，白花花的，谁知接连下了几天雨，红薯干都发霉了，又舍不得扔掉，只得吃了一年的苦红薯干面。那年代，能吃上白面馒头的日子一年也不过两三天。过年的时候，白面大肉饺子也只能吃上两顿。而能啃猪骨头也只有春节前夕煮肉的时候。有一年，老家邻居家煮肉，一个堂姑看他站在一边挺可怜的，就把啃着的骨头随手给了他。他啃完了，还不肯走，这时，他看到地上一块邻居啃剩的骨头，还冒着热气，他馋得流着口水，真想从地上捡起来再啃。这时，一条狗跑过来，把那块骨头叼走了，他咽着口水也咽着泪水转身回家了，接着啃他的窝窝头。而唯一过瘾的一次是，有一年的秋天，他在姥姥家住着，姥姥家的猪死了，他正在睡梦中，被姥姥喊醒，猛吃了一顿，又睡觉了。结果睡心里了①，一连几年不能吃猪肉。

俗话说，危难之时见真情。饥饿年代，虽说大家都挨饿，但家庭关系、邻里关系都是很紧密、融洽的。种小麦时，谁家的猪偷吃了生产队的庄稼被打死了，或者吃了生产队里拌了农药的麦种药死了，舍不得扔，煮了肉，用小黑碗一家一家送。他记得九岁的时候，旁边一家老奶奶借了他家的碗走亲戚，回来后，妈让他去拿碗，那个老奶奶在一个碗里放了一块肥肉让他吃。

在物质生活极为匮乏的年代，文化体育生活更是贫乏得可怜。在他童年的记忆中，铁环、铁里瓦、琉璃珠、名人像章、用丢弃的烟盒做成的纸牌，几乎所有的都成了玩具。让他引以为傲的是，村里小伙伴玩的铁里瓦，都是乡间的打铁炉打出来的，表面凹凸不平，周边也不太圆。他玩的则是爸爸、舅舅用车床加工出来的钢里瓦，表面均匀，有一圈圈的圆印子，像树的年轮，比村里打的铁里瓦好看多了。

让他有些骄傲的是，他虽出生在农村，但由于爸爸在县城工作的缘故，他也接触到了一些城市的文化气息。他记得在小学三

---

① 是指人在睡眠中被叫起来，迷迷糊糊中吃一种肉食，接着又睡觉了。此后几年甚至一生他都不能再吃这种肉食。是由不当饮食引起的生理现象。

年级的时候，爸爸给他买了一本《鸡毛信》，他反复看了好多遍，遇到不认识的字或看不懂的地方，就去问大人。书中主人公牧羊童海娃在为八路军送鸡毛信时被日本鬼子抓住，海娃机智灵活地躲过了日本鬼子的搜查和抓捕，成功脱逃，最终把鸡毛信送到了目的地。他暗暗佩服海娃的机智勇敢、临危不惧。也就是从那时起，他悄悄喜欢上了读书。他偷偷把爸爸、姑姑的藏书读了，也偷着读爷爷久藏的竖排版线装书，尽管读不懂。给他印象最深的，也是他少年时最喜欢的书，就是孔厥、袁静合著的抗战题材的长篇小说《新儿女英雄传》，主人公农民游击队员牛大水诚实厚道、坚强勇敢，在遭受日本鬼子酷刑时宁死不屈，在经历残酷战争洗礼后逐渐成熟，成为一名优秀的八路军战士。还有后来成为牛大水妻子的杨小梅的热情纯洁，老八路黑老蔡的机智乐观，汉奸张金龙（杨小梅前夫）的狡诈阴险，劣绅申耀宗的阳奉阴违。一幅幅抗战时期的生活画卷，在他幼小的心灵烙下了深深的印痕。他对书中好人的敬仰佩服，对坏人的憎恨，对人性美的赞扬，对人性恶的鞭挞，使他形成了最初的朴素的人生观。此外，《吕梁英雄传》《铁道游击队》《林海雪原》《烈火金钢》等小说，只要能借到、能偷着看的，他都看了。他常把书中的人物拿到现实中寻找，或者把现实中的人物与书中的人物相比对。也正是从那时候起，他在心中默默下了决心，长大后要做一个正直善良、有所作为的男人，不做苟且偷生之人。而要做到这些，必须克服前进道路上的客观的和人为的困难。他坚信，只要肯用心用力，就一定能成功。他从小练就了能吃苦耐劳的本事。所以，当他在县城一中复读期间啃窝窝头嘴上流血时；当他在学校强制熄灯后，偷偷在被窝里点蜡烛学习，以至衣服烧了一个洞时；当他把自己关在老家的后院子里复读，仅在吃饭时才让妈妈从后门递去两碗饭时，他都没觉得苦。在他考上大学后，他妈妈常向人夸奖儿子学习有多刻苦，他都觉得没什么可炫耀的。

那个小男孩就是我。

"何处是归程？长亭更短亭。"这句我临大学毕业时潘老师给我的赠言，竟印证了我以后所走的每一段路程。毕业后选择工作时的左右为难，刚参加工作时的不知天高地厚，谈对象时的两地相思之苦，为解决两地分居求人时的艰辛，输液休克时的濒死体验，交友时遇到的忠诚与背叛，买房子向人借钱时的欲言又止，侍候生病的父亲时自己一缕一缕脱落的头发，父亲临终时的殷切期望……这些人生中的一道道坎不期而至，我在过每一道坎之前的紧张与焦虑，在过了坎之后的释然了然。回过头来想，是悲是喜，还是悲喜交集？我说不出。

如今，已过了知天命之年。虽未显达富贵，但也过得衣食无忧，妻子、孩子、房子、车子、票子都有了，还求什么？如果按一般的生活标准，该拥有的都有了，再多了就未必是福。那些栽倒的贪官，哪个缺吃少穿，无房无钱？都是因为贪得太多，不该拿的拿了，不该吃的吃了，不该抱的抱了……才出事的。

忙碌之余，当我携老人妻儿漫步于花前月下的时候；当我品茗读书、听雨赏花的时候；当我偶尔来了灵感，灯下伏案疾书的时候；当我在夜深人静冥思深省的时候，我找到了人生的真谛！

在社会上漂泊了这么多年，已劳累疲惫，快到了告老还乡的时候了。

那么心呢？心归何处？

归于名，归于利，归于无欲无求、无牵无挂的清风明月？

归于内，归于外，归于内外和谐的舒适淡然？

归于儒，归于道，归于悲悯超度、放空一切的梵音渺渺？

善与恶的分野

　　古人云，善有善报，恶有恶报。但善恶报应又是错综复杂地交织在一起。有时候，行善未必得善报，作恶未必马上遭恶报，但终究还是善有善报、恶有恶报。

　　我小时候，听爷爷讲他被土匪绑架几乎丧命的故事。1943

年，爷爷奶奶辛苦耕耘，吃糠咽菜，用打下的粮食买了 32 亩地。这些引起了土匪的注意。一个深秋的夜晚，爷爷在家门前的打麦场上看护收割的庄稼，睡梦中被一帮土匪绑架，蒙住眼睛挟持着往西北方向走。怕爷爷记路，他们故意在收割后的庄稼地里绕来绕去。在不知绕到什么地方后，土匪们用爷爷自己的棉袄蒙住他的头，再用皮带缠住全身，扑通一声把爷爷投进一个土井内。爷爷心想：完了，这辈子完了！但求生的本能促使他用尽全身力气，用头抵住土井的一侧，用双脚刚好抵住另一侧，一点儿一点儿地往上挪。不一会儿，蒙在头上的棉袄被挣脱掉了。爬到井口时天刚蒙蒙亮，爷爷在棉花棵里躲了一阵子，确信土匪走远了才穿着湿透的衣服悄悄回到家。从此，我们这个家才得以延续下来。事后得知，是本村的一个土匪与外村的几个土匪里外勾结，把爷爷绑架走的。一般土匪绑票的目的无非是勒索钱财。被绑架的人家如能将索要的钱财在约定的时间地点交出，土匪就送还人质。谁知这帮土匪心狠手辣，绑了票就撕票，再勒索钱财。如不是爷爷拼命自救，将是人财两空，家破人亡。即使如此，我也从没听爷爷说过忌恨、报复那一帮子土匪的话，更没听说过有报仇雪恨之举。

此后的几十年间，我们这个家庭薪火延续，逐渐兴旺。1949年后划成分时，我家被划成了中农户。我家三代，完成了从农民到国家干部的转变。爷爷不管当私塾先生、饲养员、瓜农，还是生产队会计，一生是个农民。父亲先是服役当空军，复员后到县城工厂当工人。所以我的少年和青年成长过程中，既饱受了农业文明的熏陶，又受到了城市文化的濡染。我和弟弟这一代则完成了从农村户口到城市户口的转变。

　　当然，一个家庭的传承繁衍也不是一帆风顺的，有时候甚至是险象环生、惊心动魄的。就像一把火炬，历经狂风暴雨，火苗随风飘动，有时几近熄灭，但它硬是从风雨飘摇的雨夜一步一步走来，从弱小的火苗燃成熊熊大火。20世纪50年代末到60年代初的三年困难时期，为了全家人不被饿死，父亲全身缠了奶奶用织布机织的棉布，骑着从部队复员时买的一辆飞鸽牌自行车，偷着到"南乡"（即现在的安徽亳州、涡阳、蒙城一带）换粮食。因为当时中国禁止商品流通，一旦被当地税务、工商人员查获，就要按投机倒把罪处罚，个人的东西全部没收，还要被关上几天。那年的秋天，天将黑时，父亲被当地税务干部查到了。当时父亲凭着年轻力壮，说了句"我走啦"便搭腿骑上新飞鸽自行车，顺着田间小路疾驶而去，几个税务干部硬是没撵上。那年代，哪有饭店宾馆？饿了，就吃点儿随身带的干粮；渴了，就到当地农民家里要一碗水喝；天黑了，就找当地人家借住一宿。

　　除了在饥饿线上挣扎和与病魔抗争外，还要面对人心的险恶。这就是嘲笑和嫉妒。在过去贫穷落后的豫东农村，在才能、财富和传宗接代问题上，如果你不如人了，就可能遭人嘲笑和踩压。小时候，我时常听说，谁家没儿子，就可能在宅基地、庄稼地界等问题上受人欺负，包括蛮不讲理地侵占你的宅基地和财物，还有人格侮辱和人身伤害。我记得20世纪60年代末，本村弟兄两家因宅基地纠纷要去找公社干部评理，半道上，兄长及其两个儿子把没儿子的弟弟按在地上一阵猛打，打得弟弟浑身是血，也不敢到公社评理了，只好吃个哑巴亏。

　　20世纪80年代初，我兄弟俩先后考上了大学，当时这在附近村庄都较少见。大队送一场电影，父亲决定再自费放一场电影，请乡亲们观看。放映电影的地点选在我家西面的麦场上，一个邻居不让用场地，气呼呼地说："到河里头演去！"我父亲不理他，硬是在麦场放映了。

我认为，命运的好坏主要靠人在现世的所作所为，看做的是善事、好事，还是坏事、恶事。如果心术不正，整天做些坑人害人、损人利己的坏事，即使再看风水，再修高档气派的坟墓，也无济于事。

在反复无常的生命历程中，谁能预知未来的风往哪儿刮、雨往哪儿下，谁能保证自己一直都顺风顺水、走平坦大道？在我兄弟俩都毕业参加了工作，着实被少数人嫉妒了十多年后，又被他人找到了嘲笑的机会，原因是我兄弟俩的孩子都是女孩。男孩传宗接代的落后思想在豫东农村至今仍根深蒂固，这种思想也深深植根于父母的心灵深处。自从我弟弟也生了一个女孩后，父亲原来荡漾在脸上的笑容不见了，取而代之的是满脸的阴云与烦闷。在老家生活时，父亲总是躲着人群，一听说人家谈论生男孩女孩的话题，就装着有事的样子赶快走开。原来嫉妒我家的人开始嘲笑了："他弟兄俩光有才管啥用？没儿子，绝户了！"更有甚者，故意问父母："你俩儿子生的都是啥孩呀？"或者说："谁家生了一对双胞胎小子，看人家，那才叫有本事！"此后的十多年间，父亲变得郁郁寡欢，请几次也不肯来城里住。勉强来了，也是整天闷闷不乐，喝个闷酒。后来患了帕金森综合征。有人说："你爸是被气病的。"此话也许有几分道理。

事实又让那些惯于嫉妒和嘲笑的小人失望了。不知怎样的机缘巧合，在我不惑之年时，妻子生了个白胖儿子，父母的夙愿实现了。在父亲去世半年前，清明节我回老家，患病的父亲抱着沉甸甸的孙子，一开始不敢相信，确认后，干瘦的脸上又露出了久违的笑容。

事实证明，做个诚实善良、宽怀大度的人，本身就是一种福报。当你走在风雨交加的黑夜时，总会有一盏灯指引着前行的路程；当你处在生命危险的紧急时刻，冥冥之中总会受到保佑，转危为安。反之，自己不努力，又没本事，谁家比自己过得好了就妒火中烧，谁家不如自己了就冷嘲热讽，是不会有好结果的。

不惑之年的惑与不惑

　　"三十而立，四十而不惑，五十而知天命……"朋友，当你年至四十，你还受到迷惑、诱惑、蛊惑吗？你心灵的天空是丽日朗照，是晴间多云，还是雾霾重重？

　　人到了四十岁就面临一道坎。四十岁，告别血气方刚的青年，向沉稳成熟的中年迈进。

四十岁，上有老，父母、岳父母进入六七十岁的老年，年老体弱，需要照顾；下有小，孩子十几岁，正值成长上学的煎熬期、青春期和逆反期，稍不留心，就会"老鼠钻到风箱里——两头受气"；自己将步入更年期，生理的、心理的反应有时让你心烦意乱，困乏失眠。同时，你正值人生心理和经验的成熟期，也将进入事业和创造力的顶峰期，幸运之神说不定在某个朝霞初升的早晨就会光顾你。如果你没做好准备，迷迷糊糊地错过了，那么你就没了顶峰和辉煌，一如干瘪的花儿或泄气的皮球。

人与人之间的差别虽然在少年、青年时期就开始了，但多数或重要的差别往往体现在中年。

从个人与家庭、社会关系的角度讲，人到中年时，也千差万别，异彩纷呈。有的中年人，不仅个人工作出色、事业渐成，而且夫妻恩爱、孩子懂事，德、智、体、美全面发展。较不如意的，因业绩上不去时常受领导批评，因与同事存在业务、职级竞争而关系紧张，夫妻一说话就吵嘴，不说话就冷战，孩子不是常受老师批评，就是回到家摔盘子砸碗，对家长埋怨指责。工作的压力、婚姻的不幸、孩子的不争气等多种压力如大山一般压着自己业已疲惫的身心，让人仿佛置身于茫无边际的苦海，又像身处燃烧的油锅备受煎熬。处在这样的环境中，如果没有一两个知己知音可以倾诉求助，这日子怎么度过？

我认为，首先，应认清自己的身份和位置。我是谁？作为四十岁的中年人，如何认清自己？如何处理好内与配偶、孩子、老人、亲戚的关系，外与上司、同事、同学、朋友的关系？如何在单位有业绩、在家庭中有威望、在社会上有地位呢？而要做到这些，就必须认清自己或给自己定个位，依照定位说话做事。如果你已是中年女性了，就不必像二十来岁的少女那样卖萌了，也不必穿薄、透、露的奇装异服，而应该以端庄大方为主。中年人，在单位多是中层干部或业务骨干，就应该具有相应的素质和能力，沉稳持重，理智清醒，你的发声就应该掷地有声，在家中就应该教子有方，身体力行给儿女做个榜样。孩子青春期了，你应与孩子促膝倾谈；孩子逆反了，你需安抚疏导，帮孩子驱除心中的阴霾、走向阳光灿烂的明天。夫妻间，应以沟通、宽容为主。因为这时候彼此的世界观、人生观、价值观已经形成，不可强求。你是个大老板，不能因为你的妻子是个普通职工就鄙视她。你是开朗活泼的性格，也不能逼迫配偶与你同样性格。夫妻有共同爱好是最好的，各有爱好也可以在一个家庭和谐相处。家庭不是讲理的地方，也不是蛮不讲理的地方。如果讲理讲不通，那就讲宽容，讲亲情。如果宽容讲不了，就讲忍耐。如果忍耐也做不到，那就只有解体了。据白岩松讲："2017 年上半年，中国结婚558 万对，离婚 186 万对。"就是说，同一年度，离婚与结婚的比例大约为一比三，这是什么概念！这么高的离婚率，连部分崇尚性自由的西方国家恐怕也望尘莫及。每年有多少个家庭分崩离析，甚至法庭相见！早知如今，何必当初！虽然离婚是痛苦的无奈选择，但你们给社会造成的不稳定、不和谐和给孩子造成的心灵创伤将如何弥补？

　　第二，认清你自己的性格和爱好，与志趣相投者为伍。四十岁，是人的成熟期，也是性格的成熟期。是柳树，已长成大树，不再是绕指柔的细柳条了。所以，要与自己性格投缘、情趣相近的人相处，才快乐有趣。你性格坦荡如平原、洒脱如西风，何必要与鼠目寸光之人为伍呢？你爱打乒乓球、羽毛球，爱在挥汗如雨中享受健身运动的酣畅淋漓之美，为什么不与共同爱好者分享快乐呢？你爱在酒酣心跳之际放声高歌，为什么还要委屈自己呢？物以类聚，人以群分。城市生活中，除了以地位、职位、财产阶层区分人群之外，以志趣、爱好区分已是愈益明显的一个现象了。

从另一个角度来讲，排遣痛苦、释放压力的最好方法应该是积极向上的，如健身运动、唱歌、朗诵、旅游、游泳、向知音倾诉、投身于创造性劳动等。在繁忙的劳作之余，在你感到身心疲惫的时候，你的压力、烦恼、苦闷在单位和家庭都无法释放的时候，就去打球吧，就去放声高歌吧，就去游山玩水享受山川草木、异域风情之美吧，就去寻找自己的知己倾诉、痛哭一场吧……

第三，在缺憾中享受瞬间之美。花无百日红，月无夜夜圆。"人有悲欢离合，月有阴晴圆缺，此事古难全"，苏轼的这句千古名句，说的就是缺憾美。虽然人人都向往和追求完美，但缺憾却往往伴随人的终生。你事业有成，可能后院起火；你夫妻恩爱，可能教子无方，整天为惹是生非的儿女收拾残局；你胸怀抱负，一身才气却无处施展，眼看鬓染霜雪，暮年已至；你憋屈在现实的栅栏内，却向往那片芳草萋萋、鲜花芬芳的绿洲……

在不完美的现实中，在每人都面临的缺憾面前，你是否能享受到生活的美，进而体验到内心的美感？这主要取决于你的心态，你对缺憾美的观察视角。如果你满眼看的是美，兼用余目看到缺憾的话，你心中的天空也是丽日晴天，起码是蓝天白云；如果你只看阴暗面，那么你的内心就不免雾霾重重、阴雨连绵了。

长期的好心情会给人带来积极、乐观、向上的好心态；日复一日的坏心情会带给人消极、悲观、颓废的坏心态，进而影响你的心理健康，产生严重的心理疾病，甚至促使生理疾病的产生。

因为我们身处一个深度变革的时代，这种变革涉及政治、经济、文化等领域，势必波及人们的工作、生活和心理。因而，用一种阳光、快乐的心态看待世界，看待现实，注重选取生活中的闪光点、亮点，从中吸取营养，为我所用，将给人生带来莫大的幸福感和美感。从不同的心态到不同的感受，进而影响不同的世界观、人生观、价值观，日积月累，人与人之间就有天壤之别了。这就解释清楚了，为什么有的基层劳动者，整天笑声朗朗，无忧无虑；有的白领、高管享受着高薪和较优越的物质生活，却郁郁寡欢，甚至自残、自杀了。

最后，在转瞬即逝的美好时光中享受当下。美好的时光总是短暂的。作为过来人的中年人，在回忆美好时光的时候，一方面，往往把苦涩不好的事物用过滤镜过滤掉，另一方面，总是把美好的东西放大好多倍。如对改革开放前路不拾遗、夜不闭户的治安环境的夸张回忆，对乡村邻里之间纯朴友好关系的颂扬，以此反衬当今社会层出不穷的违法犯罪和冷漠的、商品化的人际关系。

那么，如何看待美好的事物呢？大乘佛教般若部经典之一的《金刚经》的精髓，其中的四句偈文："一切有为法，如梦幻泡影，如露亦如电，应作如是观"。我的观点是，在宏观上，用此观点看待美好的事物，即尘世间的一切，包括金钱、权势、美食、女色等，都如梦如幻，瞬间即逝。在微观上，享受当下。我在工作中用勤奋智慧做出了一些成绩就享受成就感，我在父母妻儿满堂欢笑中享受天伦之乐，我在少数心有灵犀的朋友之间的倾诉、交流中享受知音之美，我在挥汗如雨的打球、旅游中享受健身之美。美好的事物总是去得快。过去的，就随它过去，不用拦，拦也拦不住。灭六国而建立第一个封建王朝的秦始皇，派好多人寻找长生不老药，以及后来多位皇帝的炼丹和服用长生不老药，许多都是徒劳无益甚至深受其害，给后人留下笑柄。

如何摆脱做错事之后的懊悔心情呢？人非圣贤，孰能无过？人的大脑思考的局限性，人对客观世界认知的有限性，决定了人做错事是不可避免的，关键是如何看待它。失误最大的好处是能给我们不再失误提供有益的借鉴。第一次跌倒是幼稚，两次在同一个地方跌倒是你不够智慧。而频繁陷入对失误追悔莫及的泥潭不能自拔，则是最不可取的下下策。

有生之年，甚至到了中老年，谁也不敢保证不受一次迷惑、蛊惑或诱惑。作为步入民主、法治社会的当今，作为个体的中年人，应争取不犯错误至少少犯错误，以强健的体魄、丰富的人生经历和成熟睿智的大脑，驾驭人生之舟，巧妙躲避险滩暗礁，在人生的大海上搏风击雨、扬帆远航！

人生"双斗"

　　两千多年前的圣贤孔子曾说，君子有三戒：少之时，血气未定，戒之在色；及其壮也，血气方刚，戒之在斗；及其老也，血

气既衰，戒之在得。仅就"斗"来讲，在我从少年到中年的人生历程中，曾有过"双斗"的经历，即斗劲儿和斗酒。

幼稚，如果从孩子年幼稚嫩的角度看，则显得天真可爱；如果从莽撞无知的角度看，那就要大吃苦头了！我的幼稚让我吃了许多同龄人没有吃过的苦，但也锻炼了我坚忍的意志，增强了我应对人生风雨磨难的能力。

先说斗劲儿。20 世纪 80 年代中期，刚参加工作那阵儿，凭着自己的书生意气、一腔热血，总想着一身才华有用武之地。可现实是残酷的，一个文科毕业生到了工业管理部门，既没有专业优势，又不会见风使舵，所以时常碰壁。有一次，我因私用电炉熬中药熏蒸手术后的伤腿，被一位上司刻意逮着，罚了我三个月共 100 多元的奖金。那时候每月仅 50 多元的工资，同学应酬多，常借钱度日。有时候吃上了顿没下顿，只能以干馒头、咸菜充饥。但我从不低头，硬是挺了过来。记得有一年的深秋，我从商丘到濮阳办调动手续时，买了车票后几无分文。临行前我趁走廊里没人，悄悄捡了一个邻居丢弃在门口的空饮料瓶，灌满开水，从单位食堂带了几个干馒头，在火车、汽车上苦撑了一天。调入濮阳后，临时住在妻子单位的一间破旧瓦房里。看着邻居满筐的苹果、香蕉，满桌的酒肉，嘴上说着不吃，口水却不自觉地流出来，赶紧转身离开。

我是抱着不服输的心理一路走过来的。调到一个新单位后，我吸取了心高气傲的教训，埋头苦学苦干。为了写材料不受干扰，大热天，我一个人躲到顶楼堆满档案柜的档案室里，一写就是一晌。有一天，停电了，仅有的一台旧吊扇也停了。我写着写着，头一晕失去了知觉。来电后，转动的吊扇把我吹醒了，否则，我可能就从此不省人事了。

连日的熬夜写材料，加上天热，我的眼睛红肿了。一个当医生的邻居说，输几次青霉素就好了。谁知，注射青霉素的针头没拔下来我就休克了。恍恍惚惚的，在嗡嗡的轰鸣声中，我像是进入了一个巨大的隧洞，在齐胸深的水中往前挪着。没有痛苦，也没有亲人的悼念哭泣。待我醒来时，告诉当医生的妻子和几名参与抢救的医护人员，我好像做了一个梦。妻子说，如果不是抢救及时，如果不是我当时在医院，恐怕就没命了！

也许是我的勤奋刻苦感动了上苍，也许是我不服输的性格起了作用，在刚到新单位的几年内，连年荣获全市、全省、全国检察系统宣传工作先进单位和个人荣誉。当我代表单位到北京参加全国检察机关宣传工作表彰会，把获奖的牌子捧回来，得到领导的认可时，那种从心底涌出的激动心情，那种成功后的自豪是难以用语言表达的！

在随后的摸爬滚打中，我还涉猎了朗诵、演讲、唱歌等领域，在与老乡、朋友聚会的酒场上激情高歌吟诵了自己创作的诗歌。从上大学时开老乡会总是低头躲避怕出节目，到现在的坦然上场，激情朗诵高歌，我从一个害羞腼腆的假姑娘变成了一个活泼坦荡的真男人了！

2019 年 12 月，我受邀到南京参加全国文学高峰论坛，在中国作协诗歌委员会主任叶延滨等文学前辈朗诵之后，我也激情朗诵了自己创作的诗歌，赢得了阵阵掌声。一位来自天津的资深作家说，你的诗写得不一定是全场最好的，但你的朗诵是最好的。在全国范围内知名作家云集、阿来和徐则臣等茅盾和鲁迅文学奖得主在场的公众场合，竟敢上台朗诵自己的诗歌，这在以前是不敢设想的!

　　第二是斗酒。酒场上，给在座的客人朋友敬酒，这本属北方酒场上的惯例。但当我敬酒而对方扭扭捏捏地说不能喝酒时，我总是一面戏称对方是娘们儿，一面伸手抢过对方手中的酒杯一饮而尽。有时候，有的酒友被我戏谑得抬不起头，两三人暗中密谋，轮着与我碰杯或猜枚。我不知是计，来者不拒，不一会儿，我就晕晕乎乎了。这时候，我如果清醒点儿，默不作声或借故退场，也不至于大醉。处在酒后的兴奋状态中，我偏偏不服输，还要与人家碰杯，其结果十有八九是大醉而归。更可怕、更危险的是斗酒加斗气。酒场上，三两酒下肚，心中有了底气，说话不自觉就硬气起来了。如果两个人话不投机，抬起杠来，就喝起了斗气酒。有时候，自己的嬉笑怒骂可能被人家认为是显摆，有人听着刺耳，如果恰巧又碰到谁的软肋的时候，他们合伙用恶毒的语言攻击我或我的单位，有人甚至狂喊，我明天就去砸你单位的牌子。一个堂堂男子汉，在众目睽睽之下，哪能受得了这口气? 其结果至少是不欢而散，或与某人永远绝交。

　　吃一堑，长一智。随着年龄的增长，我斗酒的次数越来越少，那些逢场作戏的酒友也越来越少。对那些让我作托请某某领导吃饭的投机商，我也渐渐看出了他们的庐山真面目。把众多酒友过滤淘汰之后，是与三五个知根知底情投意合的老朋友浅酌慢饮，或以茶代酒，谈人生，谈健康，谈妻儿老小。在品茶的清香、饮酒的醇香、谈话的共鸣中享受人生，分享友情。在酒后的微醺状态中，或灯下写诗为文，感悟人生，或与妻儿徜徉于花前月下，或与远方的亲戚同学问安交流，把饮酒升华到了一个有益于身心健康、家庭和美和增进友谊的较高层次了。

酒是天下尤物，亦是人间劣物；酒能成事，亦能坏事；酒是促成友谊的桥梁，也是断交分手的催化剂。

人生前半生多用加法，后半生多用减法。除了坚强的毅力和与病魔、困难作斗争的勇气需要坚持以外，也该学会人与自然的和谐、人与人的和谐，从而享受和谐之美、和乐之美。

"小" 与 "老" 之间

作者（左）与《高玉宝》的作者高玉宝（中）、《玲玲之歌》的作者冰上梅（郝洪泽，右）在一起

常言道，人生如白驹过隙，转瞬即逝。

此言信乎？不承想，30 多年前，大学毕业后刚来濮阳工作时

的"小郝"，如今已被人称为"老郝"了。是啊，年过半百，两鬓斑白，不想老也在老呀！

人是自出生便开始一分一秒地变"老"了。人的生命是以时间来度量的，因而，时光是不能被虚度的。古人云，人生三立，立德，立功，立言。三立中能有一项立得好就是伟人了。

世界上绝大多数的人都是凡人。伟人如太阳般稀少，凡人像大海的水滴那样繁多。那么，作为凡人，是否就自甘平庸无所事事了呢？我的回答是否定的。凡人干不了大事，总得做点儿小事吧！如果你是一粒尘土，你就呵护着一片草叶；如果你是一片草叶，你就给人间带来一缕清爽；如果你是一缕清爽，你就供给人片刻呼吸，延续人的生命。正是无数凡人凡事的积少成多，集腋成裘，我们的社会才能良性运转，我们的经济才能繁荣昌盛，我们的国家才能发展壮大。

作为 20 世纪 80 年代上百万大学生中的一个，进入社会 30 多年，"小郝"变"老郝"了，将要退休了，自己干了点儿什么呢？大事、半大事都不敢想，微小的如牛毛细雨般的小事呢？我在黎明醒来的时候，掐指一算，屈指可数。当年的大学同学，有的当了处长、司长，自己仅是一个小科长而已；有的成了千万富翁，自己还是个工薪族，有时候还要为掏多少钱的红包而思虑再三。但我并没有自惭形秽。梳理自己 30 多年来走过的路，有阳光灿烂也有风雨泥泞，有春花秋月也有夏热冬寒，但自认为还是小有所成的。

从工作方面而言，20 世纪 90 年代初，我在被选调到现在工作的检察院的第二年，就被邀请进京参加全国检察宣传工作会议，我单位因我从事的宣传工作第一次被评为全国检察系统先进单位。1996年，在全市检察机关演讲比赛中，我作为抽签上场的第一个选手，自写自讲，获得了一等奖。对于工作中接触到的案件嫌疑人和受害人，我顺着他们的生活道路和心灵轨迹归纳梳理，查善析恶。用正义的笔触和文学的笔法，写出了反映一颗颗灵魂在汹涌澎湃的改革大潮面前，如何由善变恶，由恶转善的文章。从而扬善抑恶，弘扬人性的真善美，鞭挞假恶丑。我把写成的一篇篇法治文学，在多家媒体发表。2005年，结集出版了一本法治文学集《善恶交织的人生》。如果我没记错的话，此类书籍十多年来在全市检察系统尚未有他人出版过。2013年，我被评为全省检察机关兼职培训教师，曾为全区180多名科局级干部作了一场心理健康讲座。自己所写的法治宣传文章，有的上过国家级报刊头版，有的被评为全省综治系统一等奖。

我喜欢朗诵，普通话虽不标准，却偶尔也能让有的听众热泪盈眶。我喜欢唱歌，尤其是饮酒正酣激情万丈时高歌一曲，听者激情鼓掌，自己眼泪汪汪，有时候还会受邀请到场面隆重的婚礼上献唱。

在濮阳生活的30多年间，我随性而为地交上了一帮子文友、球友、朋友。与球友在球场上高声大喊大汗淋漓地拼杀一阵后，再到酒场上把酒高歌，激情朗诵。虽挣不到一分钱，且常常由我做东招待，倒也其乐融融。虽然连个七品芝麻官也没混上，倒也活得充实快乐。一次与一位领导干部偶然相遇，他说，老兄，你虽没当上官，但你交往的都是想交往的人，你干的都是想干的事儿，这一点，我羡慕你。我暗自一想，偷着乐了：人生不就是图个快乐嘛！眼下，强劲的反腐风暴，把一个个过去不可一世的高官大员赶下了台，向官员行贿的老板不是跑了路，就是身陷囹圃。而我则睡觉睡到自然醒，不怕夜半警笛鸣。

　　三五球友，乒坛勇斗；吟诗朗诵，高歌把酒；品茗参悟，灯下静修；弘扬诚善，鞭挞恶丑；携妻带子，假日出游；快乐相伴，此生何求？

自 由 的 人

　　我走在春日的小河畔，看蝶儿在花草间自由地翻飞，蜜蜂不停地忙碌着，听鸟儿婉转啼鸣，悦耳动听，任清爽的风吹着我的衣衫。我长而舒缓地出了一口气——我自由了！

　　昨晚妻值夜班了，尚未回家，孩子正在睡梦中，又逢周末，因而，我自由了。

妻不在家的时候，吃饭也很简单，熬点儿绿豆汤，一盘素菜，一顿饭就打发了。

我本来就不会打扑克、麻将之类，也不会吸烟，仅有饮酒、吃肉两个习惯。饮酒仅限于白酒和啤酒。记得在商丘市的时候，我刚上班那几年，20多岁，年轻气盛，常与同学朋友饮酒。当时工资仅有五六十元，吃不起饭店，就买点儿菜，生个煤火炉，自己摸索着做饭。那时候住的是办公楼上的一间房，下班后，在走廊里炒了菜，端进房间，就边吃边喝，好不快活。喝醉了就与朋友在我床上倒头便睡。有一年的冬天，是个星期天，雪下了一尺厚。雪刚停，来了个朋友。我问他踏雪而来可有急事？他说没有，就是想我了。我就准备酒菜。他说，昨天下着大雪，他就想找我喝酒，妻子不让来，为此二人生了一场气。夜深了，两瓶多酒下肚，我也懒得收拾，与朋友躺在我的床上，晕晕乎乎地谈天说地。

那时，我常到办公室的仓库中借酒，用手抱着上楼，招待那些单身汉朋友。我的工资不到月末就花光了，通常借钱买酒，但记得当时一点儿也不觉得寒碜，反而感到很快活。

记得有一年秋天的某日，一个周末的晚上，楼上的几个单身汉合伙喝起酒来。不知喝了几瓶，也不知喝到何时，睁开眼，我躺在市中医院的病床上。同事、领导来看我，问我怎么回事，我掩饰说是患了急性胃肠炎。人散了，我看见了她——当时的女友，现在的妻。她当时正在大学读书，怎么知道我住院了？

刚来濮阳时，我也爱喝酒，且醉过几次。20世纪90年代初的一年春节期间，我与妻子到一个大学女同学家，我和女同学的丈夫喝起酒来，喝了两斤多白酒，瓶底仅剩一点儿。女同学看我喝多了，拿起酒瓶就走。我撵她，我俩围着餐桌转起圈来，那场面好生热闹。那天晚上是我来濮阳后的第一次醉酒。妻子用自行车驮着我，我背了个包，一路高歌。到家后妻子打开背包一看，是同学送的牛肉、火腿等食品，还有同学的丈夫醉酒中塞进包里的 500 元钱。那时的生活是清贫的，却充满了笑声。还有一次，正值夏天，同学朋友正在我住的一间旧平房内饮酒，忽然下起了雨。我家厨房是老乡用废旧石棉瓦搭成的，外面下大雨，屋内下小雨。一个同学嘴里啧啧不已，我却一点儿也没有感到不好意思。

　　后来，随着年龄的增长，我对酒的兴趣淡了，十天半月不饮酒也不会总想喝了。记得有一次我醉酒后，全身颤抖，喝水也吐，最后把胆汁都吐出来了。酒后全身倦怠，困乏无力，记忆力明显减退，过了好几天还恢复不了元气。连续几次的酒醉伤身，我醒悟了。一个大男人，为几口酒而伤身体，真不值得。再者，醉酒后，大脑失去理智，说些不该说的话，特别是平日与谁有些矛盾，酒后发泄一通，不知谁走漏了风声，就把人得罪了。酒后也易办些失礼甚至违法的事，平时潜藏在心灵深处的潜意识，和一些邪念，在酒精的作用下极易发泄出来，最终导致祸患。相当一部分财产型犯罪、性犯罪、交通肇事，都与酒精有关，这方面的教训太多，也太深刻了。因小失大，何必呢！还有一个因素，酒席间免不了亲亲疏疏、恩恩怨怨，不可避免地会被卷入爱恨情仇的漩涡而不能自拔，整天为这些事而绞尽脑汁实在太累。更为可怕的是，一旦被卷入其中，就身不由己。为了报仇，为了所谓的"哥们儿义气"不惜以身试法、铤而走险，到头来遭殃的还是自己。一个被可怕的欲望所左右而蛮干的人是不自由的。有时，我走在马路旁散步，看那些醉酒者的狂妄丑陋之举，内心深处生出一种耻辱和鄙夷。

我在不贪杯后，馋肉的瘾也在淡化了。以前，我看见路边卖牛羊肉、猪蹄猪耳朵的，口水会禁不住流到嘴边。现在我觉得，人和动物应和谐相处，何必要剥夺动物的生存权呢？一天中午，我看电视里的《动物世界》节目，看到一只蜥蜴咬住一只鹿，咬一口，鹿就疼得喊叫一声。我心中难受极了，一直颤抖。心想，动物界的残杀如此残酷，为了人间和平与幸福，必须遏制这种残杀，我甚至愿为和平与幸福贡献我的一生。那天中午，我买了一只童子鸡，孩子吃得津津有味，我仅尝了一点儿，却恶心起来，吃不下去。

对酒肉都失去了兴趣后，我的爱好只剩下看书、写文章和锻炼身体了。妻子开玩笑说，你不饮酒，不吃肉，不杀生，可以出家当和尚了。

这时，我想起封建社会的一些官宦，在政坛失意之后，为什么选择隐居山野江湖？一些显赫一时的皇亲贵族，在遭到重大变故之后，为什么皈依佛门？贾宝玉在家族败落之后，本可以与薛宝钗过平民日子，为何在"白茫茫大地真干净"的极度失望中，走向禅院钟声？我未曾坐在菩提树下修行，怎么悟出了过去多次醉酒后也未悟出的人生况味呢？

总之，我对一些人趋之若鹜的东西看淡了。我像一个饱经风霜的樵夫，惯看江水东流、秋月春风；又像一个长寿老人，历经世道兴衰、王朝更迭，轻捋胡须，笑而不语；还像一个禅院老僧，任世人追名逐利，尔虞我诈，只静坐于菩提树下念经打坐……

　　我走在春日的小河畔，呼吸着清晨清爽的空气，欣赏着绿水鲜花，感到从未有过的轻松。是的，我已从那个压抑人、折磨人的环境中超脱出来，清心寡欲，从从容容，做一个普普通通的平民，这是多么自由呀！

　　我是自由的人了！

路

　　在我 50 多年的人生中，走过了许多条路，有崎岖的乡间小道，也有笔直的柏油马路。正是这一条条路，使我从稚嫩的童年走到了青年、中年。路，印下了我的人生轨迹，也留下了我的几多感慨与梦想。

儿时的我，喜欢在纵贯本村的土路上与小伙伴们玩，摔泥泡，做泥车。冬天，做几个泥火炉，找些干树枝、树皮，生起火。夕阳西下，缕缕烟雾慢慢升起。我们围着泥火炉烤火嬉戏，其乐无穷。每到星期六下午，我便站在村北侧的桥墩上向北方眺望，迎接在县城工作的爸爸骑车归来。一来爸爸能带些书、白面馍馍等好东西，二来能讲些城里的新鲜事。有时在桥头等不来爸爸，我便顺着往家去的小土路，查看自行车留下的印痕。一看有往我家小胡同走的车印，我便欣喜若狂，一溜小跑回家了。少年的路，是充满希望之路。

家乡的小学在村东头，我家在村西头。每天上学，都要路过一个深水塘。据老人们讲，1958 年水塘里曾淹死过一个叫"蛤蟆"的少年，他死后变成了水鬼，有时水面上会漂些衣服、脸盆，诱使贪便宜的人溺水。每天凌晨，当悠扬的铜铃把我从梦中叫醒后，我便与小朋友结伴路过那个水塘。有一次，我见一个小女孩在水塘边待着，走近一看，是同班同学少敏，掂个小油灯，看起来挺可怜的。我扯着她冻得冰凉的小手上学去了。她偎依着我，亲热地说："洲哥，你真好，以后咱俩天天一块上学吧？"我点点头，捏一下她的小手。如今，不知她身嫁何处，还记得儿时的这段经历吗？

后来，我和同村的志强、田伟考上村北三里外的本乡高中。我们通常是星期六下午回家，星期一早上背着干粮上学。每次上学，母亲总是把我从梦中叫醒，我很不情愿，但为了学业，也只得硬着头皮起床。黎明，我和志强、田伟三人走在村北的土路上，听着此起彼伏的鸡啼，看着一望无际的青纱帐，说笑着，畅谈着未来、理想，浑身提着劲儿。一天早上，志强因病请假，田伟一人在村北头等我。她身材单薄苗条，甩着两只羊角辫，背着好些东西，显得很吃力，越走越跟不上我。当时男女同学授受不亲。我鼓了几次劲儿，才颤抖着说："田伟，我帮你背着吧？"她长出一口气，嗔怪道："人家都快累死了，你才张口，好狠心呀！"说着在我手上轻轻地拧了一下，麻酥酥的，怪痒痒的，一种说不出的感觉充溢心间。我和她并肩走着，仿佛彼此间的距离一下子缩短了。我问她毕业后高考填报哪所学校，她反问我，我说："报大学中文系。"她说："我跟你一样。"说着，一只软软的小手握住了我的大手……

那一年，我和田伟都落选了。我们忙于各自的紧张复习之中，彼此很少联系。听说她转到县城高中改报理科，我继续复习文科。第二年，我考入省城大学中文系，她考入省城一所财会学校。我向她伸出友爱之手。节假日，我们常借老乡聚会在一起玩。在金水河畔，"哗哗"的流水，"沙沙"的落叶，伴我俩度过一个又一个良宵。

四年后，我大学毕业后主动要求回到她工作的城市。一天上午，在她的婚宴上，我端起她和新郎敬我的一大杯白酒一饮而尽，高声朗诵"今宵酒醒何处？杨柳岸，晓风残月"。田伟用她微红的丹凤眼偷瞟我一眼，缓缓低下了头……青年的路，是希望与失望交织、欢乐与痛苦并行的路。

以后的路怎么走？在绵绵的春雨中，在萧瑟的秋风里，我走在那个小城灰色的马路上，苦苦寻觅。也许是苍天有眼，在我参加工作的第二年，那个梨花盛开的季节，她——我现在的爱人，怀着赤诚的少女之心向我走来。我们初识于毕业前的校园里。当时我忙于考试分配，未顾及此事。我参加工作后到一个县里蹲点几个月，那个春天的上午，在那个县化肥厂，我一次收到她两封热情洋溢的信，字里行间闪耀着火一般的激情。我被她的爱所感动。从此，鸿雁传情。有一次过国庆节，我独自一人坐在楼顶，一边饮酒，一边仰望朗朗的夜空。午夜，我回到宿舍，在酒后的迷蒙中，几乎一夜未眠，一口气给她写了封18页的信。她毕业后被分配到了黄河北岸的一个新兴城市。终于，在一个大雪纷飞的冬夜，我背着行囊，踏上了北上的征程，来到今天我们生活的地方。

如今，我有了一个温暖的家。每当夜幕降临时，我常领着妻子孩子，在郊外的河边小路上散步。我想，从儿时的乡间小路到如今的柏油马路，洒下了我多少汗水，包含着父母亲友的多少辛劳，更有我爱人的几多心血呀！中年的路，是负重前行、勇闯硬拼的路。

也许，以后的路还会坎坷不平，但是我还要坚持走下去，与我的爱人携手并肩，朝着幸福，朝着自由，朝着心中的芳草地。

幼稚与成熟之间

人生下来，从呱呱坠地，到走向成熟，是一个艰难的蜕变过程。梦想一夜成熟就像一夜暴富一样，是几乎不可能的。而且，成熟是一个永不停歇的过程，套用一句曾经时尚的话：成熟永远在路上。

从幼稚到成熟

成熟是相对于幼稚来说的。每个成熟的人都是从幼稚一步步走过来的。可以说，没有幼稚就没有成熟。记得小时候，妈妈让我下面条，我就往锅里添上水，把妈妈用擀面杖擀的面条下到了锅里，盖上锅盖，再拉风箱烧地锅。烧了一阵子，我看见锅盖冒烟了，掀开锅盖一看，坏了，面条煮成了一锅粥！

我大学毕业后被分配到商丘工作，那一年的中秋节前夕，我乘商丘到睢县的长途汽车回睢县老家过中秋。在睢县汽车站下车后我就近买了五六斤苹果，掂量一下，觉得不够秤，我气呼呼地就要找卖苹果的人评理去。这时，与我一路乘车谈话投机的在商丘地区电影公司上班的同县老乡，拉住我的手悄声说："老弟，别吭声，看我的!"他领着我走到那个卖给我苹果的中年农民面前："老乡，刚才在你这儿买的苹果，你再称一称，是不是看错秤了?"那个中年农民一怔，马上回过神来："嗷，再称称。"他重新称了一遍，又添上了一斤多苹果，面露歉意地说："看错秤了。"当时，如果不是那位老乡拉住，我本打算找他大骂一通，让他没法在这儿摆摊。但是，如果我当时得理不饶人，那个卖苹果的农民一时气急，两个人打起来，后果会如何呢?为了区区几斤苹果。万一闹出伤亡事故，岂不因小失大?生活中，此类的事件比比皆是。曾经听过这样一件事。豫北某市的一个退休副市级老干部到公园游玩，仗着自己曾经是市领导，不买票就要进去。卖票的老头非要让他买票，两个人吵闹起来，突然，老干部突发脑出血，栽倒在地，被送到医院急诊。听说后来虽保住了命，但从此瘫痪在床。为了几十元的公园门票，酿成这么严重的后果，值得吗?

你愿意改善自己吗?

人往高处走，水往洼处流。但有的人懒惰成性，不愿改善自己，懒得勤学充电，也不肯虚心请教，常常自以为是，有点儿像鲁迅笔下的阿 Q 或九斤老太。你给他讲勤劳致富，他点点头，可就是不愿动手。眼看一家家人靠做生意或打工致富了，甚至他一度看不起的同学、发小也当起了老板，住上了别墅。妻子唠唠叨叨，他仍无动于衷，在凄清冷淡中艰难地熬着日子。有的人明知道适当运动、合理膳食、戒烟限酒、良好心态是健康之本，可他就是夜深了打麻将不睡觉，天亮了赖着不起床，见了好吃的就吃到撑个半死，吸烟成瘾，喝酒常醉，因鸡毛蒜皮的事就大发脾气，见谁过得比他好就气个半死，这样的人会有美好的人生吗？

你愿心中阳光灿烂还是雾霾重重？

好性格、好习惯、好心态是人生三宝。这里仅说好心态。首先，好心态是决定你的生活质量并影响你家人的重要因素。你有开朗活泼、与人为善的阳光心态，你就会健康、快乐地生活，太阳每天都是新的，生活一天比一天美好，并且这种良好心态会惠及你的家人，让家庭中充满和谐快乐的气氛。否则，整天牢骚满腹，怨天尤人，对什么事情都看不惯，对谁都有意见，或者为一点小事争得面红耳赤甚至大打出手，这样的生活有幸福、质量可言吗？

其次，近朱者赤，近墨者黑。你常与什么样的人接触，你常发出什么样的信息能量，对你的生活质量也有较大的影响。如果你喜欢与常唠唠叨叨的人一起唠叨，说明你的心态已经老了；如果你常与人一起抱怨社会这也这不公平那也不合理，那么你快被这个社会淘汰了。与其整天消极抱怨，散发负能量，不如做一点积极快乐的好事，撒播正能量；与其愁眉苦脸地艰难度日，不如快乐一天是一天。人的平均寿命只有两万多天，痛苦是一天，快乐也是一天，何不天天快乐？对人百般挑剔、锱铢必较，你想得到好的报答是不可能的；与人为善，与人同乐，与人分享，你才会得到好的报答。予人玫瑰，手留余香。多与积极快乐的人为伍，你就会快乐生活；多与成功人士相处，你就多一分成功的可能；多与性格成熟、品性高雅的人相处，你就会胸有成竹，大度从容，心无挂碍，天蓝水清。

"会当凌绝顶，一览众山小。"奋力攀登吧，朋友，山顶的绝美景观、旖旎风光在等待着我们，人生成熟、成功的自在喜悦在期待着我们。

旅途云霞

○ ○ ○ 雨后的家园

生死难忘东平湖

每一次触摸死亡，都使我倍感生命的可贵。

　　一叶孤舟在波浪起伏的湖面上飘摇着，萧瑟的秋风一阵猛过一阵，白花花的浪拍打着游船，打湿了舱内游客的衣服。20多名游客呆坐在船舱两侧，一边瑟瑟发抖，一边朝远处焦急地眺望着。只有一个刚满周岁的女婴不住地啼哭。在凉秋的傍晚，这哭声显得愈益凄厉、揪心……

又一阵浪打来，游船剧烈地摇摆起来，船两侧忽高忽低。我忽然感到：危险了！在游客的强烈要求下，两名年轻船家赶忙抛锚。风大浪大，锚不好抛，一名船家险些被甩下湖去。这时，另一只游船也摇摆着靠拢过来，两只船并在一起，显得稍微平稳了些。不远处，还有一只游船没靠拢过来，独自抛锚了。

本来，我和朋友叶兄、申弟是凑国庆节去山东东平县腊山旅游的，近午时分驱车赶到山麓。我们禁不住东平湖畔几名生意人的劝说，便登上了游览东平湖的游船。据说当天有雨，可我们上午出发时眼看太阳当头照，谁也没在意。游船自湖西北侧的腊山脚下向东南方湖心岛驶去。湖面上，渔民扯上了蜘蛛网似的渔网。我们照着相，谈笑风生。不一会儿，风凉了，飘下几滴零星小雨。船刚靠近湖心岛，起风了，雨点密了。游船逆风返回。风浪越来越大，船摇摆起来，有几次倾角40度左右。据说，船倾45度就有可能翻船。无奈何，船就近停泊在一无名岸边避风。过了约一顿饭工夫，游船又停靠在湖心岛。

此时已是下午2时许，我们饥肠辘辘，到湖心岛觅食。湖心岛已成荒岛，满山荒草在凄厉的秋风中摇摆起伏，平坦处有附近渔民种的瓜果蔬菜。岛的顶部，横七竖八的残碑上刻有"大清乾隆某某年"字样的碑刻，似乎能使人回想到当年的庄严辉煌。石碑不远处，一片断壁残垣间，一间灰暗的土屋内，一家三口渔民在煮地瓜。我们席地而坐，与渔民谈起话来。据这位渔民讲，20世纪50年代初，岛上曾住着十来户人家，一座庙内香火缭绕，碑碣林立。后来湖水干涸了，庙宇碑碣在"文革"中被砸个七零八落，这个岛也变成了一座荒岛。小屋内烟熏得人直流泪，外边又冷得受不了，我们只得一会儿在小屋内取暖，一会儿跑到外边呼吸新鲜空气。渔民煮的地瓜熟了，先让这家渔民和等在船上的老人孩子吃了。我们三人挖了地瓜，到湖边用混浊的湖水简单洗了洗，随便拣了些枯枝树叶烧火来烤，颇有一种《鲁滨孙漂流记》般的感觉。我们好不容易刚把地瓜煮熟，船家派人催我们上船。

夜幕笼罩了湖面，年轻船家不顾风大浪大，执意返航。我仿佛觉得，自己的命运也随着这一叶孤舟漂流着，究竟漂到何时何地，何种结果，无从知晓。说来奇怪，自从这只船离开湖心岛，那个刚满周岁的女婴便不住地啼哭，风声浪声和着哭声，乱作一团。船一抛锚，哭声便戛然而止。

命运不可预测，万一有一股巨浪把小船掀翻了，铁皮船沉入湖底，船上的游客大多不习水性，恐怕生者寥寥。我想，尽管科技发展到今天，但此时此地，在横行肆虐的大风大浪面前，人显得那么卑微渺小。

我回想 30 多年的人生历程，从刚出生时的患病到后来的注射青霉素过敏性休克，从上大学打篮球时差点儿被篮球架砸在身上到刚参加工作在郑州动手术时的困境，四历风险，都被我的父母、妻子和医生救了过来。眼前的险境如何摆脱呢？总不能坐以待毙吧！我内心深处升起一种坚强活下去的信念，万一遇险了，也要顽强地挣扎。于是，我第一个用手机向百里外的妻子谎报平安。紧接着，一种求生的本能迫使我们用手机向东平县公安局、台前县邮政局等方面呼救。

叶兄和另一名游客用两部手机轮换着呼救，时间在焦急盼望中过去了。一个小时后，终于有了回音：东平县公安局已组织营救船出发了。游客心中有了希望，不住地向北方张望，搜索每一缕灯光。忽然，一名游客发现一缕微弱的灯光正缓缓朝我们靠近，船上一阵欢呼。我心中也扑腾扑腾跳着——终于有救了！

为了让营救船尽快发现游船目标，我们一遍遍催促船家亮起船灯。吝啬的船家为了省油，在迫不得已时才亮一会儿船灯，我气得直想把他抛到湖里。叶兄穿得太单薄，8岁的儿子躺在他怀里不住地呻吟。为了增加亮度，我和申弟跑到甲板上，轮换着用卸下的大灯朝北方照着。凄风冷雨和着浪花，猛烈地抽打着甲板，我们双腿颤抖得几乎站不住。回到舱里，牙齿不住地"得得"直响。但为了20多条游客的生命，我俩用最顽强的毅力坚持着，坚持着。

营救船上的灯光越来越亮，由于湖面上被渔民布满了渔网，营救船只能迂回行进。近了，一位40来岁身材瘦弱的老公安率领几名公安干警，有条不紊地指挥着，先让老人孩子上了营救船。后来才知道，他就是东平县公安局东平湖分局局长王保银同志。营救船先载着老人孩子返回了，剩下十几名年轻人又焦急等待着。午夜时分，王局长又率领公安干警赶来。营救船在风浪中向岸边疾驶。虽然冷得厉害，但我们心里总算踏实了。我们上岸后，东平县委副书记李承印及安山镇的七八名领导干部在迎候着我们。原来他们闻讯后，迅速组织了营救班子，并为游客安排了食宿。喝着热腾腾的姜汤，心中说不出的感激，眼中湿润润的……

次日晨，当我们从梦中醒来，看着浪花翻滚的东平湖，不禁倒吸了一口冷气。本来，我们三位朋友是来旅游的，想品尝一顿东平湖的鱼虾，可却差一点儿被东平湖的鱼虾吃掉。不过，也正是在大风大浪面前，才体现出友谊与真情！

再见了，生死难忘的东平湖！

再见了，那些冒险营救游客的人们！

傍晚，那诱人的杏花

　　一个春暖花开的日子，我因事住进 K 市一家有名的宾馆。窗下的小园中，有一株杏树，夕阳下，朵朵粉红色的杏花在微风中摇曳。一只只蜜蜂在花间飞来飞去，闹着无限的春意。因公事在身，我只好把赏花之事暂时搁置。

傍晚，落了一场小雨。我顺着园中小径，来到这株杏树前。空气清凉清凉的，更觉心旷神怡。远处的灯光投来斑驳的影儿，比白天增添了一种朦胧、神秘的感觉。因没了蜜蜂，我放心地靠到近前去。一阵微风吹来，透来缕缕清爽、诱人的香。没有月光，园里更觉静谧。只我一人，我可以尽情地独享这自然美景。静了，都静了，我的心也静了，公务、家庭、权钱、恩怨……什么都可以不想、不问；生死、荣辱、情爱、善恶……什么都可以忘却、释然。我的心仿佛贴在杏花上了，我与自然同化，与万物合一，无忧无虑，无牵无挂。我钻进花枝间，任花儿在面颊上滑过，轻轻的，柔柔的，恰如鹅毛撩拨，又似春水沐浴，刹那间，我醉入花丛，天地混沌……然而，当我情不自禁地把一片杏花含在嘴里轻轻咀嚼，想更实际地品味那诱人的芬芳时，一股难言的苦涩从喉头渗入肺腑，刹那间心仿佛从炎夏走进寒冬，我踉跄着，颓然徘徊。

记得小时候，每逢春天，姑姑便掐几枝杏花，插在瓶子里，每天浇水，细心服侍。每当我禁不住那花香，闹着要尝几片杏花时，姑姑就劝阻我，说杏花只能闻，不能吃。我很执拗地闹个不休，直到躺在姑姑怀里，在催眠曲似的童话讲述声中渐渐入睡。梦中，我在漫山遍野的奇花异草间疯跑着，我要尝遍每一种花草，可那些花草也跑着，我始终撵不上。我发誓一定要如愿以偿，我哭了，哭声把我从梦里惊醒，可那个梦却一直留在脑海里。

我回味着，品评着。美是朦胧的、神秘的，外在的美与欣赏者主体之间，有一段不可逾越的亘古距离。你只能隔着面纱朦胧地欣赏它，品评它。当你试图揭去那层面纱，想更实际地占有它时，那种神秘的诱人的美便荡然消失。

傍晚，那诱人的杏花！

一往情深张家界

难忘张家界

想不到，我陶醉于张家界那秀美的山水风光中了。

层层起伏的山峦，覆盖着一望无际的绿色。一片片青松杉树，扎根于坚实的山上，有的长在突兀的硬石头缝里，傲然屹立，直冲云霄。那片青翠欲滴的竹林，迎风而立，潇潇洒洒，似在向游人表示热诚的欢迎。在阴凉幽静的溶洞里，缕缕凉风从洞穴深处吹来，使人忽而从炎夏走进凉秋，禁不住打起寒战。放眼望去，簇簇石笋向上耸立，钟乳石向下倒垂，千姿百态。尤其是那一根细而长的"定海神针"，历经近20万年的漫长岁月，终于长到了19.2米，成了溶洞里最高的石笋。站在天子山神堂湾的观景台上，环顾四周，幽静的山谷长满了各种树木，郁郁葱葱，山蝉不住地鸣叫。俯视山谷，深不见底。我小心翼翼地丢了一粒石子，许久不闻回声。我顿觉头昏目眩。啊，这片至今无人问津的幽谷，是否还藏着当年向王天子的千军万马，时刻准备向压迫百姓的统治者发起攻击？

我在金鞭溪的石阶上缓步行走。在茂密的树林间，沐浴着湿润凉爽的空气，听着鸟儿自由地鸣叫，看着清澈的溪流里鱼儿畅游，我忘却了城市里的嘈杂纷扰，仿佛进入了清幽恬静的仙境。

我想，人生来就是大自然的产物，应该与大自然友好相处，和乐融融。而看似文明程度较高的城市人，却离自然愈来愈远了。他们忘却了人生的本义，却把精力用在巧取豪夺上。有争权的，权到手了，祸却来了；有用权换钱的，口袋鼓了，手却被铐住了；有用权换色的，在非理性、非法的贪欲驱使下淫荡无度，到头来却在众人的唾骂声中身败名裂。争来争去，人成了身外之物的奴隶。即使你不想参与争夺，仅愿做一个自食其力的良民，也难免被人嫉妒或诽谤。不得已，便整天防着别人为你精心设计的美丽陷阱，如履薄冰，如临深渊，在农村人羡慕的城市生活中饱受煎熬。

我怀着一颗疲惫的心，来到这青山绿水间。我寻觅汉朝开国功臣张良的踪迹。他作为"运筹帷幄之中，决胜千里之外"的一代谋臣，在功成名就之后没有留恋权势，并把三万户侯的封号抛诸脑后，随赤松子游到这深山密林间，栖影林泉，修行导引，无忧无虑地安度余生。也许有人说，张良放着高官不做、厚禄不享，却在人生鼎盛时期急流勇退、隐居山林，他为什么不为自己好好谋划一番呢？

我躺在水绕四门的宾馆里，听着龙尾溪彻夜的流水声，心情恬静安详。是啊，不居功，不守财，不贪恋眼前一时的享受，而保持一种轻松自由的身心境界，这需要非凡的超越意识呀！

一次难忘的旅游

2000 年夏天的张家界之行，本意是欣赏秀美的山水风光，却无意间被土家族青年导游邓克强的诚实善良所打动。

夏日的骄阳当头照着。从郑州火车站坐火车一路南行，一出张家界火车站，我便看见一个写着"欢迎河南濮阳一行五人"的牌子。定睛一看，举牌子的是一个身材瘦削的青年，黑而清瘦的面庞上架着一副眼镜，透出几分书生气，个头中等偏下，是一个典型的江南青年。他用一口带湖南口音的普通话作了自我介绍，他叫邓克强，是张家界国际旅行社的导游。

当天下午，邓克强领着我们游玩了黄龙洞，回到住宿的宾馆用晚餐时，我坐的木椅"哗啦"一下碎落在地，我也被重重地摔在水泥地上。当时我觉得左臀部有些疼痛，但心想，若一行人因我误了吃饭，怪不好意思的，也许过一会儿就好了。我忍着疼痛，与大伙一块儿吃了晚饭，还品尝了当地产的土司酒。饭后，在酒精的作用下，也许加上男子汉的自尊心作祟，我在同行游客的搀扶下坚持上楼休息。

傍晚时分，疼痛加剧了，像点燃的酒精烧在身上。一看我的痛苦状，外出归来的邓克强不由分说就架着我下楼求医。我虽不胖，但他一个黑瘦的小个子，架着我也够吃力的。我在长吁短叹的时候，也听到他不住地喘气。我痛得全身冒汗，他的衣服也湿了。

他把我护送到附近一家小诊所急诊，值班医生做检查后开了处方。看着他焦急为难的样子，我想起来，下午在旅途中谈话时，得知他每月仅有300多元的工资。我伤情轻重不知，若全让他付医疗费，于心何忍！于是，我提醒了他，让饭店老板过来商议此事。回到宾馆时，已近午夜，他一会儿到我房间送来一壶开水，一会儿问候一下，宛如亲人一般。那一夜，我睡得很晚。在幼年时，大人们谈到南方人时，就称之为"南蛮子"——小气狡诈、尖酸刻薄的代名词。而面前的现实却使我改变了过去对南方人的看法。

在药物和缆车的帮助下，我勉强继续着张家界的行程。最后一程是猛洞河漂流。那天下午，下着小雨，我们乘坐的汽车在崎岖的山路上疾速行驶，开往芙蓉镇一家饭店。邓克强匆匆吃了几口饭就不见了。原来，他在这家饭店预订的房间，由于老板疏忽，房间没了。他与老板几经交涉，把我们重新安排在了该镇最好的宾馆。

这次旅行中，刚开始他是单独用餐，在我们一家人和另外一家游客的一再邀请下，他与我们一块儿用餐了。我们订的是基础套餐，每人一菜，米饭不限。由于旅途劳累，体力消耗大，我们饭量大增。我女儿未交餐费，她虽是一个九岁的孩子，却抵得上一个大人的饭量，所以，每顿饭都把菜吃得精光。最初我没在意，后来我慢慢发现，邓克强总是尽着我们吃菜，哪盘菜剩得多，他吃哪盘。有时候菜被吃完了，他便低头只吃米饭或者用菜汤拌饭。在天子山上的霞光酒店吃饭时，有一盘酸豆角炒肉，我的女儿狼吞虎咽，把菜汤都倒进碗里，吃得我们几个都眼馋。我想，我们几个都不能吃辣椒，这盘菜是饭店老板为邓克强准备的，谁知被女儿吃光了，那一顿饭，他肯定没吃饱。

在我们游完了预定的行程，准备乘火车返回时，又一件意外的事情发生了。由于时间仓促，我的一个包忘在了饭店，当时距火车发车仅有20多分钟，返回饭店取包已来不及。邓克强当即与饭店联系，让火速送来，并跟我说："你们先上火车，等我给你送包过去，就把手伸出来取；请把你的地址留下，如果我来不及就给你寄去。"就在我们将要验票上车时，他气喘吁吁地跑来了，看着他满头大汗、胸脯一起一伏的样子，我又一次被感动了：多么诚实善良的青年呀，真是张家界人的骄傲！

火车离张家界愈来愈远，但邓克强的形象却在我心中愈益清晰、高大！

猛洞河漂流记

一坐上那只轻便的小汽船，我便忘情于猛洞河美丽而惊险的山水间了。

2000 年的夏日，我带着妻子、女儿去湖南省张家界旅游，参加了猛洞河漂流项目。两岸是连绵起伏的群山，山上长满了郁郁葱葱的树木花草，岸边的石头色彩各异，奇形怪状。群山间流淌着猛洞河，河流随着山势蜿蜒曲折。水流缓慢的地方，能映出岸上的树木山石。我尽力呼吸着清凉的空气，五脏六腑顿觉清爽无比。置身于青山绿水间，任凭薄雾夹带着雨丝随风飘来，身上湿润润的。我忘记了嘈杂的城市，忘记了此时正值炎热的盛夏。

随着撑船人的一声吆喝，小汽船载着一行十多人出发了。上船前，当地的小贩争着向我们推销水枪、水瓢，说是到船上打水仗用。我想，素不相识的，打什么水仗呀，也就没在意，只在女儿的一再央求下，给她买了个竹筒水枪。谁知，我的猜想错了。

本来，船上的十多人，除了我一家三口和同行的本省两位青年外，其余的都不相识。听他们叽里咕噜的口音，我猜想他们是南方人。我们乘坐的汽船出发后，落在了另两只汽船的后面。大伙儿说笑着，用木桨、水瓢划行，撵上了前面的一只汽船。在两船相距很近时，水仗开始了。我们船上的一个湖南青年先用水瓢向另一只船上的人们泼水。顷刻间，两船游客相互泼起的水花弥漫了视野，使我眼睛都无法睁开了。我并未参与打水仗，全身也被对方泼来的水浇透了。于是，我急忙要过孩子手中的水枪，也向对方喷水。水仗打得太猛了，水枪出水太小，我便向同船的游客要来水瓢，向对方船上泼水。一时间，"哗哗"的泼水声、笑闹声、喊叫声乱作一团，好不热闹。上船前，为防止弄湿衣服，大家都买了塑料布做的雨衣，这会儿雨衣在激烈的水仗过程中全烂了。水仗过后，我站起身抖落身上的水，水顺着裤子往下流，比尿得还快。同船的一名女研究生，昨晚还因发烧输液，此时依偎在男友旁边，也被水浇透了，嘴唇发紫，但也无一句怨言。全船的人都沉浸在欢乐和笑声中。

　　要过险滩了，船家提醒我们注意安全。刚上船时，爱热闹的女儿坐在船头，打起水仗后，她首当其冲，别说攻击对方，就是躲也无处可躲。于是，我与女儿互换位置。眼看离险滩近了，朵朵浪花溅起，船头先是翘起，接着便一头栽进浪花之中，"哗——"，全船人同时"啊"地惊叫。我为了防止裤子进水，半立在船上，当船头栽进浪花时，我站立不稳，险些跌进漩涡之中。我急忙抓住安全绳，才得以脱险。我们一路说笑，渡过一个又一个险滩。

　　前面不远处，河的左岸，依稀看见一条瀑布挂在岸上。另两条船已靠近瀑布了，我们也加快速度划过去。"哗——"，冰凉的瀑布从上面冲下来，身上顿觉冷飕飕的，但我们还是争着往瀑布下面钻。同时，水仗又开始了。眼前水雾茫茫，什么也看不清，大家便只管往外泼水。这时，天上又下起了雨。于是，清爽的雨水，冰凉的瀑布，温温的河水，混作一团。人固有的攻击性、欢乐性、耐受性显露无遗，也正是在这种无拘无束、无忧无虑的欢乐嬉闹中，人的天性才得到了彻底释放。有的人干脆跳入深不见底的河水中，向船上的人泼水。我真想高歌一曲，却一时想不起恰当的歌。于是，继续尽情地投入泼水的欢乐之中。

　　船靠岸了，两个多小时的漂流结束了。天上仍下着细雨。虽然我们个个成了落汤鸡，心中却有说不出的快乐。下船后，我们一边赤脚沿山路拾级而上，一边仍恋恋不舍地回望着烟雨朦胧的猛洞河。

　　猛洞河，何时我再投入你的怀抱？

烟 雨 江 南

2019年盛夏，我去了浙江省嘉兴市嘉善县的西塘古镇。天上下着蒙蒙细雨，如丝如缕。蜿蜒曲折的流水，依水而建的小镇，小河两岸的一排排商铺、旅馆，一切看起来古朴而静雅。我打着雨伞，慢悠悠地走着，在微风细雨中，观赏这座江南著名小镇，看来来往往的人流。人们有的在悠闲地赏景，品尝当地的带甜味儿的酒，选购商品；有的泛舟河上，慢悠悠地划着；有的合打着一把小雨伞，相拥而行，窃窃私语；有的在河边静静地坐着，临摹风景。店家临河而立，有的轻声迎客，有的默默忙碌着。

我漫无目的地徜徉着。要明确地买什么商品吗？没有，却又想去当地有特色的商店看看。这里的商品大多不是高档奢侈品。丝巾有几百元一条的，也有十元八元一条的。当地的酒多系果酒，如桂花酒、荔枝酒，不像北方那样几乎清一色的高度白酒——这里即使是白酒也带着甜味儿。这大约与当地的气候、饮食习惯有关。沉浸在这湿润柔美的环境里，不管是当地人还是外地游客，都平静地走着、忙碌着，很少有大声喧哗的。

早年就风闻江南小镇的古朴柔美，也与家人随旅行社游过杭州的西湖、苏州的木渎古镇等地。来去匆匆，没找到那种烟雨蒙蒙依依不舍的感觉，没有感悟到人生的况味应如水乡的薄雾般的软柔、慢慢摇桨的船夫那样的散淡，更没有找到人生应如小镇水乡的悠闲自适、与世无争。静静的小镇，溪水中，那一支木桨从百年前摇到了现在。在瞬息万变的高科技时代，在生活节奏快得让人心慌意乱的今天，为什么会有那么多人蜂拥而至这里？为什么现代人一边享受着高科技、信息化带来的快节奏和快享受，一边还向往小镇水乡的古朴与宁静呢？是过快的城市生活让人目不暇接，还是人本性中对自然的亲近、对山水之美的向往的回归？我想起孔夫子说的"过犹不及"。社会向前发展是社会规律使然，但过快了也势必暴露出一些不可避免的弊病，如，高楼大厦林立，精神家园荒芜了，灵魂丢失了，融融的亲情淡了，炊烟袅袅的乡愁远了。人对自然的过度开发、人与人之间的无序竞争，既带来了生态环境的破坏，又产生了好多心理疾病和生理疾病。心理疾病，如抑郁症见惯不惊，报复心理防不胜防，嫉妒心理自伤也伤人；生理疾病五花八门，癌症稀松平常，"三高"症进入平常百姓家……

接着，我又去了杭州西湖。小南湖北侧的小半岛，即康熙皇帝手书"花港观鱼"的小岛，岛上森林茂密，古树参天，苔藓类植物爬满了树干，树龄百年已属平常。不知名的花草鲜艳芬芳，树上的山蝉不停地鸣叫，更显出小岛的寂静。地上、树上、花草上，潮潮的、湿湿的，外面的喧闹声也被树林净化掉了。山坡上层层的梯田种着花草，园艺师傅在不停地剪枝除草。

徜徉在如此优美静雅的环境中，闻着花香，呼吸着湿润芳香的空气，顿觉神清气爽、心情愉悦。据说，早些年，一位社会名流退出江湖之后，在此隐居，安享晚年。岛的三面开满了荷花，一群群的游客轮番观赏。

或许有一场邂逅或偶遇岂不更好？记得20世纪90年代中期，我独自坐火车去海南省洋浦经济开发区参加全国范围的人才招聘，在长沙站换火车后就没有座位了。车厢内人挤人，又逢七月盛夏，那种拥挤难受无以言表。我遇到了一位在铁路上工作的小伙子，我俩同坐一个座位，两个人让来让去，最后商定一个座位两个人轮换着坐。火车到了湛江港终点站后，晚上等轮渡时，我们一起喝酒吃饭。那种困难时互帮互助的友情着实温暖了我好几年。

到了洋浦经济开发区，在一位同县老乡兼大学校友的家住了下来。

刚面试结束，家中来电话说有急事让速归。我匆匆买了飞机票返回。我在万米高空中看着蔚蓝色的海湾，听着机舱内播放的歌曲《选择》"我选择了你，你选择了我……"，内心起伏跌宕，如窗外飘浮的朵朵白云，如蜿蜒的河流，如层峦叠嶂。

到了这个年龄，我已经不奢望有什么偶遇了，更不希望有艳遇。但如果能遇到一两个投缘的，能友好交流的朋友，不管同性异性，谈谈人生、社会，谈谈茶与酒，谈谈诗文，也不失为旅行中的一件幸事，尤其是在烟雨江南的流水小镇。

恍惚间，我又去了江南水乡，也偶遇了一位朋友，我们在西塘古镇的烟雨蒙蒙中轻轻漫步，我们在小南湖北侧半岛的参天古树间共享人间仙境，我们在绍兴东湖的碧波中荡舟轻唱，我们在人间天堂的柔美夜色中弹奏着浪漫奔放的华美乐章……

噢，那是美丽的梦吗？还是梦一般的美景？

美女榕下瑶家女

1999 年初夏的南国，充满了生机盎然的景象。

位于贵州省黄果树瀑布附近的七星游览区，因天然灵巧的山水花草吸引了游客。一座黑褐色的石壁上，两棵连体生长的榕树映入眼帘，放眼望去，酷似两位少女并肩相挽背对着人们，被当地人誉为"美女榕"。它从石头缝里长出，攀缘石头而上，虽柔弱而历经风雨，处卑微而昂扬向上，宛如吃苦耐劳而又坚忍要强的南方女性。

正当我们对这自然奇观赞不绝口纷纷拍照的时候，一位身着红裙子的瑶家少女悄然出现。长方形的面庞，白白嫩嫩的，一双杏仁眼含情脉脉地望着游客。两个酒窝恰到好处地镶嵌在脸上，一双白嫩的手自然交叉在身前，一副文静端庄而又有点儿羞涩的淑女形象。看到她，会使人情不自禁地仿佛走进一个绿水青山、鲜花芬芳的春天，没有邪念，没有私欲，更没有贪婪，有的仅仅是对造物主的敬佩，对生命的讴歌，对美好的赞叹。她头戴一顶银光闪闪、叮当作响的花冠，步履轻盈，悄悄来到游客身边，看上去十七八岁的样子，身材修长。噢，原来她是陪游客拍照的，她陪着每位客人照相，每位只收两元钱。轮到我了，她伸出手，示意要与我照相，我一句话也没说，有点儿不自然地走到"美女榕"前。她站在我旁边，落落大方，一只手顺势搭在我肩膀上。她微笑着，亭亭玉立。我一动也不敢动。"喀哒"一声，快门按动了，我们留下了一张合影。朋友戏谑说，要是让老婆知道了，非大闹一场不可。

　　我心里纳闷：一个十七八岁的少女，正是上学的时候，为什么在这儿陪游客拍照呢？她不好意思地垂下了头，轻声讲述自己的身世。她说，她家有兄弟姐妹四人，她是老大，父母都是老实巴交的山民，靠种田维持生计。贫瘠的几亩山地，仅供糊口，哪还有钱供她们上学？她小学未毕业就辍学了，学会了烧火做饭，帮父母干些农活。后来，同村的一个辍学女孩领她一块儿来这儿陪游客拍照。她本不愿来，但为了弟弟妹妹能上学，只好跟着来了。山里人，没见过世面，一开始羞得不行。有的游客拉她一下，让她凑近一点儿，她就可能会委屈得直掉眼泪。有时，一天下来也没几个人愿意花钱和她拍照。回到家，看到弟弟妹妹渴盼的神态，听着父亲那一连串咳嗽声，她的心快要碎了。人家城里人好风光呀，到处游山逛景，她为什么这么命苦呢？她兄弟姐妹四人连学都上不起，老天爷白给了她这副模样。她常常背着人悄悄哭泣。后来，那个带她来这儿的女孩对她说："要挣钱，就不能这么害羞，你陪人照一张相，转眼工夫，两块钱到手了，这钱来得多容易呀！"她想通了，父母给了她这副姣好模样，为什么不充分利用自身优势呢？从此，她的收入就渐渐增加了。我问她："有没有游客对你不礼貌的？"她略一沉思，脸上泛起一片红晕，羞涩地说："偶尔也有。一个月前的一天中午，我正在这儿闲坐，两个外地游客喝得醉醺醺的，一左一右要抱住我照相，还要伸手在我身上乱摸。我当时就生气了，让他们记着，我只是一般的陪拍照，来其他的可不行！他们再闹，我喊人了。两个游客拿出 200 元钱，非要跟我亲热，我把钱打落在地上，厉声谴责他们。他们看我软硬不吃，识趣地走了。"

望着她美丽而又文静的身姿，我心中不禁肃然起敬，她是因贫穷而辍学的，她又是为了让弟弟妹妹上学而陪拍照的。她在受到猥亵时，毫不犹豫地保持了一种高尚的人格尊严。那些酒足饭饱之后以玩弄女性来填补空虚心灵的人们，还能以此为乐吗？

她又忙去了，我悄然前行。看着她渐渐模糊的倩影，她那不屈的人格和自尊心却在我心中愈益清晰、明朗。

艰辛的旅行

　　2006 年夏天，趁女儿放暑假的空闲时间，我带女儿到四川省的九寨沟等地旅游。去之前，欢乐假期旅行社的马经理曾提醒我们，这条旅游线路吃住条件艰苦。结果最后我没想到会如此艰苦。

　　首先感觉到的是旅途辛苦。我与女儿 7 月 22 日晚 11 点在濮阳四联商场坐上车，一路颠簸，到郑州南站时，天将亮。上午坐上火车后，我与女儿用面包、方便面充饥。在濮阳菜市场卖六角钱一斤的顶花带刺的黄瓜，在郑州火车站就是一元钱一根，在峨眉山猴区是两元钱一根。平时女儿不怎么吃黄瓜，但在火车上也吃得很香。看看周围的旅客，大多数还是吃自带的方便食品。

　　其次是难以下咽的一天至少吃两顿的大米饭，黏糊糊的，没丝毫的香味。我在家也不爱吃米饭，尽管北方大米既香又筋道。我吃不惯辣，可每顿菜大部分是辣的，不吃就得挨饿。由于旅途体力消耗大，菜量又少，所以每个菜都会被大家吃得精光。我是咬着牙硬吃，女儿不想吃就不吃。同桌的游客也看在眼里，我更是痛在心里。到九寨沟的当晚，我实在咽不下饭店的饭菜，便与女儿到夜市上买了两个菜，我饮高度的青稞酒，女儿喝了两瓶青稞饮料。看着在炭火上翻烤的整只羊，闻着飘来的肉香，我终于忍不住买了一条羊腿，尽管不太烂，但我与孩子有滋有味地啃着。回到旅店，我又泡了一碗方便面。那天晚上，我终于吃饱了。从九寨沟下来到了茂县以后，早餐每人有了一个鸡蛋，女儿不吃给了我，我吃着鸡蛋却吃不出鸡蛋味。从到川主寺开始，早饭几乎都是四五个小碟的咸菜，辣得实在难以下咽。旅店做的小馒头黏得粘手，实在难吃。但为了积蓄力量，也要勉强吃下去。我想，他们当地有油菜、黄瓜，简单做几个素菜，既便宜又好吃，不比光吃咸菜好吗？再说咸菜也要长途贩运呀。在金鹰饭店，竟发生了因饥饿而引起的纠纷。因饭店服务员怀疑游客偷了馒头，几个游客与服务员争吵。游客打赌，如从身上搜出馒头，甘愿接受罚款 100 元；如查不出，罚店主 1 万元。这是在正常情况下无论农村或城市都不可能发生的事情。

因急于赶火车，未顾上买水果，归途中我们只能以方便面、面包充饥。女儿爱吃水果，到了宝鸡站，我两次下车买了桃子、李子。尽管不好吃，但总算有水果吃了。

第三，高山上的冷热突变和缺氧也是习惯平原生活的我们所不适应的。在川主寺，一下车便感到空气清冷清冷的。我穿上了夹克，好多女游客买了厚厚的披巾披在身上、裹在腿上，甚至有一个男游客也用此御寒，引来人们惊奇的目光。在川主寺住宿的晚上，我盖了被子、电热毯和自己带的衣服共四层，可还是在夜里被冻醒。一向怕热的女儿也把被子裹得严严实实的。

到川主寺一下车就感到呼吸困难，喘不过气来。当晚，在瑟瑟凉风中，我到街上买了一盒补充氧气的红景天胶囊。在去黄龙的途中，王导游把缺氧说得很严重，我买了一袋氧气 50 元，下车后发现他人卖的氧气是 30 元一袋。在上山的途中，走得快一点儿即气喘吁吁，便吸上一两口。导游仅留了三个半小时旅游，赶得急，我们在山顶五彩池仅停留几分钟，照照相，下山途中更是一溜小跑。

四川之旅，吃得最满意的是在成都市内的人民饭店，14 元一人的自助火锅。我们在饭店巧遇此前同行的平顶山付老师母女二人，我请客，饮了五六瓶啤酒加一小瓶青稞酒，很爽。住的是宽敞干净的虹雨宾馆。

劳累和紧张也是经常经历的。在曲曲弯弯的陡峭山路上走一天，难免遇到车坏了或堵车的情况。还有三四位旅客晕车呕吐。旅店的床垫全是劣质的席梦思，我不得不掀掉床垫睡床板。归途中，因雷电击中电网，火车晚点 6 个小时，我们在火车上一坐就是 30 个小时！

　　最紧张的是从峨眉山回成都的当晚。旅行社导游发短信说是 21：40 的火车，但回成都的汽车 19：00 才发车，眼看已经 20：00 了，又下起了雨，司机把车开得飞快。当我与孩子跑上火车时，距开车仅剩几分钟了。此时，我已是汗如雨下。我与孩子肩扛手提大小五个包，终于要回家了，长出了一口气……

　　因为需要不停地换车，每天住不同的旅店，在不同的地方吃饭，所以，担心是不可避免的。一是担心行李遗忘在旅店或旅行车上，一旦遗忘，找回的概率很小。二是担心被盗。在去黄龙的途中，一个旅客与我擦身而过，我忽然发现手机不见了。低头一看，手机掉在小桥上，险些掉入水中，手机套被人撞坏了。一路上，我不是把手机拿在手中，就是装入相机包中，唯恐丢失或被人偷去。三是担心跌入购物陷阱。去九寨沟、黄龙的途中，导游小王能说会道，既有关于藏族、羌族的历史和风俗常识讲解，又有如何让游客玩得尽兴的旅游项目介绍，把游客的胃口充分调动起来。如介绍篝火舞会、到藏民家做客等项目。他把舞会的野趣欢乐，把到藏民家大口喝青稞酒、饮酥油茶、吃烤羊肉的乐趣描绘得淋漓尽致，使你禁不住流出口水，恨不得马上参加。但他话锋一转说，这两项活动需另付 300 元钱。我原以为项目费用是包含在已支付过的旅游费之中的，所以也劝孩子参加，听到这话才知道他是商业化的炒作。他走到每位游客面前逐个宣传劝说，当游客不愿意参加时，他嘟囔着"不够意思"。

　　客观地讲，在旅游途中，适当参加一些具有民族特色的旅游项目，或采购一些具有民族地域特色的土特产，也符合游客的愿望。但是，有些导游在安排这些活动项目时，往往暗藏购物陷阱。按说，对没有固定收入的导游来说，通过介绍本地民族风俗或本地土特产，让游客满足游乐购物的需求，从中得到一定的提成，本在情理之中，也在游客的承受范围之内。但是，一旦有商家与导游联合赚取暴利的现象，对游客来说就变成了购物陷阱。从九寨沟到黄龙的途中，导游把我们领进一个大型的购物中心，其中有一个用 20 多种药材配制的中药药包，售价 280 元，我踌躇着未敢买。到了峨眉山下一个私人商店，同样的药包，要价 100 多元，最后竟以几十元钱买了下来。

最不能容忍的是，去乐山、峨眉山时，何导游强行让游客观看川剧变脸及参观乌木展馆。当绝大多数游客不愿意参加时，何导游马上由微笑变成恼怒和愤恨。那天很热，司机马上把空调关了，游客们热得汗流浃背。

尽管经历艰辛，也曾经花了一些冤枉钱，但是，此次旅行毕竟使我增长了见识，开阔了眼界，欣赏了美丽的山水风光，长了一根警惕骗局、当心陷阱的神经！

别了，劳心费力的四川之旅；别了，那段艰辛受苦的日子；别了，美丽的山水……

山风中，那缕飘曳的长发

　　一个风和日丽的晚秋，我和朋友叶兄、申弟三人驱车来到豫北淇县云梦山，本想寻访鬼谷洞，探究当年鬼谷子如何创办中国第一所军庠，又如何运筹出神奇谋略，并培养出了孙膑、庞涓、张仪、苏秦这四位古代著名军事家，以及谋略家的奥秘的，不想却有了意外的收获。

　　满目的石头山，覆盖着层层绿色。既有野树荒草，又有新育出的松苗，用石块围着。我们顺着山谷拾级而上，山并不险峻，却有一种神秘感。在鬼谷洞下侧不远处，有一个石砌的山门，两旁刻着蕴含人生哲理的对联，我们合影留念。我一转眼，在石门的左侧，有一石洞，洞不太深，也不甚阔，洞内迎面静卧着一座青牛石雕。相传当年老子出

函谷关讲学布道，就是骑的这头青牛。可见青牛为老子和道教的创立，立下了汗马功劳。后来，青牛成仙升天了。人们为纪念青牛，就立了一座雕像，常年供奉在这里，迎接着一茬又一茬的朝拜者。在洞口左侧，端坐着一位年约五十来岁的道士。他方脸圆目，微眯双眼，静静地抄录着经文，对出出进进的行人视而不见。灰白的头发一直飘散到脖颈处，似有积年未理。从他那饱经沧桑的面庞，约略能看出他较长的修道生涯。他上穿灰布衣，下着绿色军裤，脚登解放鞋。我们环视洞内，斧凿的石洞，被烟熏火烤后呈黑灰色，里面暗暗的、潮潮的。最里侧恍惚看见用石块砌成的一个长方形的台子，像一张床。洞的面积不过十多个平方米。

我心中纳闷：一个阴暗潮湿的石洞，一张冷硬的石床，一个绝对清贫的道士，伴着一头永远不会出声的石牛，这种修道生活是如何度过的？

带着这个疑问，我们驻足向这位道士询问。他慢慢合上手中的经书，放在石台上，用浓厚的南阳口音平静地回答我们的提问。他说，他在这个石洞修行近十年了。他每天从早到晚都端坐在洞内石牛前念经修行，每天的饮食需到山下去解决。除了游客偶尔捐点儿零钱，他几乎没有任何收入。

我问道："凡修道者，都着道服，您呢？"他答道："这儿不是正规的道观，属旅游区。我原来在南阳修道时穿的道服没带来，这儿没供给，所以穿着便服。"问及家中情况，他略一停顿，答道："我无妻儿，仅有八旬老母。麦收时节我往家寄了一封信，至今未得回音，不知老母身体如何。"

问及他的修道缘由，他沉默了片刻，用沉重而又缓慢的语调叙述着："我出生于南阳一个小山村里，原本是一个活泼热情的青年。20世纪六七十年代，我卷入当时的'文革'潮流中，崇拜过，狂热过，争斗过，快乐过。后来潮退了，激情消散了，青春逝去了，只落下疲惫的身体和失落的心。接着，我身边的人又卷入贪欲的狂潮中，尔虞我诈，置道德、法律、良心于不顾，纷纷争争，好不热闹。我在沉思，人生一世，时光短暂，自己的心整日被外界的浪潮左右，一生为身外之物忙碌，到头来却是一场空欢喜。我想，与其终日劳苦争夺，不如静心修道。于是，在我正值成家立业的年龄时，我决定离家修道。"

他用手轻捋一下灰白的长发，接着说："谈及出家，还有一段因缘。我有一个叔叔，当年曾是家乡的红人，带着一帮人，整天冲打争斗，呼风唤雨，好不威风。后来那股潮过去了，他从浪尖跌入谷底，性格也变了，常一个人悄悄地秉烛夜读。我发现，他读的全是道家的书。20年前的一天上午，他平静地躺在自家宅院的凉席上，说一声'我去了'，随即咽气。三天后出殡，这时，家中来了一位鹤发道士，他说，我叔叔跟他出家修道，云游四方去了，家中不必惦念，随后飘然而去。当天夜里，我做了一梦，梦中，我叔叔向我描述了他摆脱尘世潜心修道的极乐境界，并嘱咐我尽快了结尘缘，出家修道。我正问他如何出家，不巧梦醒了。不久，我只身一人悄然出家。一开始在豫南一座山上，那儿去的人较多，我嫌嘈杂，又来到这里。"

这时，一股山风吹来，顿觉凉飕飕的。我问他："天气一日冷过一日，你穿这身单薄的衣服如何过冬？"他沉默了。我和朋友问他："置一身衣服需要多少钱？"他停了一会儿，不好意思地说："三五十块钱吧。"我心中马上勾画出一片不忍目睹的惨境：

人烟稀少的石山上，大雪纷飞，一个绝对虔诚又绝对清贫的道士身着单薄的衣衫，在寒风刺骨的石洞中念经修道，浑身战栗……我和朋友几乎同时掏起了腰包，给了他置办冬衣所需的钱。这时，道士眼中闪出混浊的泪光，忙站起身，一再致谢。我们不愿看他那些不安又有些尴尬的神态，匆匆道了再见，走下山去。回首望去，他仍站着目送我们，一缕长发在山风中飘曳。

下山的路上，我们三人默默不语，任漫山的绿色从眼前匆匆掠过，呼呼的山风在耳畔吹个不停……

Chapter 7

第七辑

剑光如雪

○ ○ ○ ○ 雨后的家园

交 友 断 想

在初春的微风和雨雪中，人们匆匆走着，出入于饭店、茶楼、超市之间，或低头赶路，或相拥而行，或谈笑风生。他们是相濡以沫的夫妻，是临时凑合的伴侣，还是志同道合的朋友？

雨水已过，惊蛰未到，初春时节，乍暖还寒。

在这个豫东北的小城，在华灯初上的雨雪霏霏中，我独自漫步于旷野，想起了交友。交友是讲缘分的。就缘来讲，有善缘、平缘、恶缘等。平心而论，谁都想交善缘之友。因为，这不仅能给你的工作、事业、生活带来莫大的帮助，而且拓宽了你的人生视野，提升了人生境界，丰富了人生价值，体味了人生真谛。古今中外的交友楷模为人们展示了交友给人生带来的灿烂与辉煌，如钟子期与俞伯牙，鲁迅与瞿秋白，张学良与赵一荻，徐志摩与林徽因，电视剧《亮剑》中的李云龙与赵刚……

在商品意识越来越浓的社会里，人们变得越来越现实了，更确切地说，越来越世俗了、庸俗了。这种世俗、庸俗也难免影响到交友之中。有的人以交友为名，唯达官贵人是交，想通过交友攀上"高枝"，登上一个又一个权力的台阶；有的人以手中权力为资本，唯老板、富翁是交，通过交友，以权力换取金银财宝；有的人以交友为名，骗官、骗财、骗色。于是交友这个圣洁的字眼被玷污了、亵渎了。好多人谈交友而色变，甚至有人请你吃饭喝酒，你脑子里的弦也须绷得紧紧的：他是否别有企图，设下圈套让我钻呀？

在20多年的交友经历中，我曾遇到有一种人是如此交友的，他们交友有三个特点。其一，密友转眼成仇敌。今天，他与张三交友，"友情"笃厚，形影不离，恨不得合穿一条裤子，合用一只碗吃饭，可过不了几年甚至几个月，不知怎的两人就反目成仇。明天他又与李四交友，过了没几天，又成仇敌。他交友的更新频率太快，交了多少朋友，又有多少成了仇敌，也许连他自己也说不清。其二，于朋友间搬弄是非。今天他在张三面前说李四的坏话，明天又在李四面前说张三的坏话，弄得张三李四之间相互猜疑指责，他却试图翻手为云覆手为雨玩弄朋友于股掌之中，让朋友们都听命于他。甚至在一些公开场合，也对他曾经的密友说三道四，揭露其隐私。其三，唯利是图来交友。能从谁身上捞取私利，就与谁亲密无间，一旦因利益引起争执，他就立刻翻脸不认人，在多人多场合极尽诽谤攻击之能事。

一个好端端的心无城府的人，一旦到了他的圈子中，稍不留意，就会满心烦恼，满腹委屈。要么他在你面前说张三、李四的不是，在看似无意的谈笑间让你中计，哪怕你只是随声附和，他就会把你说成是给张三、李四造谣的人，让你与张三、李四相互猜疑不和。你即使有一万张嘴，也洗不清自己的委屈。再者，他许给你小恩小惠，甚至是虚得不能再虚的虚名，如你有一丝贪婪之心，他就会像渔翁钓鱼一样钓着你，让你按他的意图行事。凡人多少都有点儿贪婪之心，于是，当你沉醉他给你勾勒的所谓"美好前程"中时，你又不知不觉地落入了他为你设计的美丽陷阱中。从此，你也成了身陷是非之人，你的烦恼和痛苦就"绵绵无绝期"了。

人最宝贵的是生命，生命是以时间来度量的。如果你长年累月陷入这种耗时耗力的烦恼痛苦中，你的生命还有什么意义？你的人生价值和自由快乐何处寻觅？

从人的成长阶段来看，不同年龄、不同时期会交不同的朋友。从幼年时青梅竹马式的交友，到成年后交的朋友，不知要更换多少人，更新多少茬，这是由不同成长阶段的见识、志趣和理想追求决定的。司马迁《陈涉世家》中的陈胜、吴广等人"苟富贵，无相忘"的朋友，杜甫《茅屋为秋风所破歌》中的南村以抱茅草为乐的群童，朱元璋幼时一起调皮捣蛋的朋友，贾宝玉与林黛玉情窦初开式的朋友……随着人的成长和进入不同的社会地位、社会角色，朋友也在分化、演变、淘汰。人往高处走，人总是与和自己地位、身份相近或稍高的人交友的，连孔夫子都不无私心地说"无友不如己者"。这是因为，一则，人总是愿与有共同话题、有共同志趣的人交友；二则，人大多想通过交友提高自己的地位和见识，这也并非都是自私的。鲁迅先生曾说，贾府里的焦大是不会爱上林妹妹的。路遥的小说《人生》中，高家林一心想通过到县广播站工作求仕途升迁，与只关心猪娃的农村中学同学巧珍逐渐拉开了距离，最终分道扬镳。

但我坚持认为，无论人们的社会地位、身份及贫富贤愚多么悬殊，交友都要遵循古今不变的准则：以心交友者，友亦以心交之；以诚交友者，友亦以诚交之；不可与奸诈、别有企图的人交友；不可在朋友面前搬弄是非；不可为了自己的升迁私利而置朋友于不仁不义的境地。

我走着、想着，抬头仰望，黄昏的天空阴沉沉的，微雨夹着细小的雪花，轻轻飘着，如雾如纱。我心中默念着，下吧，下吧，雨雪能净化一切，愈益污染的环境需要净化，浮躁的、铜臭味儿熏天的尘世需要净化，蒙尘的心灵需要净化，一切都要在净化中重生。唯有净化，才会产生一个天蓝、地绿、水清、心静的新世界！

我静静地站在旷野，仰望茫茫的苍穹，任初春的雨雪落在脸上，眼中不觉湿润，这是天上的雪雨，还是流淌的泪水？

太阳的光芒与太阳黑子

母爱如辽阔的大海，母爱如宽厚的土地，母爱是世间最纯洁伟大的爱。正是有了母爱的呵护和滋养，才哺育了千千万万个儿女的生命，才有了一代又一代中华儿女的繁衍发展。

不同时期的母子关系

从儿女的成长历程看，母爱和母子之间的关系也在悄然起着变化。

少年时期的水乳交融。少年时期，母亲含辛茹苦，用甘甜的乳汁哺育儿女一步步长大成人。已经吃到嘴边了，觉着是块好肉，又吐出来喂到儿女的嘴里；当儿女摔伤了或病了，母亲四处求医问药；当儿女被小朋友欺负了，母亲一边安抚，一边悄悄流下了两行清泪；当儿女出外求学与母亲告别时，母亲站在村头老柳树下，任凭西风吹散她花白的头发……

青年时期的悄然变化。青年时期，当儿子结婚成家后，少年时期那种紧密相依的母子关系就发生了明显的变化。过去母亲所能给儿子的生活上的关照和爱，一部分因儿子的成长而不再被需要，另一部分被妻子所代替。于是，母亲从过去与儿子朝夕相处到数日甚至数月一见，母亲便产生了被冷落一边的感觉。如果儿子不在婚后家中拥有主导性位置，并且不像母亲希望的那样带领妻儿孝顺她，母亲便会对儿子有意见。

中年时期的艰难抉择。儿子中年时期，这时候的母亲已步入年迈体弱的老年。从儿子小时候以母亲的家为家，这时候颠倒成了母亲以儿子的家为家了，母亲要到儿子家过日子了。此时的母亲往往疾病缠身，因此，治病、住院便成了必不可少的生活内容。如果母亲能配合，这个家庭便安静和谐。因为这个时候的儿子已成家立业，有了经济基础，住房、汽车都不成问题。但是，如果母亲不融入这个渐渐富裕成熟的家庭而仍以客人自居，蹲监似的在儿子家熬日子，那么，母亲本人不快乐，全家人也都不幸福。年龄不饶人呀，昔日母亲吃苦受累统领整个大家庭的风光不再。在儿子家中，儿媳早已取代了母亲的权威地位。

横看如何成岭

从横的角度，即从母亲对待所有儿女的角度来看，又能分析出，原本伟大圣洁、公正无私的母爱，有时会出现一些并不阳光的现象，即在母亲对待子女时，容易出现削强补弱、爱屋及乌现象。

削强补弱。从法律和伦理上讲，母亲与所生养的儿女之间的关系是相等的，手心手背都是肉。但不管是在儿女幼年时期，还是儿女成家立业后，母亲在处理与儿女之间的关系时，都很难保证绝对的公平。如果说，儿女幼年时的不公平，主要表现在儿女之间分配食物、衣物上，即倾向于把好吃的食物和好看的衣服、好玩的玩具给予弱者或她喜欢的孩子，对顽皮强势的或她不喜欢的则少给些。那么，儿女们成家以后，母亲的不公平表现在孝敬方面，她会情不自禁地让经济状况好的孩子多尽些义务，让经济状况差的少尽些义务。她或许会编出一些理由，从富裕强势的孩子那里要些金钱财物，说是供自己或其他长辈享用，实际上却悄悄地把其中的一部分甚至大部分赠予相对贫穷弱势的儿女家里了。作为相对富裕强势的子女，如果装聋作哑则相安无事，否则，如果当着母亲的面指出来或与丈夫（妻子）透露，母亲便会觉着失去了面子，就会恼怒。为了保持大家庭的和谐稳定，为了母亲的面子，相对富裕强势的子女往往采取睁只眼闭只眼的态度维持着往前走。一旦儿子不愿意这样下去，或被子女的另一半所不容，表面和谐的局面便会被打破。双方博弈的结果是，在富裕强势的子女及其另一半所能容许的程度内母亲削强补弱。即便如此，因为母亲不能如己所愿地让富裕强势的子女多尽义务，或任自己削强补弱了，母亲便会对这个子女有所怨怒责备，在亲戚邻居间说这个孩子的不孝。这样势必影响母子关系。长此以往，这种亲密无间的母子关系便会产生裂缝。而这种裂缝产生的后果是以钱财等任何东西都无法弥补的，母子都会有怨言，都会伤心。母亲的怨言是，我含辛茹苦把你养育大了，甚至在你幼年时给了你过多的偏爱，实指望你长大后多对父母尽些义务，或多照顾兄弟姊妹些，谁知道你这样让母亲失望伤心。子女的怨言是，无论在金钱财物或劳心费力方面，我都比兄弟姊妹们尽了多出好几倍的义务，甚至还对兄弟姊妹们照顾了好多，为什么我付出得最多，我落得孬和埋怨也最多呢？可能产生的严重后果是，所有儿女对父母的赡养义务以协议甚至以诉诸法律的形式确定下来。这样，表面上稳定了局面，没有争议了，但那种水乳交融的母子深情却烟消云散了。谁之过？是这个子女的据理力争，还是母亲的这种削强补弱心理在作祟呢？

全国人大常委会专门把"常回家看看"写入法律，目的是要求儿女除了以钱财等方面尽物质上的赡养义务之外，还要在父母的生活、情感等方面尽精神上的义务，让父母在体弱多病的晚年，既要吃饱穿暖，还要心里温暖。

爱屋及乌。前已述及，基于儿女的性别、性格、习惯、经济状况的不同，母亲在对待子女问题上难免有偏爱。一般来讲，母亲喜欢聪明、能力强，与自己性格、志趣相投相近的儿女，且多希望儿女比自己能力强，这方面是绝少表现出嫉妒心理的。不大喜欢愚笨、偏执、任性的儿女。正因为有了偏爱，才可能导致爱屋及乌。如母亲爱儿子甲，就把甲的妻儿也爱上了，甚至对他们的缺点故意忽视，而把其优点故意夸大，且常拿甲的优点与她不喜欢的儿女的缺点相比。客观地讲，要求母亲在对待儿女上绝对公平是不可能的，但偏差过大、显失公平，也是导致儿女、母子之间不和的缘由。媒体上常曝光的家庭纠纷，往往是争执的双方甚至多方互有责任，其中相当一部分是由于母亲的偏爱偏心造成的。

固执与偏见

固执与偏见包含了四个方面：自我为中心，"保鲜盒"现象，对"夺子之爱"者的嫉妒，大权旁落后的情绪发泄。

其一，自我为中心。母亲在当惯了内当家之后，在以母亲为中心的家庭渐渐成长壮大后，一方面是她的管家的方式日趋成熟，另一方面形成了以自我为中心的问题。这种以自我为中心要求家中无论子女上学、就业、婚姻，或是家中财务收支、购置家具衣物等几乎所有事情，都必须是母亲说了算，至少以她的意见为主。

其二，"保鲜盒"现象。监狱生活中有一种"保鲜盒"现象，指被判处刑罚的人一旦进了监狱，他的心理年龄就停滞了，哪怕是他在监狱服上十年二十年的刑，他仍然保持入狱时的心理年龄。这种心理现象也不同程度地存在于一部分母亲身上。自儿子一结婚或女儿一出嫁，母亲的心理年龄就停滞了，哪怕儿女都已成家立业，也做了父亲母亲，生理、心理上都成熟了，学识能力也超过母亲了，但母亲仍觉得自己还是内当家的，儿女们都不懂事，仍要对她言听计从。当母亲仍以当年的眼光、学识教导儿女们时，产生母子、母女矛盾将势不可免。比如，儿女家要购买、建造什么样的房子，买什么样的家电，甚至在教育孙子女、外孙子女问题上，母亲都要插手甚至一锤定音，儿女们就不满意了。笔者曾听说过这样一起家庭风波。儿子到了结婚的年龄了，先后找了好几个女朋友，母亲都摇头否定，好几年过去了，依然没有着落。终于，儿子找到了自己满意的女友，且她各方面条件都不错，谁知让母亲一看，又给"枪毙"了。儿子恼了："妈，是我找媳妇，还是你找媳妇，如果是我找媳妇，我要跟她过一辈子，我心里最有数，你参谋一下就行了，非要找到你满意的，那要等到猴年马月呀！"儿子一气之下离家出走，与女友出外谋生了。

其三，对"夺子之爱"者的嫉妒。小时候，在豫东老家，曾流传着这样一句顺口溜：小扁担，长又长，娶了媳妇忘了娘；小扁担，尖又尖，娶了媳妇娘心酸。有人说，婆媳之间的矛盾是永远也不可调和的。这话说得绝对了些，但也道出了婆媳之间矛盾的根源：从儿媳一进门那天起，就标志着原本属于母亲专有的对儿子的爱，不得不分出一大块儿给儿媳所有了。儿子儿媳结婚，母亲要张罗婚事，要给儿媳送彩礼，要为他们建房或买房、购置家具等。这就是说，儿媳在夺走母子之爱的同时，又把家中部分甚至大部分财产夺走了。儿子娶妻生子后，原本对母亲言听计从转向对媳妇言听计从了，而且在"枕边风"的吹拂下，把原来的跟娘一心转向跟媳妇一心了，慢慢把大家中的东西"转移"到小家中了。这个原本以母爱为中心的家庭，由于儿媳的进入而分裂了。母亲日渐衰老，儿媳发展成熟。母亲潜意识中，是儿媳夺走了儿子的爱和家中的财物。母亲看在眼里，恨在心里。中国汉乐府诗《孔雀东南飞》中，母亲由于儿媳夺走了母子之爱妒火中烧，而对儿媳刘兰芝百般挑剔指责，活活拆散了这段美满的爱情婚姻，最后儿子儿媳双双自尽，演绎了由于母亲对儿媳的嫉妒而产生的家庭悲剧和爱情悲歌。英国作家劳伦斯的古典名著《儿子与情人》，揭示的则是母亲在儿子成长后不能及时转换角色，而产生的畸形的母子之爱。

其四，大权旁落后的失落与情绪发泄。在儿子的幼儿期和少年期，看着聪明可爱的儿子，母亲一方面心花怒放，几乎想把所有心爱的东西全给了儿子，就差把月亮摘下来了；另一方面，日日盼着儿子长大成才。可是，一旦儿子长大成才娶妻生子了，眼看着昔日的宝贝到了儿媳手中，母亲嫉妒的同时，是无可奈何的沮丧与失落。自己身体上年老体弱，心理上无依无靠，精神上孤独空虚。笔者认为，父母的晚年不妨这样度过：把精力主要用在维护身心健康上，如经常适度地锻炼身体、做各种健身操、练拳术、注重养生；保持两三种爱好，如书法、歌舞、写作、旅游、摄影等。如果母亲不能及时转换角色，平稳过渡到清心寡欲、宁静平和的老年生活，那么就可能发生家庭矛盾。比如，在添加了个人主观色彩后，把家中母子、婆媳之间的矛盾，在邻居、亲戚间四处散布传播；在母子、婆媳之间发生矛盾后，摆老资格、哭闹、绝食或拒绝治病，以此要挟逼迫儿子屈服。更有甚者，到儿子儿媳所在单位、公司大哭大闹，如还达不到目的，就一纸诉状把儿子儿媳告上法庭。在媒体报道的家庭矛盾中，公众天平和同情的重心往往偏向弱势的母亲一方。毋庸讳言，也确实存在大量的遗弃甚至虐待老人的现象，这不仅应该受到道德的谴责，而且应受到法律的制裁。但也不可否认，现实生活中确实存在着母亲方过错为主而导致的家庭纠纷。笔者所知，一位忠厚老实的政法干警在妻子因其过于老实屈从而与其离婚后，一位年轻姑娘跟随了他，他的父母对这位准儿媳百般刁难挑剔，最后两人被迫忍痛相拥泣别。这位干警已年过半百，仍孑然一身，在生活的苦海中煎熬度日。后来因病孤独凄凉地去世，连个简单的告别仪式也没能举行。

我们讴歌母爱的伟大与神圣，也不否认少数母亲的自私、偏爱与不公。否则，就无法解释现实生活中的母亲因为偏心、偏爱而导致的家庭矛盾，有的甚至出现虐待、残杀儿女和参与卖淫、吸毒、赌博等犯罪现象。笔者描述现实生活中母爱的偏见与弱点，无意给辛辛苦苦生养儿女的母亲脸上抹黑，而是客观、辩证地分析母爱在现实中的表现，指出偏见、嫉妒等弱点对家庭和儿女造成的内心深处的伤害，以便更好地让母爱的光芒照亮儿女前行的路程。瑕不掩瑜，丑不遮俊，就像太阳黑子并不能遮掩太阳的万丈光芒一样。

让我们在母爱的呵护滋养下健康成长，让母爱的阳光在剔除"太阳黑子"后更加伟大与神圣！

豫东"老人村"

笔者 2000 年春天回豫东老家时，发现了当地村民纷纷议论的"老人村"现象。

在一个自然村北侧的小河北岸，有一片打麦场，四周的杨柳郁郁葱葱。麦垛旁的树荫下，零星地坐落着 20 多间低矮的土屋。这里居住着十多家老人，当地村民称这里为"老人村"。

据悉，这些老人大都是被迁居到这里栖身的。为使自己的儿子娶上媳妇，老人们费尽了心血，建了一套或三四套新瓦房甚至楼房，厨房、门楼、沐浴室一应俱全，宽敞漂亮，很是气派，家电应有尽有，有的还买了轿车。有的家庭，一旦儿子结了婚，老人便成了"不受欢迎的人"，儿媳指桑骂槐，整天变着法儿撵老人走。较为孝顺点儿的儿子不忍心赶走老人，出面调解，媳妇便以离婚相威胁。为了儿子有个家，为了传宗接代，老人便"三十六计，走为上策"。老人年迈体弱，把积存的钱都花在儿女身上了，再无力盖新房，只好到河北岸的麦场上搭一间小屋栖身，食宿全在里边，屋内被熏得黑乎乎的。有的土屋一下雨就漏。

有的老人与儿子、儿媳同住一个院子，各有住房，儿媳嫌与老人同住一院不方便，也要把老人赶走。除"老人村"外，居住在村外田间地头的老人据说也有 20 多户。

据了解，豫东其他农村也有类似的现象。据媒体介绍，甚至连孔圣人的家乡山东曲阜也有较多的"老人村"。

这些老人虽然儿孙满堂，自己却被赶到"大堂"外的小土屋居住，以自己的病老之躯土里刨食，勉强活命。

孝敬老人、赡养老人既是中华民族的传统美德，更是法律明文规定的公民义务，而愈益严重的"老人村"现象却令人担忧。长此下去，将给老人、给社会带来严重的危害。那些把自己父母撵到"老人村"的年轻人，你们一旦年老也有可能会被自己的儿媳撵到"老人村"，你们想过没有？

"老人村"现象说明，法律在遭受践踏，孝敬老人的传统美德在经历挑战！

救救"老人村"！

我的检察缘

　　细微的雪粒悄悄地散落着，给雾霾重重的北京国家检察官学院的校园增添了几许妩媚和洁净，也稍微驱散了笼罩在学员心头的郁闷。雪粒落在地上，浅白色的一层；落在树枝上，洁白无瑕；落在湖面上，晶莹剔透；落在脸上，瞬间融化。

　　那是 2015 年的最后十天，我有幸被单位派往位于北京的国家检察官学院，参加第二期涉检舆情应对与媒体沟通专题研修班。12 月 28 日上午，我踏着细微的雪粒，参观了国家检察官学院检察文献中心。一进门，分门别类的检察书刊琳琅满目，书刊之多、门类之全，在全国独此一家，让我大饱眼福。

随着参观人流，我走到了《方圆》杂志书架前，一套套合订本尽收眼底。我是《方圆》的老读者、老特约作家。《方圆》还是老版的时候，以发表通讯、纪实类文章为主，还开设了《文学立交桥》栏目。我作为一名基层检察院的文秘、宣传工作人员，当初因为工作，后来因为爱好，时常给该刊投稿。记得 1999 年冬天，我院查办了一起涉案 5000 万元的特大贪污、挪用公款案。那年的雪下得特别大，举目望去，四野白茫茫一片，路边沟渠里的雪已经与道路齐平了。我随办案人员顶风冒雪到濮阳市南乐县和山东省某县看守所提审两名犯罪嫌疑人，险些连人带车滑进沟里。我用冻僵的手翻阅了 15 本卷宗，写成了一篇 5000 多字的纪实文学，以《最后的藏身地》为题，在 2000 年第 7 期《方圆》发了四个页码，又以《陷入贪婪深渊的分理处主任》为题，在当年 8 月 28 日《检察日报·明镜周刊》发了半个多版。1994 年 1 月 2 日，《中国检察报》刚改为《检察日报》的第 2 期报纸上，发表了我的纪实文学《杀母悲剧》，并以《葬礼静悄悄》等为题在《河南日报》《时代青年》等报刊发表，获全省检察系统宣传文章评选二等奖。我的一篇追忆爷爷对我进行人格和廉洁教育的散文《石英钟的故事》，发表在 2001 年《检察日报·廉政周刊》上。我的一篇散文《笑傲人生》发表在 1995 年第 5 期《方圆》上，还获了三等奖，得了 80 元的奖金，我比现在得 800 元奖金都高兴。这些看似不起眼的小文章，因为与我的经历和成长密切相关，都铭刻在了我的记忆深处，成为了我的人生财富，伴我风雨兼程，一路前行。

因为时常给检察日报社、《方圆》杂志社投稿，我与有关栏目的编辑慢慢熟了。大冬天，我去检察日报社送稿，刘建新编辑给我泡了一杯热气腾腾的龙井茶；我给《方圆》杂志的龙平川编辑送稿，他请我在单位的机关食堂吃饭。也正是这些热心编辑的引导帮助，才使我喜欢上了检察新闻工作，后来渐渐形成了爱读书、爱写作的习惯。从工作到生活，从检察新闻到法治文学和散文诗歌，我渐渐走上了文学创作道路，而且在本系统举办的诗朗诵、演讲等活动中，用诗歌、散文展示检察工作的苦与乐，讴歌检察官以身护法的熠熠风采。日积月累，我的文学活动和兼职就渐渐增多。1997 年，我兼任了濮阳市作协副主席。后来，又兼任了诗歌、朗诵等协会的副职，还有市检察文联的作协主席等。妻子戏谑地说："你整天穷忙乎，还搭上时间、路费，图个啥？"我淡然一笑："因为喜欢，所以爱好；因为爱好，乐在其中。"

当年刚进入检察院时我还是 20 多岁的小伙儿，一晃 20 多年过去，我已变成了一个年过半百的老检察了。再过几年，就要退休了。不管社会如何变迁，也不管在岗还是退休，以后我还会读下去、写下去——因为我有未了的检察缘呀！

我的文学梦

——写在《雨后的家园》成书之际

　　小时候，在豫东睢县老家的蒋河北岸，秋天的田野里，一望无际的金黄色的玉米叶、大豆叶、谷子叶，在秋风中沙沙作响。鸟儿"啾啾"鸣叫着，嬉闹着，争相啄食散落地上的粮食籽。蚂蚱、蟋蟀等昆虫在秸秆、禾叶间活蹦乱跳。一阵风吹来，禾叶随风打着旋儿飘落。

　　就在这片田野间，几个小伙伴尽情地玩耍，有的奔跑着用手捉蟋蟀、蚂蚱，有的捡拾秋收后遗落地上的豆荚、玉米穗，有的用手把禾叶、干树枝聚拢一堆，点火烤毛豆、玉米吃。火苗燃起来，炊烟一缕一缕地升上天空，火堆中噼噼啪啪作响。过了一会儿，火堆里透出焦香的味道了。小伙伴用树枝扒拉着烤熟的毛豆和玉米，一边津津有味地吃着，一边畅谈着未来，一个个小嘴吃得黑乎乎的。这时，湛蓝的天空，一架喷气式飞机飞过，留下一道长长的白烟。有的小伙伴说，我长大要当一名空军飞行员，天天在天上自由地飞翔，实现祖辈都没实现的梦想，看你们谁有我飞得高！誓言，豪言，谈笑声，追逐声，回荡在金黄色的田野上，回荡在蒋河岸边。

　　村北边紧挨着老家的那条蒋河，上游是从开封往东流经我们睢县，再向东流向柘城方向。20世纪六七十年代，清澈的河水中水草茂盛、野鸭出没，鱼虾在水草间游来游去。偶尔有渔民驾着渔船，船头几只鸬鹚轮番下水捕鱼。暑热天气，我常和一帮小伙伴扛着推网子，光着屁股跳到河里打水仗捉鱼儿。冬天，河里结了一层厚厚的冰，我们比赛溜冰，或者在冰上扔砖头土块儿，看谁扔得远。

　　时光如白驹过隙，一眨眼，半个世纪过去了。再回到老家，见到当年的小伙伴，都要变成白发苍苍的爷爷奶奶了，有的走在路上都不敢相认了。发小们在蒋河岸边发出的誓言呢？当年的"未来式"是变成了"过去完成式"还是"过去未完成式"？那美好的憧憬和梦想呢？都随着彻夜流淌的蒋河水悄然流走了吗？

　　别说发小了，先说说我的梦想和憧憬吧！

　　我是在半迷半悟、磕磕绊绊中一步步走过来的。而且，我的人生之旅充满了许多偶然和未知。我既体验了"山重水复疑无路"的艰难险阻，又享受了"柳暗花明又一村"的时来运转。我是因一个偶然的机缘喜欢上文学的。1975年夏天，记得当时我正在本村小学上五年级，当班长。语文老师兼班主任郝老师让我写一篇批林批孔的文章。对我一个十多岁的农村小学生来说，是开天辟地的事。如何写稿子？如何上台读？我心里着实没底。郝老师拿来一沓子《红旗》杂志和报纸，说是完成任务就行了。那天傍晚，我回到家点着煤油灯，先是翻阅报刊，接着是摘抄，抄着抄着，有点儿思路了，想出来几句自己的语言，终于连抄带编，起草出了三页半的稿子。我走到院子里伸懒腰时，已是满天繁星，夜深人静。次日，郝老师帮我改了改。第三天上午，我就上大队举办的批判会了。我们大队由四个自然村 2000 多人组成，我村是大队部所在地。我登上土台子，看着台下黑压压的人群，心脏"嗵嗵"直跳。过了一会儿，情绪稍微平静了些，我便一口气读完了。我走下土台子，额头、背上汗津津的。看到郝老师赞许的目光，我才如释重负。他又给我指出了读音、语速等方面应注意的问题。也许，正是这篇小儿科的文章，促使我喜欢上了写作、喜欢上了语文，进而走上了业余文学创作道路。

因为喜欢语文和写作，所以在高中二年级选科时，我毫不犹豫地选择了文科，后来在填报高考志愿时填报了大学中文系。20 世纪 90 年代初，我从豫东商丘调到豫东北濮阳一个政法机关工作。记得 1991 年，我采访了一起几个小学生盗窃财物后集体出逃，被安阳当地公安民警遣送回来的案件，写成了一篇通讯《出走之后》，在濮阳人民广播电台播出，得了 15 元的稿费。这是我第一次得这么多的稿费！我用全部稿费买了一只道口烧鸡，品着小酒，与家人美餐了一顿。当时月工资才几百元，我想，人生最快活的事情之一，不过是写一篇稿子挣一只烧鸡吃罢了！

从公文、消息、通讯到法治文学，从散文到诗歌，从写作到演讲、朗诵，再到参加全省、全国性的笔会和论坛，乃至获奖，我在如陀螺般忙碌的日子里，在文学这片天地里乐此不疲。记得 1997 年，我兼任了濮阳市作协副主席，一兼就是 20 多年。记得有一次，市作协举办一次大型文学创作交流会，我和一位文友连夜驱车到安阳火车站接北京《人民文学》杂志的副主编崔道怡老师和《文学评论》杂志的曾镇南老师到濮阳讲学。还有一次，我接待《半夜鸡叫》的作者高玉宝老师，给中原油田几所小学的小学生讲课。2008 年初夏，我受邀去焦作市沁阳市参加全国检察文学笔会，在神农山上，伴着清风细雨，我激情朗诵自己的原创诗歌《当月亮又圆的时候》，台下坐着莫言、舒婷等文学大家，又在晚饭后的微醺状态中，与他们海阔天空、自由畅谈，那种快活劲儿，别提多爽了！2019 年冬天，我受邀去南京参加全国文学高峰论坛，聆听中国作协诗歌委员会主任叶延滨，以及茅盾文学奖、鲁迅文学奖获得者阿来和徐则臣等文学大师的讲座……我越来越感觉知之甚少，越来越乐意在这片文学田园里辛苦而快乐地耕耘了。

感于善恶，我出版了第一本书——法治文学集《善恶交织的人生》。

作为一个业余文学作者，我也从发表"豆腐块儿"到零敲碎打地发表文章，进而想集腋成裘，结集出书。出什么书呢？因为自 20 世纪 90 年代初就在检察机关从事法治宣传工作，我时常接触到刑事案件的犯罪嫌疑人、受害人和职务犯罪案件的当事人。在看守所里，嫌疑人跪在地上撕心裂肺的忏悔和哭诉，受害人因为愚昧或软弱而受骗上当、人财两空，甚至家破人亡的悲剧，以及受害人与嫌疑人角色相互转换的真切现实，这些人间悲剧常在我心中萦绕，挥之不去。我想，在文学与法治之间找一个契合点，以法治文学的笔法，以讲法治故事的形式，写一本法治文学集，把坏人怎么骗人害人的，受害人是怎么受骗上当的，都暴露在阳光下，以增强人们的法治意识，生活中不就会少一些人间悲剧吗？基于此，2005 年 2 月，我的第一本书——法治文学集《善恶交织的人生》在中国文联出版社出版了。

缘于情感，我出版了第二本书——诗集《风铃响过人生路》。

是情感维系了人们之间的生活与交往。支撑人们生存的是物质，维系人们婚姻、家庭、朋友关系的则是情感，包括爱情、亲情、友情等。以诗歌的形式展现血浓于水的亲情、神奇朦胧的爱情、坦诚和善的友情和淳朴怀旧的乡情，或许能给这个充满铜臭味的物质世界带来一缕清爽的空气、一片清新的绿叶。我敬仰把心掏出来给读者看的中国作协原主席巴金先生，人生暮年，还呕心沥血出版了《随想录》。我佩服法国 18 世纪启蒙思想家让·雅克·卢梭裸心而写的《忏悔录》。

　　人活着需要金钱，但不能一心钻进钱眼里。既然选择了文学创作，就要甘于清贫和孤独。如果整天为钱而写作，谁给钱就写谁，或听命于一种非文学、非灵感的异己力量的驱使，那就失去了文学的本味儿，也背离了文人的特质和写作的初衷。这些年来，不管生活顺逆，我都如间歇泉似的写作着。自 20 世纪 80 年代的朦胧诗开始，继而写点儿散文等。因为是有感而写，说不上高水平，但不违心不虚伪。2015 年元宵节的前夜，我驾车载着家人到山东菏泽火车站送女儿出国留学。夜色朦胧中，隔着车站玻璃窗，女儿强颜欢笑挥手道别，妻子挥泪如雨，我背过身去喉头哽咽。元宵节上午一到家，我的灵感如排山倒海，一气呵成起草了一首百十行的抒情诗《挥手之间》。草稿没读到一半，妻子哭得泪人一般。我在濮阳市作协举行的一次诗歌朗诵会上朗诵时，数名作家诗人感动得眼含热泪，有的老作家哭得"一塌糊涂"，有的诗友甚至当着我的面掩面拭泪。2016 年 8 月，我的诗集《风铃响过人生路》在文汇出版社出版了，单位领导为我举办了一场热情洋溢的诗歌研讨会，濮阳市委宣传部、濮阳市文联、濮阳市作协等有关领导和诗人作家数十人到场，既肯定了我诗歌创作的成绩，又指出了不足和努力方向，使我很受鼓舞。

　　悟于人生，我想出版第三本书——散文集《雨后的家园》。

　　乐之好之是最大的原动力。在大变革、大转型的特殊年代，人们的思维方式、生活方式也在发生巨大的变化。有的人以驰骋政坛为乐，有的人以商海弄潮为乐，有的人以虚拟网红为乐。而我却以读点儿书、写点儿小诗文为乐，萝卜白菜，各有所爱。

　　人需要不断提升自己的品位和境界。刘姥姥初进大观园，看什么都是新鲜和陌生的。如果一个终生放羊的羊倌只让他儿子放羊，他儿子只让他孙子放羊，那么，他的儿孙只会世代放羊，永远感悟不出看山是山、看山不是山、看山还是山的三重境界。

　　人活着，总要干点儿事情。"神龟虽寿，犹有竟时"，人生百年，终有去日。据媒体报道，当代中国最长寿老人是新疆维吾尔自治区喀什地区疏勒县的阿丽米罕·色依提，2021年12月16日去世，享年135岁。曾身为世界首富的比尔·盖茨，把绝大多数财产捐献给了社会，这就是他的大气和境界。前半生是个大经济学家、后半生是个大语言文字学家的周有光老先生，109岁时还出版了一本《朝闻道集》，其眼光之敏锐，观点之犀利，思路之清晰，令人肃然起敬！弘一法师仅仅活了61岁，但他在音乐、绘画、书法、佛教律宗等方面的深厚造诣，使许多人难以望其项背。一般人只活一辈儿，他却活了"三四辈儿"！曹雪芹在家道中落之后"举家食粥"，还"批阅十载，增删五次"，终于写出了封建社会百科全书式的文学巨著《红楼梦》，几百年来无人能出其右……作为一个业余文学爱好者，与上述古人、大家相比何止天壤！但这就是自己甘于庸碌一生的理由吗？我这一辈子干了点儿什么？如风吹草低、日照露干，还是雁过留声、人过留名？思前想后，我觉得自己绝对干不了什么大事、中事，那就干点儿力所能及的小事吧。所以，在将要步入老年、退出主流社会之际，想再出版一部散文集《雨后的家园》，以实现自己业余创作三部曲的愿望。

在感恩中回归。书中回顾了我走过的半个多世纪的人生路，我在故乡的绿水瓜田间度过了天真烂漫的童年，我在饥肠辘辘和腿痛中度过了求知若渴而又清高迷惘的青少年，我在如陀螺般忙碌的日子里度过了负重前行的中年，我将在西风飒飒、晚霞映天中度过宁静淡泊的晚年。我感恩父母亲情的血浓于水，我钟情纯真爱情的神奇朦胧，我珍惜友情的坦诚善良。我深深铭记引领我成长、关怀我进步的忘年交：在我懵懂无知时教我懂事知礼的舅舅，在我身处逆境时鼓励我奋发自强的段书记，在我和家人无立锥之地时鼎力相助的张叔叔，还有对我这个无依无靠的"外来户"知人善任、提供发展平台和空间的领导和朋友们。这些淳朴无私的爱如接力灯盏，指引我一步步成长，让我在眼花缭乱的纷繁世界，学会分辨哪些是鲜花美景，哪些是鲜花掩映的陷阱，懂得如何分辨善恶美丑，择善而从，有所作为，力争做一个胸怀宽广、阳光向上的男人，一个有责任感、有情有义的男人，一个有点儿追求和价值的男人。当夕阳西下、生命的晚钟敲响时，如果我能含笑说一声"此生无悔"，足矣！

回顾与思考是反观自我的一面镜子。我出版这本书，既不为光宗耀祖，更不敢对别人指手画脚，目的在于，对自己几十年的风雨历程做些回顾和剖析，哪些是用青春和热血换来的点滴感触，哪些是摔过跤之后的累累伤痕。同时，对我从幼年至今遇到的各类人等做个回顾，看看谁是对我恩重如山的亲人长辈？谁是帮助我走上光明坦途的恩人？谁是高兴时可以举杯畅饮、痛苦时可以抱头痛哭的知己知音？谁是试图置我于陷阱的阴险狡诈之徒？20世纪80年代初，我初入郑州大学读书，睢县籍校友在寒暑假举办茶话会时，我总是躲在角落里怕被点名表演节目。2015年国庆节同学毕业30年聚会时，我却主动上台激情朗读自己创作的诗歌《朋友，请不要错过四季》。我从当年的假姑娘摇身一变成了真男人。我在社会实践这所大学里，在跌跌撞撞中一路走来，逐步站稳了脚跟。如果能在几个知己文友间作为品茶饮酒时的谈资，或对于孩子可资启发借鉴，成为夜行中的一缕烛光，少走弯路，少栽跟斗，此愿足矣！

　　就像一个人从襁褓中的婴儿长到七尺之躯，需要父母等亲人、恩人的关怀呵护一样，本书在成书过程中，也得到了许多专家、老师、编辑、朋友的指导和修改等。河南省作协原理事、中石化作协原副主席、中原油田作协主席韩明老师，在本书谋篇布局等方面，提出了一些指导性意见；河南省作协原理事、濮阳市作协执行主席李骞老师，在写作技巧上多次给予帮助；中原石油报社原副总编张玉忠老师年逾七旬，仍逐句逐字地修改校对，推敲琢磨，寻根溯源，付出了艰辛的心血汗水；濮阳市政协委员、河南省作协理事、中石化作协全委会委员、河南省散文诗学会副会长、《中原》杂志执行主编毅剑（张建国）先生，从编辑角度提出一些专业性意见；中原石油报社原《新周末》主编李苒学兄，提缺点一针见血，挑毛病毫不隐讳；河南省作协会员王世录，河南省作协会员、濮阳市作协副主席、濮阳县文联副主席兼作协主席靳恒存等文友朋友，在篇目设置等方面提出了许多有益的意见或建议；年逾八旬的书法家王则敬老师为本书题写了书名；同事王露英女士辛苦打印书稿。是深度变革的新时代，是阳光风雨交织的现实生活，甚至是苦难和挫折，给了我源源不断的创作源泉和灵感。最后，是爱人、孩子在"堡垒"内的硬核支持和"挑剔"，给了我坚持写下去的信心和毅力，才得以创作、出版了越来越"虚"的这三本书。学者、金庸研究专家、人民日报出版社原传记编辑室主任、香港独家出版社社长、香港《独家人物》杂志社社长兼总编辑陈志明先生，在十分忙碌中为本书写了序言。对有恩于我或有助于我创作和出书的所有亲人、前辈、师友，在此一并致以诚挚的感谢。

　　至于书中，观点或偏颇，语言或错漏，修辞或欠妥，叙事细节与实际或有出入，肯定在所难免，那就请有缘读到此书或愿意读此书的老师、专家、文友批评指正吧。我洗耳恭听，虚心接受。

　　　　　　　　　　起草于 2021 年 12 月 11 日至 17 日
　　　　　　　　修订于 2021 年 12 月 24 日雪夜至 29 日
　　　　　　　　　　定稿于 2022 年 2 月 24 日至 27 日